BRIGITTE KANITZ

Die Herzensammlerin

Buch

Ein Hotel mit dem klangvollen Namen »Happy Scheidung«, eine Familie am Rande des Wahnsinns, und die Frage, wie es weitergehen soll, wenn das Leben an einem Wendepunkt angelangt ist ...

Frisch von ihrem Mann verlassen, will die 36-jährige Laura eigentlich nur noch flüchten. Aber wer soll sich dann um ihre leidenschaftlich pubertierende Tochter Merle kümmern? Um die lebensmüde Oma Theodora? Und um all die Gäste, die Laura so gerne um Rat fragen, um sich das mit der Scheidung noch mal zu überlegen? Kein Zweifel, Laura kann nicht einfach gehen, schließlich hat sie Verpflichtungen, denen sie nachkommen muss. Aber deswegen die große Liebe zu verpassen ist irgendwie auch keine Option ...

Autor

Brigitte Kanitz, Jahrgang 1957, hat nach ihrem Abitur in Hamburg viele Jahre in Uelzen und Lüneburg als Lokalredakteurin gearbeitet. Die Heide und ihre Menschen hat sie dabei von Grund auf kennen- und lieben gelernt. Sie tanzte auf Schützenfesten und erlebte ihre erste große Liebe mit einem waschechten Hedjer. Das eine oder andere Herz hat sie auch gebrochen, aber das ist wirklich schon sehr lange her. Inzwischen lebt und schreibt sie in Italien.

Von Brigitte Kanitz bereits erschienen

Immer Ärger mit Opa
Mord mit Schnucke
Oma packt aus
Onkel Humbert guckt so komisch
Fahr zur Hölle, Schatz!

BRIGITTE KANITZ

Die HERZEN Sammlerin

Roman

blanvalet

Der Verlag weist ausdrücklich darauf hin, dass im Text enthaltene externe Links vom Verlag nur bis zum Zeitpunkt der Buchveröffentlichung eingesehen werden konnten. Auf spätere Veränderungen hat der Verlag keinerlei Einfluss. Eine Haftung des Verlags ist daher ausgeschlossen.

FSC
www.fsc.org
MIX
Papier aus verantwortungsvollen Quellen
FSC® C014496

Verlagsgruppe Random House FSC® N001967

1. Auflage

Neumarkter Str. 28, 81673 München
Redaktion: Angela Troni
Umschlaggestaltung: www.buerosued.de
Umschlagmotiv: living4media/Sonia Chatelain
KW · Herstellung: sam
Satz: Buch-Werkstatt GmbH, Bad Aibling
Druck und Bindung: GGP Media GmbH, Pößneck
Printed in Germany
ISBN 978-3-7341-0292-9

www.blanvalet.de

Für Claudia und Sissi aus der Lüneburger Heide
Danke für eure Freundschaft,
die seit vierzig Jahren anhält

1

1

Ein Sprung im Herzen

Der Tag, an dem Lauras Welt zum zweiten Mal in ihrem Leben auseinanderbrach, begann mit einem widerspenstigen Handtuch.

Unzufrieden betrachtete sie ihr Werk. Schwan Nummer eins war perfekt, aber Nummer zwei, der ihm direkt gegenüberhockte, hatte immer noch einen unschönen Knick im langen Hals. Deshalb wirkte das große Herz aus Luft, das die beiden gemeinsam formten, als habe es einen Sprung.

Wäre ja passend, überlegte Laura. Die Gäste, die am späten Vormittag eintreffen sollten, waren kein glückliches Ehepaar mehr.

Ganz im Gegenteil.

Trotzdem.

Das lädierte Herz nagte an ihrem Stolz und hinderte sie daran, mit der Arbeit fortzufahren. Auf keinen Fall durfte das so bleiben.

Es war ein schlechtes Omen.

Die Kunst, aus Frotteehandtüchern Figuren zu formen, hatte Laura vor vielen Jahren von einem philippinischen Zimmermädchen gelernt. Gemeinsam hatten sie eine Lehre in einem Hamburger Hotel absolviert, und Maria war eine echte Künstlerin gewesen.

Blumen beherrschte Laura am besten, Schwäne dagegen waren schwierig. Wegen der langen Hälse.

Aber wenn es ihr gelang, dann bildeten die beiden weißen Frotteeschwäne ein perfektes Herz. Wenn nicht, hatte es einen Sprung. So wie dieses hier.

Laura legte den Kopf schief und ließ den Blick prüfend erst über die kompakten Schwanenkörper, dann über die schmalen Hälse gleiten.

Endlich glaubte sie zu wissen, wo der Fehler saß. Es gab nur einen Weg. Sie musste den Ansatz von Nummer zwei noch einmal formen und sich dann langsam bis zum spitzen Schnabel vorarbeiten.

Nach weiteren fünf Minuten konzentrierter Bemühung war sie zufrieden. Die zwei weißen Schwäne kauerten auf dem großen Doppelbett, als hätte Michelangelo persönlich sie gestaltet.

Damit war das Rosenzimmer bereit für die Gäste. Die dunklen, antiken Holzmöbel glänzten blitzblank, das breite Doppelbett war mit bunter Bauernwäsche bezogen, und in einer hohen Bodenvase verströmten die namensgebenden Blumen ihren kräftigen Duft. Laura hatte das Zimmer bereits am Vortag hergerichtet, nur die Rosen und die Schwäne hatten noch gefehlt.

Durch die beiden Sprossenfenster drang erstes, nebliges Junilicht herein, und Laura fragte sich, ob sie heute wohl mal in Ruhe frühstücken konnte.

Eher nicht.

Als sie vor gut zehn Jahren das Jagdschloss ihrer Familie in ein kleines Hotel umgewandelt hatte, war sie sicher gewesen, trotzdem noch genug Zeit für ihre Lieben und sich selbst zu haben.

Wobei die Bezeichnung »Jagdschloss« ein wenig hochtrabend war. »Schlösschen« passte besser, fand Laura. Schließlich war es kein großes Haus und verfügte lediglich über vier Gästezimmer. Aber ihre Großmutter, Theodora Gräfin von Bonin, bestand auf »Schloss«. So kam es, dass manche Gäste sich wunderten, wenn sie eincheckten. Sie hatten etwas Größeres, Bombastischeres erwartet.

Neuerdings riss die Arbeit für Laura nie ab, und das Frühstück fiel meistens aus. Ein schneller Kaffee im Stehen, dazu ein, zwei Kekse – mehr war nicht drin. Nur knapp hundert Meter Luftlinie entfernt lag der Hinrichshof, auf dem ihre Schwiegereltern lebten. Seit sich Gerda Hinrichs vor einem Monat den Arm gebrochen hatte, half Laura ihr im Hofladen aus. Dort gab es ab morgens um sieben frisches Holzofenbrot, selbst gemachte Marmelade, Heideschinken, Eier, Kartoffeln und viele weitere typische Produkte aus der Region zu kaufen. Für Laura war es selbstverständlich, ihrer Schwiegermutter zur Hand zu gehen, doch so langsam zerrte die Doppelbelastung an ihren Kräften. Hinzu kam, dass sie erst in diesem Jahr dazu übergegangen war, im Jagdschloss auch einige kleine Gerichte anzubieten. Weil Laura eine ausgezeichnete Köchin war, nahmen die Gäste den Service sehr gern an.

Laura dehnte den Rücken.

Nebenan musste noch das Heidezimmer hergerichtet werden, jedoch erst später, wenn kein Gast mehr schlief. Das Birkenzimmer hingegen war zwar bezugsbereit, würde aber an diesem Wochenende nicht benötigt werden. Im vierten und letzten Raum, dem Ginsterzimmer, schlief ein junges Paar den Schlaf der Jungverliebten. Miriam und Rainer Sievers aus Düsseldorf. Beide waren noch keine dreißig, beide wären längst abgereist, wenn es in diesem Hotel mit rechten Dingen zugegangen wäre.

Laura war zufrieden mit sich. Miriam hatte ihr nämlich gestern erklärt, es sei ganz allein ihre, Lauras, Schuld, dass sie immer noch da waren.

»Sie sind irre nett, Sie sammeln Herzen aus Stein oder Holz oder sonst was und verteilen die Dinger überall im Schloss. Sie gestalten sogar Herzen aus Handtüchern, Sie können himmlisch gut kochen, und Sie glauben an die Liebe«, hatte sie zusammengefasst. »Dieses Scheidungshotel passt überhaupt nicht zu Ihnen.«

Dann war sie ihr um den Hals gefallen.

Laura hatte so getan, als verstünde sie nicht, doch innerlich jubelte sie.

Ich muss bloß aufpassen, sagte sie sich jetzt und strich ein letztes Mal die Bettdecke glatt. Was hatte ihr Mann noch mal behauptet?

Ach ja. »Du verdirbst das Geschäft, wenn du so weitermachst. Sobald wir nicht mehr das anbieten, wofür wir bekannt sind, können wir dichtmachen.«

Also behielt sie ihre Freude lieber für sich.

Gut gelaunt betrat sie den schmalen Flur. Mit etwas Glück war Gerda heute früh schon auf den Beinen und erwartete sie mit einer Tasse Kaffee und einem Rosinenbrötchen. Lauras Schwiegermutter ging es zusehends besser, und sie hatte schon angekündigt, dass sie den Laden bald wieder alleine übernehmen könne.

Laura wandte sich überrascht um, als sie Schritte auf der hölzernen Treppe hörte.

Ralf kam herunter. Er gähnte ausgiebig, fuhr sich durchs strubbelige Haar und blieb dicht vor ihr stehen.

Laura wunderte sich, dass ihr Mann schon so früh wach war. Als sie selbst vor einer knappen Stunde aufgestanden war, hatte er noch tief und fest geschlafen.

Sie lächelte ihm zu, so wie sie es immer tat, seit bald zwanzig Jahren.

Voller Zuneigung und Wärme.

Jedes Mal erinnerte sie sich dabei an den Moment, als er sie zum ersten Mal geküsst hatte.

Der gutaussehende Ralf Hinrichs, einziger Sohn des reichsten Bauern der Gegend, Jurastudent und Schwarm vieler Mädchen im Ort, hatte ausgerechnet sie erwählt, die schüchterne Laura, die von den meisten Leuten glatt übersehen wurde.

Er hatte sie unten am Ufer des Lünebachs in die Arme genommen und seine Lippen so fest auf ihre gepresst, dass es fast ein bisschen wehgetan hatte. Aber ihr war kein noch so kleiner Schmerzenslaut entwischt. Sie hatte seinen Kuss erwidert und gewusst, dass er der Mann war, den sie an ihrer Seite haben wollte.

Für sie war es ein Wunder gewesen. Dieses Wunder hatte ihr Leben, ihre Welt und ihre Träume in ein Farbenmeer aus Licht getaucht. Ihr Lächeln wurde breiter, als sie daran dachte, wie die Küsse sehr schnell besser geworden waren, zärtlich und leidenschaftlich zugleich.

Ralf lächelte kurz zurück.

So kurz, dass Laura sich anstrengen musste, das Zucken um seine Mundwinkel überhaupt wahrzunehmen.

»Moin«, knurrte er.

Typisch, dachte sie amüsiert. Vor acht darf niemand von Ralf Hinrichs mehr als einen knappen Gruß erwarten. Nicht einmal seine geliebte Ehefrau.

Sie betrachtete ihn genauer. Kleine Fältchen hatten sich in sein Gesicht geschlichen, als sie offenbar mal nicht so gut aufgepasst hatte. Und dieser missmutige Ausdruck war auch neu.

Oder hatte sie vielleicht in letzter Zeit zu oft an ihm vorbeigeschaut?

Ralf war immer ein jugendlicher Typ gewesen. Nun aber sah sie ihm zum ersten Mal an, dass er bereits Mitte vierzig war, fast zehn Jahre älter als sie selbst.

Im nächsten Augenblick fiel ihr auf, dass sein weinroter Morgenmantel heute früh seltsam ausgeblichen wirkte.

Laura rieb sich mit den Fingerspitzen über die Schläfen. Hatte sie den Morgenmantel zu heiß gewaschen? Sie konnte sich nicht daran erinnern.

»Tut mir leid«, sagte sie dennoch zu ihrem Mann.

»Was denn?«

»Na, das hier.« Sie zupfte leicht an dem edlen Satinstoff.

Er trat auf sie zu und runzelte die Stirn. »Was ist damit?«

Sie schaute ihm in die Augen, blinzelte und rieb sich noch ein bisschen heftiger die Schläfen.

»Das ist jetzt wirklich seltsam.«

Ralf legte die Hände auf ihre Oberarme und schüttelte sie leicht. »Laura, was ist denn los mit dir?«

»Trägst du neuerdings farbige Kontaktlinsen?«

Sein Griff verstärkte sich. »Was? Du hast sie ja nicht mehr alle!«

Laura blickte weiter in seine Augen, die grau waren.

Wintergrau.

Nicht mehr hellblau wie der Sommerhimmel.

Wohin war auf einmal das Farbenmeer aus Licht verschwunden? Ein grauer Morgenmantel, darin ein Mann mit Augen wie Bleistifte.

Okay, er musste recht haben. Sie drehte offenbar durch.

Warum bloß?

Es war doch alles wie immer. Ihre Ehe funktionierte,

ihr gemeinsames Leben war in Ordnung. Klar, der Glanz der ersten Jahre fehlte, und manchmal stöhnte Laura über Ralfs Unordnung, über seine häufig schlechte Laune oder seine Angewohnheit, mindestens eine halbe Stunde im Bad zu bleiben, auch wenn sie selbst dringend duschen musste. Doch das war Alltagskram, der sich in jede Partnerschaft einschlich, nichts Wichtiges. Nichts, was ihr Mann mit einem Grauschleier überziehen sollte. Das war wirklich idiotisch.

»Entschuldige«, sagte sie lahm.

»Es ist erst kurz nach sechs Uhr, und du starrst mich an, als hättest du mich noch nie gesehen. Das ist ziemlich seltsam.«

Habe ich auch nicht, wollte sie erwidern. Jedenfalls nicht so.

Obwohl – wenn sie ehrlich war, hatte sie in letzter Zeit schon ein paar Mal diese Sinnestäuschung gehabt. Nur viel weniger stark als jetzt. Viel weniger real.

Ob das etwas mit Merle zu tun hat?, fragte sie sich im nächsten Moment, während sie noch ein paar Mal heftig blinzelte, bis der Morgenmantel wieder weinrot wurde und Ralfs Augen zum gewohnten Blau zurückkehrten.

Möglich, dachte sie. Aber wenig wahrscheinlich.

Ihre fünfzehnjährige Tochter lief schon seit Weihnachten nur noch in schwarzen Klamotten herum, während Laura erst seit ungefähr einem Monat manchmal alles grau in grau sah. Genauer gesagt, seit dem Frühjahrsball der Lünetaler Feuerwehr Anfang Mai, als Ralf nicht ein einziges Mal mit ihr getanzt hatte. Den ganzen Abend hatte er mit seinen Freunden am Tresen gestanden, hatte gelacht, getrunken und so getan, als ob sie gar nicht existierte. Sie war allein am Tisch sitzen geblieben und hatte sich gefühlt wie früher als junges Mädchen – ein Mauerblümchen, mit dem sich niemand abgeben wollte, weil es zu ernst und zu still war. Bloß die langweilige Laura, die sowieso keinen Spaß kannte.

Sie schob die unangenehmen Gedanken beiseite und hob das Kinn.

»Mir … war nur kurz schwindelig«, flunkerte sie. Etwas Besseres fiel ihr auf die Schnelle nicht ein.

Ralfs Griff lockerte sich. »Dann ist ja alles gut«, sagte er mit einer Stimme, mit der er sonst vermutlich verzweifelte Mandantinnen beruhigte. Tief, ruhig, beinahe hypnotisch.

Ralf war Scheidungsanwalt. Er wusste, wie man mit hysterischen Menschen umging. Das behauptete er zumindest.

»Du stresst dich viel zu sehr, Laura. Kein Wunder, dass du schwächelst. Versuch mal kürzerzutreten.«

Plötzlich saß ein albernes Lachen in ihrer Kehle, und sie musste heftig schlucken, damit es nicht herausbrach und ihn beleidigte.

Kürzertreten.

Ja, klar.

Seiner Mutter die Hilfe verweigern.

Das Jagdschloss sich selbst überlassen.

Kam nicht in Frage!

Dann würde hier in absehbarer Zeit alles den Bach runtergehen, und ihre Existenzgrundlage wäre dahin. Dann müsste Ralf allein die Familie ernähren, und das konnte schwierig werden. Nicht aus finanzieller Not, denn er verdiente gut. Es ging um etwas anderes.

Um ihre kleine Schwester Nina. Sie würde auch von Ralf abhängig sein.

Aber über Nina wollte Laura jetzt nicht nachdenken.

»Ich schaff das schon«, sagte sie daher nur, nachdem sie das Lachen mit aller Kraft verdrängt hatte.

Ihre Oberarme schmerzten. Sie konnte sich nicht daran erinnern, dass Ralf sie jemals so hart angefasst hätte. Doch bestimmt fürchtete er nur, sie könnte umkippen, wenn er sie nicht gut festhielt. Das mit dem Schwindelgefühl hätte sie vielleicht nicht sagen sollen.

Um von sich selbst abzulenken, fragte sie: »Wieso bist du schon auf? Heute ist Samstag.«

Ralf legte am Wochenende größten Wert darauf auszuschlafen. Das sei sein gutes Recht, betonte er bei jeder Gelegenheit. Schließlich arbeite er an fünf Tagen der Woche hart in seiner Lüneburger Kanzlei und habe samstags und sonntags außerdem noch seine speziellen Aufgaben im Jagdschloss zu erfüllen.

Ich arbeite auch hart, hätte Laura gerne erwidert. Meine Aufgaben sind vielleicht nicht so speziell wie deine, doch ohne mich würde nichts laufen. Weder hier, noch drüben auf dem Hinrichshof.

Sie sagte es nie.

Klar, es gab immer reichlich zu tun, und als Paar hatten sie nur wenig Zeit füreinander, aber sie waren ein eingespieltes Team. Oder etwa nicht?

Sie fröstelte auf einmal.

»Irgendein Trottel ballert im Wald rum«, sagte Ralf. »Hat mich aufgeweckt.«

Laura akzeptierte die Erklärung, obwohl sie sich wunderte. Normalerweise konnte nichts und niemand Ralfs gesunden Schlaf stören. Schon gar kein Jäger im gut hundert Meter entfernten Revier.

»Wahrscheinlich dein Vater«, meinte sie nur.

Ralf stieß ein Brummen aus. »Der Mann kann es nicht lassen.«

Laura schwieg dazu. Ihr Schwiegervater war ein leidenschaftlicher Weidmann, Ralf hingegen hasste die Jagd. Das hatte sie immer an ihm geliebt.

Einen kurzen Augenblick lang sagte keiner von beiden etwas.

Laura war froh, dass die Farben zurückgekehrt waren, dennoch nagte der Vorfall an ihr. Dieser graue Schleier machte sie unsicher, und das passte nicht zu ihr. Sie war Laura Hinrichs, eine Frau, die alles im Griff hatte. Auch ihre Ehe.

»Zwischen uns ist doch alles in Ordnung, oder?« Die Frage rutschte ihr so heraus.

Jetzt war es an Ralf, sie anzustarren. »Wie zum Kuckuck kommst du denn auf so was?«

Laura erschrak. Dann wurde sie sauer.

»Das war bloß eine einfache Frage. Kein Grund, sich gleich aufzuregen.«

Ralf kam ihr auf einmal vor wie ein Fremder. Nicht mehr wie der Mann, mit dem sie verheiratet war.

»Was ist denn so schlimm daran?«, hakte sie nach. »Wer so lange zusammen ist wie wir, wird doch wohl von Zeit zu Zeit über die Partnerschaft reden dürfen. Also? Was denkst du? Geht es uns gut miteinander?«

»Selbstverständlich«, sagte Ralf mit einer Entschiedenheit, als müsste er einen Richter von seiner Sicht auf eine komplizierte Scheidung überzeugen. »Du und ich, wir sind ein gutes Gespann.«

Er hob eine Hand, als wollte er ihr auf die Schulter klopfen, überlegte es sich dann aber anders und nahm auch die andere Hand von ihrem Arm.

Laura musste sich beherrschen, um ihn nicht anzuschreien.

Ein gutes Gespann! Es kam ihr so vor, als vergliche er sie mit einem alten Ackergaul. Sie hätte sich andere Worte gewünscht.

»Aber ja, Liebling«, zum Beispiel. Oder: »Ich liebe dich wie am ersten Tag.« Oder auch gar keine Worte. Dafür eine sanfte, liebevolle Umarmung.

»Selbstverständlich«, wiederholte Ralf. »Manchmal frage ich mich, was in deinem Kopf vorgeht.« Er trat um sie herum. »Ich hole mir bloß ein Glas Wasser und gehe dann wieder ins Bett. Hoffentlich komme ich noch einmal zur Ruhe.«

Laura wartete nicht ab, bis er aus der Küche zurückkam. Sie schlüpfte ins Heidezimmer, zog leise die Bettwäsche ab und holte die benutzten Handtücher aus dem Bad. Sie wollte noch schnell die Waschmaschine im Keller anstellen, bevor sie sich auf den Weg zu ihrer Schwiegermutter machte.

Während sie mechanisch ihre Arbeit erledigte, sagte sie sich selbst vor, dass sie sich anstrengen müsse, zufriedener zu sein. Schließlich hatte sie alles, was eine Frau von Mitte dreißig sich nur wünschen konnte. Einen zuverlässigen Ehemann, eine süße Tochter, ein eigenes Geschäft und eine reizende Großmutter.

Okay, Merle war neuerdings nicht mehr besonders süß, und Oma Theodora war in ihrem ganzen Leben noch nicht reizend gewesen.

So viel zu der Frau, die alles im Griff hat, dachte sie mit einem schiefen Grinsen.

Trotzdem. Laura beschloss, sich ab sofort wieder auf die schönen Dinge in ihrem Leben zu besinnen. Sie konzentrierte sich so sehr darauf, dass sich eine steile Falte zwischen ihren Brauen bildete.

Plötzlich hörte sie jemanden laut rufen.

Es war Merle.

Spinnt die?, fragte sich Laura erschrocken. Um diese Uhrzeit! Die Gäste schlafen doch noch!

2

Schießt auf die Oma!

Dick und klebrig wie Heidehonig lag der Bodennebel im Tal, hie und da golden angeleuchtet von den ersten Strahlen der Morgensonne. Fichten, Eichen und Kiefern streckten die Wipfel in den blauen Himmel, aber das Unterholz, die Lichtung und der schmale Bach waren kaum zu erkennen.

Wilhelm Hinrichs spürte die feuchte Kälte in jedem einzelnen seiner siebenundsechzig Jahre alten Knochen, trotzdem dachte er keine Sekunde lang daran, seinen Platz auf dem Hochsitz aufzugeben.

Nichts dergleichen würde er tun!

Gerade mal eine Stunde saß er hier, wenn er jetzt abstieg, nach Hause fuhr und sich auf dem Hinrichshof am Herd in der Küche wärmte, würde er ein alter Mann sein.

Nein!

Er blieb, wo er war. Heute, am ersten Samstag im Juni, sollte es laut Wettervorhersage sommerlich warm werden. Heidelerchen und Braunkehlchen schienen derselben Ansicht zu sein. Sie jubilierten um die Wette, und aus einem der Nester im Dorf gesellte sich das Klappern der Weißstörche dazu.

Wilhelm war fest entschlossen, so lange auszuharren,

bis er den Rehbock erwischte, auf den er es seit einiger Zeit abgesehen hatte. Ein prächtiges Tier, schon etwas älter.

Angestrengt spähte er durch das Zielfernrohr seines bevorzugten Jagdgewehrs. Seine Jägerfreunde behaupteten, das Ding sei so verzogen, dass er nur noch durch Zufall treffen würde.

Was wussten die schon!

Wilhelm würde ihnen beweisen, dass er noch immer einer der Besten war.

Doch kein Wild ließ sich blicken, und auch die Sicht wollte und wollte nicht besser werden.

Mist!

Vom angestrengten Starren bekam er Kopfschmerzen, und in seinem Rücken meldeten sich quälend einige Nervenenden.

Endlich! Da war etwas!

Es ragte hoch über den Nebel heraus. Wilhelm kniff das rechte Auge noch fester zusammen, damit er mit dem linken besser sehen konnte.

Oha! Das musste ein kapitaler Hirsch sein. Ein Zehnender, mindestens. Wenn er Glück hatte, sogar ein Sechzehnender.

Unwillkürlich spannte er die Muskeln an und stellte sich mit einer einzigen fließenden Bewegung hin. Unter seinen Füßen knackte morsches Holz. Wilhelm fluchte lautlos.

Er hätte auf Ralf hören und den Hochsitz im Winter erneuern sollen. Aber wenn er nur noch tat, was sein ach so kluger Sohn ihm riet, war er bald der senile Alte, den keiner mehr ernst nahm. Nicht der Bauer mit dem größten Hof in Lünetal, den die Leute respektierten.

Jetzt wünschte er sich, er hätte ausnahmsweise getan,

was Ralf empfohlen hatte. Zu spät. Der Hirsch war längst über alle Berge.

Oder etwa doch nicht?

Wilhelm Hinrichs hatte in dem knappen halben Jahrhundert, das er inzwischen auf die Pirsch ging, schon viel erlebt. Aber so etwas noch nicht. Dass ein scheues Wild nicht beim ersten lauten Geräusch in weiten Sprüngen davonlief – wo gab es denn so was?

Vielleicht war der Hirsch ja schwerhörig.

Er musste sich ein Lachen verkneifen. Mit seinen eigenen Ohren stand es auch nicht mehr zum Besten, doch bisher war es ihm gelungen, diese kleine Unannehmlichkeit vor seiner Familie zu verbergen.

Ein schwerhöriger Hirsch. Das war ein Witz!

Wilhelm dachte nicht lange nach. Er legte an, zielte sorgsam und gab einen einzigen Schuss ab. In derselben Sekunde fiel ihm siedend heiß ein, dass für Damwild noch Schonzeit herrschte. Einen Rehbock hätte er schießen dürfen, aber keinen Hirsch. Wie hatte er das nur vergessen können!

Nicht auszudenken, wenn das rauskam! Seinen Jagdschein wäre er dann auf jeden Fall los.

Der Bock war wohl tot umgekippt. Zumindest war das Geweih im graugoldenen Bodennebel verschwunden.

Wilhelm hätte sich freuen können über den guten Schuss, aber er fühlte sich miserabel. Noch nie war ihm auf der Pirsch ein solch schlimmer Fehler unterlaufen.

Vorsichtig, weil auch die Stufen der Leiter brüchig waren, kletterte er vom Hochsitz und machte sich auf in Richtung des erlegten Wilds. Dank seiner langjährigen Erfahrung hatte er sich eine besonders schief gewachsene Krüppelkiefer gemerkt, die genau an der Stelle stand, wo er den Hirsch zuletzt gesehen hatte. Trotzdem wünschte

Wilhelm, er hätte seinen Lieblingshund Laki dabei, aber der hatte gestern etwas Falsches gefressen und war vorhin noch zu matt gewesen, um sein Herrchen zu begleiten.

Nach fünf Metern hörte er ein merkwürdiges Geräusch. Es klang nach einem Wimmern.

Unmöglich. Damwild wimmerte nicht. Seine Ohren spielten ihm wahrscheinlich wieder einen Streich.

Noch ein paar Schritte, und er wäre fast hingefallen. Über … über … Er starrte auf das Ding vor sich.

Was um Himmels willen war das?

Es kam ihm vage bekannt vor, aber es passte nicht hierher, in den Wald, in sein Revier. Es …

»Wilhelm, du Riesentrottel, kannst du etwa nicht richtig zielen?«

Er machte einen Satz nach hinten, verhedderte sich dabei mit dem Fuß in dem komischen Ding und landete auf dem Hosenboden.

Dabei rammte er sich den Schaft seiner Waffe, die er vorschriftsmäßig gesichert über der Schulter trug, ins Steißbein. Nur mit größter Willensanstrengung unterdrückte er einen Schrei.

»Woher kennst du meinen Namen?«, flüsterte er.

Selbstverständlich glaubte er nicht, ein tödlich verletzter Hirsch würde mit ihm sprechen. Er war ja nicht plötzlich durchgedreht. Höchstens ein kleines bisschen verwirrt war er.

»Du hast bloß das olle Geweih getroffen. Mich nicht.«

»Was?«

»Und wehe, mein Rollator ist verbogen. Wie soll ich denn ohne den jemals aus dem Wald rauskommen?«

Ein Rollator, genau. Jetzt wusste er wieder, was das für ein Ding war. Und es gehörte …

»Theodora von Bonin, du verrückte Alte! Was hast du hier zu suchen?«

Ein paar Meter von ihm entfernt richtete sich eine zierliche zweiundachtzigjährige Frau auf. Im Stehen war sie kaum größer als Wilhelm im Sitzen. Mit einer schnellen Bewegung zog sie den alten Motorradhelm vom Kopf, an dem das prachtvolle Geweih befestigt war.

Nun erkannte Wilhelm es. Normalerweise hing es in der Diele von Schloss Bonin, direkt über dem Eingangsportal. Es war die größte Trophäe von Theodoras Schwiegervater, geschossen vor mehr als sechzig Jahren, gehütet und gepflegt wie ein Familienschatz.

Bis heute.

Wilhelm sah genauer hin. Eine der Sprossen war abgebrochen. Glatter Durchschuss.

Der alte Viktor Graf von Bonin hätte ihn dafür vermutlich am nächstbesten Galgen aufgeknüpft.

Er spürte, wie Angst, Zorn und Erleichterung in seinem Innern um die Vorherrschaft kämpften.

»Ich hab gedacht, auf dich wär Verlass«, erklärte Theodora und fuhr sich mit beiden Händen durch die silberweiße Mähne, die daraufhin nur noch wilder als sonst von ihrem Kopf abstand. »Aber es stimmt, was die Leute sagen. Dein Feuerstock da taugt nichts.« Sie zeigte auf sein Gewehr, das im Gras lag und abkühlte. »Oder du kannst nicht mehr geradeaus gucken. Erreicht hast du jedenfalls nur, dass ich auf meine schlimme Hüfte gefallen bin. Das war nun wirklich nicht der Sinn der Sache.«

Wilhelm entschied sich für den Zorn. »Wie kannst du es wagen!«, brüllte er und sprang auf.

Sein Steißbein schickte heiße Schmerzwellen in die untere Körperhälfte, doch er ignorierte sie und bückte sich nach seiner Waffe. Ehe er selbst begriff, was er tat, legte er auf Theodora an.

Sie hob die rechte Hand. »Tu das nicht«, sagte sie mit einer Ruhe, die ihm unnatürlich vorkam.

»Wer sollte mich daran hindern?«

»Dein gesunder Menschenverstand.« Sie sprach das Wort betont langsam und deutlich aus, so als nähme sie an, er habe es noch nie gehört.

Sein Zorn loderte mit aller Macht auf.

»Wenn du mich vorhin erschossen hättest, als du mich für einen Hirsch gehalten hast, wär's in Ordnung gewesen«, sagte sie so ruhig, als säßen sie gemütlich bei Kaffee und Butterkuchen in seiner guten Stube. »Dann wär's als Jagdunfall durchgegangen. Ich wäre tot, und alle wären zufrieden.«

Wilhelm musste schlucken, behielt das Gewehr jedoch im Anschlag.

»Aber wenn du jetzt auf mich schießt, dann ist es … Mord.« Sie ließ ihre Worte einen Moment wirken, bevor sie weitersprach. »So gerne ich diese Welt verlassen möchte, mein Guter, das kann ich nicht verantworten. Dann wanderst du nämlich schnurstracks ins Gefängnis, und dein Sohn, der unglücklicherweise mein Schwiegerenkel ist, ruiniert womöglich seine Anwaltskarriere, um dich da wieder rauszuholen. Von meiner lieben Laura gar nicht erst zu reden, die todunglücklich wäre, wenn ihr angebeteter Ralf auch nur den kleinsten Kummer hätte. Sie hängt ja mit einer wahren Affenliebe an ihm. Und meine Urenkelin Merle, vor der ich neuerdings ein wenig Angst habe …« Theodora verlor den Faden und verstummte.

Wie erschlagen von ihrem Redeschwall ließ Wilhelm die Waffe sinken. »Du gehörst ja eingesperrt«, murmelte er, in dem Wissen, dass die Mehrheit der zweitausend Einwohner seines Heimatstädtchens ähnlich dachte.

Hier, am südöstlichen Zipfel der Lüneburger Heide, sahen die Leute aus alter Gewohnheit über die eine oder andere Verschrobenheit hinweg. Das mochte an der rauen, einsamen Landschaft liegen oder daran, dass diese Gegend über Jahrhunderte hinweg vom Rest der Welt abgeschnitten gewesen war.

Aber die Gräfin war ein ganz besonderes Kaliber. »Verrückte Alte« war noch eine harmlose Bezeichnung. Es gab genügend Leute, die Theodora von Bonin für gemeingefährlich hielten. Einige Lünetaler schreckten nicht einmal davor zurück, ihre Einweisung in eine psychiatrische Klinik zu verlangen.

Bislang hatte Wilhelm lieber weggehört, wenn am Stammtisch im »Heidekrug« davon die Rede war. Doch seit ungefähr zehn Minuten teilte er die Meinung der anderen.

Jetzt lächelte Theodora, und auf einmal hatte er die junge Frau wieder vor Augen, die sie einst gewesen war. Bildschön, mit langen Haaren von der Farbe reifen Sommerweizens und einer Figur, die ihm, dem damals Heranwachsenden, die ersten fiebrigen Träume beschert hatte.

Zur Heidekönigin war sie gewählt worden, und zu der Zeit hatte auch der junge Herr Graf ein Auge auf sie geworfen. Nur ein Jahr später hatte sie Dankward Viktor Immanuel von Bonin geheiratet. Seitdem war sie die Frau Gräfin und damit unerreichbar für den deutlich jüngeren Bauernsohn Wilhelm Hinrichs.

Inzwischen dachte er nur noch selten an die Jahre, in denen er sich nach ihr verzehrt hatte. Sie war bloß eine alte Frau, die ihren Gatten überlebt hatte und des Daseins auf Erden müde war.

»Du gehörst eingesperrt«, wiederholte er, diesmal etwas lauter.

Ihr Lächeln verschwand, zurück blieb ein entschlossener Gesichtsausdruck. »Ganz deiner Meinung, mein Guter. Ich möchte wirklich gern eingesperrt werden. In einen Sarg aus polierter Buche mit silbernen Beschlägen. Ich hab ihn mir schon im Katalog ausgesucht.«

Wilhelm stieß ein Schnauben aus. Dieser Frau war wirklich nicht mehr zu helfen!

Irgendwann im Laufe des letzten Jahres hatte sie beschlossen zu sterben, und seitdem ließ sie keine Gelegenheit ungenutzt. Erst vor zwei Wochen hatte sie versucht, sich im Lünebach zu ertränken. War nur leider nichts draus geworden, weil das Flüsschen kaum Wasser führte. Daran hatte auch der viele Regen im Frühjahr nichts geändert.

Oder das Mal, als sie auf die brennende Scheune vom Bauer Overbeck zugerannt war. Wann war das noch gewesen?

Er legte die Stirn in Falten. Ach ja, genau! Ralf war zu Ostern mitten in der Nacht zu einem Einsatz herausgerufen worden.

Wilhelms Sohn war Hauptmann bei der Freiwilligen Feuerwehr Lünetal, genau wie er selbst es drei Jahrzehnte lang gewesen war. Und vor ihm sein Vater.

Bei Overbeck war ein Osterfeuer außer Kontrolle geraten und hatte auf die Scheune übergegriffen. Ralf hatte in letzter Sekunde gesehen, wie seine Schwieger-Großmutter im flatternden Nachthemd auf die hell lodernden Flammen zugelaufen war. Er hatte sie erwischt, als ihre Haarspitzen schon leicht angesengt waren. Daraufhin hatte sie ihn so laut angebrüllt, dass ihre Schreie vermutlich bis ins benachbarte Lüneburg zu hören gewesen waren.

Wilhelm schickte ein zweites Schnauben hinterher.

Es würde der Tag kommen, an dem ein Unglück geschah. Möglicherweise würde dabei jedoch nicht Theodora Gräfin von Bonin zu Schaden kommen, sondern jemand, der dumm genug war, sie retten zu wollen.

Er selbst zum Beispiel konnte von Glück sagen, dass er bloß auf den Hosenboden gefallen war. Das hätte ganz anders ausgehen können. Mit einem zweiten Schuss zum Beispiel. Natürlich war seine Waffe gesichert, aber so ganz vertraute er der alten Verriegelung nicht mehr.

Ja, er hätte ohne Weiteres sterben können!

»Hör auf, wie ein brunftiger Hirsch rumzustöhnen, gib mir lieber meinen Rollator.«

Er tat wie geheißen, einfach weil er seit Jahrzehnten daran gewöhnt war, ihre Befehle auszuführen. Theodora war eine Respektsperson im Dorf, mochte sie neuerdings noch so seltsam sein. Zudem war Wilhelm seit Jahrzehnten Pächter eines großen Stück Landes derer von Bonin gewesen, daher war es ihm in Fleisch und Blut übergegangen, dem Grafen und der Gräfin mit einer gewissen Unterwürfigkeit zu begegnen. Also folgte er ihrem Befehl, obwohl ihm vollkommen klar war, dass sie keine Chance hatte.

»Damit kommst du nicht weit.«

Theodora ignorierte ihn und stützte sich schwer auf die Haltegriffe.

Wilhelm musste grinsen. Die alte Frau mit einem Rollator im Wald – das sah aber auch zu komisch aus.

»Wie hast du es überhaupt geschafft, das Ding über den Feldweg und die Wiese zu rollen? Es ist eine ziemlich weite Strecke vom Jagdschloss bis hierher.«

»Ist meine Sache. Geh mir aus dem Weg.«

Wilhelm trat einen Schritt zur Seite und schaute zu, wie

sie sich abmühte. Er vermutete, dass sie auf dem Hinweg noch genug Kraft in den Beinen gehabt hatte, um die Gehhilfe hinter sich herzuziehen.

Davon konnte jetzt keine Rede mehr sein. Sosehr Theodora sich auch anstrengte, sie kam nicht vom Fleck. Sie zerrte, schob und zerrte wieder. Ohne Erfolg.

»Du sitzt hier fest«, erklärte er.

»Pah!«, stieß Theodora aus und kämpfte mit einer Wurzel. Doch das linke Vorderrad der Gehhilfe wollte und wollte nicht darüberrollen.

Wilhelm amüsierte sich mehr und mehr. »Ich sollte dich hierlassen. Dann stirbst du ganz sicher.«

»Aber es wäre ein langsamer, qualvoller Tod«, gab sie schnaufend zurück. »So will ich nicht enden. Das ist was für alte, törichte Leute. Ich wünsche mir einen schnellen und dramatischen Abgang. Hättest du besser gezielt, wäre die Sache erledigt.«

»Frau Gräfin wissen, was Ihre Stellung verlangt.«

»Versuch nicht, ironisch zu sein, Wilhelm. Dazu fehlt es dir an Intelligenz.«

Schon wieder wütend, starrte er sie an, doch sie schien es nicht einmal zu bemerken.

»Nun komm schon und hilf mir.«

»Wie du willst.«

Im nächsten Moment hatte er sich Theodora geschnappt und sie wie ein erlegtes Wild über die Schulter geworfen. Sein Steißbein protestierte zwar bei der ruckartigen Bewegung, aber er ignorierte den Schmerz. Und von unterwürfigem Verhalten hatte er ein für alle Mal genug.

Theodora schrie auf. »Au, au, au!«

Wilhelm grunzte nur.

»Was hast du mit mir vor?«

»Ich bringe dich nach Hause, was denkst du denn? Dort kannst du dir dann in Ruhe den nächsten Selbstmordversuch überlegen.«

Sie sagte nichts mehr, atmete bloß schwer.

Erneut musste er daran denken, wie sehr er sie früher begehrt hatte. Damals war es sein größter Traum gewesen, sie einmal nur in den Armen halten zu dürfen.

Jetzt spürte er ihr Fliegengewicht auf seiner Schulter kaum. Mit der anderen Hand schnappte er sich den Rollator, dann machte er sich auf den Weg. Schon nach wenigen Metern musste Wilhelm sich eingestehen, dass er es nicht schaffte. Trotz ihres geringen Gewichts nahm Theodora seine ganze Kraft in Anspruch, also ließ er die Gehhilfe stehen. Er würde sie später holen. Ebenso wie das Hirschgeweih. Das durfte er auf keinen Fall vergessen. Der alte Graf würde vermutlich aus dem Grab auffahren und Rache nehmen, wenn seine schönste Trophäe verloren ginge, aber Wilhelm hatte nun mal bloß zwei Arme und nicht drei. Und es kam absolut nicht in Frage, dass er sich den Motorradhelm mit dem daran befestigten Geweih auf den Kopf setzte.

Theodora gab schnelle, pfeifende Laute von sich. Es hörte sich an, als würde die letzte Atemluft aus ihrer Lunge gepresst.

Er dachte gar nicht daran, ihr eine bequemere Stellung zu verschaffen.

Nach fünfzig Metern begann er zu schnaufen. Er war eben auch nicht mehr der Jüngste!

»Stell dich nicht so an«, sagte Theodora. »Ich wiege bloß einundvierzig Kilo.«

Wilhelm verzichtete auf eine Antwort. Er hatte inzwischen die Zufahrt zu Schloss Bonin erreicht und brauchte seine ganze Kraft für den leichten Anstieg.

Kieselsteine kullerten unter seinen Stiefeln weg, Theodora war jetzt still.

Vielleicht hatte er sie ja doch noch umgebracht.

Oben im ersten Stock wurde ein Fenster geöffnet, und ein Wesen, so schwarz wie die Nacht, erschien. Einzig das Gesicht leuchtete ihnen hell entgegen.

»Mama!«, schrie das Wesen. »Da kommt Opa Hinrichs mit einem Mehlsack auf der Schulter, der aussieht wie Uroma Theodora.«

3

Strafe muss sein

Laura erkannte Merles Stimme sofort, aber sie verstand nur die Hälfte von dem, was ihre Tochter rief.

Ein Mehlsack? Wo?

Ratlos ging sie hinauf in den zweiten Stock und öffnete die Tür zum Kinderzimmer.

Hier oben waren die Räumlichkeiten klein und bescheiden, schließlich hatten einst die Dienstboten unter dem Dach gewohnt. Von außen wirkte das barocke, im Fachwerkstil gebaute Jagdschloss mit dem roten Satteldach, den zahlreichen Schornsteinen und der geschwungenen Freitreppe vor dem Haupteingang ebenso prächtig wie elegant. Das Parterre hatte einst der Repräsentation gedient und verfügte über hohe, luftige Räume, in denen in früheren Jahren große Abendessen und Bälle für die vornehme Hamburger Gesellschaft gegeben worden waren. Die Schlafgemächer im ersten Stock waren nicht minder beeindruckend. Sie dienten heute als geschmackvoll eingerichtete Gästezimmer.

Unterm Dach hatte Lauras Vorfahr, Immanuel Graf von Bonin, Anfang des achtzehnten Jahrhunderts jedoch nur primitive Unterkünfte errichten lassen, die gerade mal Platz für eine schmale Liege, einen kleinen Schrank und einen Waschtisch boten.

Merle hatte ihr winziges Zimmer früher heiß und innig geliebt. Die Wände waren hellrosa gestrichen gewesen, damit sie größer wirkten, die wenigen Möbel und der massive tragende Deckenbalken hatten in blendendem Weiß gestrahlt.

Seit dem vergangenen Winter war es damit vorbei. Jetzt starrte Laura in eine Art lichtlose Höhle, in der man die Hand nicht vor Augen sah, wenn keine Lampe brannte oder Tageslicht hereinfiel. Mit dunkelbrauner Wandfarbe und einem blickdichten Rollo vor dem schmalen Fenster hatte Merle den Raum optisch um die Hälfte verkleinert.

Mindestens.

Laura blieb auf der Türschwelle stehen. Es kostete sie immer wieder Überwindung einzutreten.

»Was ist los?«, fragte sie.

Merle lehnte weit aus dem Fenster. So weit, dass Laura am liebsten losgestürzt wäre und sie an den Beinen gepackt hätte.

Aber das durfte sie natürlich nicht tun. Als Mutter einer fünfzehnjährigen Tochter hatte sie das Recht verspielt, ihr Kind schützen zu wollen. Merle war groß, sie brauchte ihre Mama nicht mehr. Sie brauchte sowieso nichts und niemanden mehr.

Vor allem keine Farben. Alles an ihr war schwarz und weiß.

Laura schaute auf blickdichte Strumpfhosen über schwarzen Stiefeln. Ein kurzer Rock und ein überdimensionales T-Shirt im selben düsteren Style vollendeten das Erscheinungsbild.

Merles Gesicht konnte sie nicht sehen, aber sie ahnte, dass ihre Tochter bereits zu dieser frühen Stunde kalkweiß geschminkt war, mit einem dicken Kajalstrich um die Augen. Ihr Haar, bis vor zehn Monaten noch golden glänzend, ähnelte dem schmutzigen Gefieder eines Kolkrabens.

Noch vor einem halben Jahr war Merle am Wochenende vor Mittag nicht aus dem Bett zu kriegen gewesen. Seit Neuestem schien sie vor allen anderen aufzustehen, um perfekt gestylt in den Tag zu starten. Vielleicht schlief sie auch überhaupt nicht mehr.

Energisch verdrängte Laura alle trüben Gedanken und betrat das Zimmer.

»Guck dir das an!«, rief Merle und wedelte mit der Hand.

Laura bemerkte den frischen nachtdunklen Lack auf den Fingernägeln des Mädchens.

Wie hässlich, dachte sie und fragte sich wie schon so oft, wer ihre hübsche, lachende Tochter entführt und dieses mürrische Wesen an ihrer Stelle zurückgelassen hatte.

Sie unterdrückte ein Seufzen und trat ans Fenster. Dabei nahm sie einen herben Geruch wahr, der mehr an ein Unkrautvernichtungsmittel als an ein Parfum für junge Mädchen erinnerte. Früher hatte Merle immer nach Zimt und Brausepulver geduftet. Ein zweiter Seufzer wollte ihrer Kehle entweichen, aber sie schluckte ihn herunter.

Es hatte ja keinen Sinn, sich aufzuregen. Die Pubertät, so hatte sie mal irgendwo gelesen, ist das Alter, in dem die Eltern seltsam werden. Sie fand den Spruch lustig und erinnerte sich daran, wenn sie mal wieder den heftigen Drang verspürte, Merle in die Badewanne zu stecken und so lange abzuschrubben, bis sie wieder aussah wie früher.

Rosig, blond und hell.

Sanft legte sie ihrer Tochter eine Hand auf die Schulter. Merle zuckte zusammen. Den dritten Seufzer konnte

Laura nicht zurückhalten, als sie die Hand schnell wieder wegnahm.

Merle tat, als hörte sie nichts. »Da«, sagte sie und zeigte mit ausgestrecktem Arm aus dem Fenster. »Uroma hat so laut gezetert, dass sogar ich sie gehört habe.«

»O nein!«

Laura stürzte aus dem Zimmer und flog die zwei Stockwerke nach unten. Sie erreichte ihren Schwiegervater, als dieser Theodora gerade auf der Freitreppe absetzte. Er stöhnte dabei, als hätte er Schmerzen. Ihre Großmutter war kreidebleich im Gesicht, und das ohne die zentimeterdicke Schminke, die Merle für den gleichen Effekt benutzte. Sie hielt die Augen geschlossen und wäre wie eine Puppe umgekippt, wenn Wilhelm sie nicht gestützt hätte.

»Was ist passiert?«, fragte Laura atemlos. »Ist sie …?«

»Ich bin nicht tot«, verkündete Theodora und richtete sich unverhofft mit neuer Energie auf. »Leider. Bloß durchgerüttelt.« Mit einiger Kraft drückte sie Wilhelms helfende Hände weg.

Er stand auf, blieb aber dicht bei ihr.

Verwirrt schaute Laura von ihm zu Theodora und wieder zurück. Sie ahnte etwas, musste es aber hören, um es zu glauben.

Ihr Schwiegervater trat von einem Bein aufs andere. Er trug seine Jägerkluft und wirkte wie jemand, der in diesem Moment lieber ganz woanders sein wollte. Im Wald auf seinem Hochsitz, schätzte Laura.

»Die verrückte Alte ist mir geradewegs in die Schusslinie gesprungen.«

»Was?« Laura sank neben ihrer Großmutter auf die Treppe. Schon wieder!, dachte sie.

Theodora war fest entschlossen zu sterben. Laura war

deswegen mit ihr schon bei einem halben Dutzend Psychologen und Psychiatern gewesen.

Zwecklos.

Ab der Sekunde, in der Theodora einem Arzt gegenübersaß, gab sie gekonnt die vernünftige ältere Gräfin zum Besten, deren Enkelin sich bloß zu viele Sorgen machte. Bisher war ihr noch jeder auf den Leim gegangen.

»Das glaube ich nicht«, stieß Laura hervor. Unruhig stand sie wieder auf.

»Ich schon.« Merle gesellte sich zu den dreien und grinste breit.

Wilhelm Hinrichs schaute schnell auf seine Füße.

Laura konnte es ihm nicht verdenken. Ein Grinsen wirkte in diesem weiß angemalten Gesicht mit den schwarz umrandeten Augen und den dunklen Lippen wirklich unheimlich.

Auch Theodora betrachtete ihre Urenkelin nur kurz, bevor sie den Blick zur Hofkapelle wandern ließ, die neben den alten Stallungen am Ende der Auffahrt stand. Es fehlte nicht viel, und sie hätte das Kreuzzeichen geschlagen.

Obwohl sie protestantisch war.

Angesichts dieses schwarz-weißen Mädchens nahm sie das nicht so genau. Ihre rechte Hand zuckte schon, bevor sie es sich im letzten Moment anders überlegte.

Laura konnte es nur zu gut nachfühlen.

»Hey, Uroma, hast du's wieder mal nicht geschafft abzutreten?«

»Nein«, erwiderte Theodora knapp. »Wie du siehst, bin ich noch quicklebendig.«

»Du bist aber auch echt stur. Ich hab dir doch gesagt, dass ich dir helfe.«

Na toll!, dachte Laura. Seit Monaten schon verweigerte

Merle nach der Schule ihre Hilfe im Hotel. Und wenn bald die großen Ferien anfingen, war mit ihr bestimmt auch nicht zu rechnen. Doch ihre Urgroßmutter ins Jenseits zu befördern, dazu war sie bereit.

»Das ist sehr freundlich von dir«, erwiderte Theodora mit einem winzigen Lächeln auf den Lippen. »Aber ich denke, ich muss es alleine schaffen.«

»Dann streng dich mal ein bisschen mehr an. So wird das nie was. Jeder weiß, dass Opa Hinrichs Flinte um die Ecke schießt.«

Die Ohrfeige kam so schnell, dass Merle erst mit ein paar Sekunden Verspätung aufschrie.

Kurz glaubte Laura sogar, sie hätte selbst zugelangt. Zum ersten Mal, seit ihre Tochter auf der Welt war.

Aber es war Wilhelm gewesen, der Merle die Backpfeife verpasst hatte, und er wirkte selbst am meisten überrascht. Er wischte die Handfläche an der Hose ab und hinterließ einen weißen Streifen.

Merle heulte noch lauter auf. »Das ist Kindesmisshandlung!«

»Blödsinn«, gab er ruhig zurück. »Das war höchste Zeit.«

»Guter Mann«, sagte Theodora.

Laura wollte ihm böse sein, schaffte es jedoch nicht. Ihre Tochter war manchmal einfach unausstehlich.

»Geh und mach dich für die Schule fertig.«

»Heute ist Samstag!«

Laura rieb sich über die Stirn. Natürlich, das hatte sie ganz vergessen. »In Ordnung, dann kannst du mir nachher bei den Zimmern helfen.«

»Ich denke gar nicht dran! Eher zünde ich die Bude an.«

Alle erstarrten, selbst Merle.

Sie wusste, sie war zu weit gegangen. »Das habe ich nur so dahingesagt.«

»Wollen wir es hoffen«, erwiderte Laura und half ihrer Großmutter auf die Füße. »Danke, dass du sie heimgebracht hast«, sagte sie zu Wilhelm.

»Konnte sie ja schlecht im Wald verrotten lassen«, erwiderte er und fing sich einen scharfen Blick von Theodora ein. »Den Rollator muss ich auch noch holen.«

Die alte Gräfin hob drohend einen arthritischen Zeigefinger. »Gnade dir Gott, wenn da auch nur ein winziger Kratzer dran ist.«

Wilhelm zuckte mit den Schultern. »Ich habe das Ding nicht in die Walachei gerollt.«

Niemand sprach mit Merle, niemand schaute sie an.

Es tat Laura in der Seele weh, ihre Tochter so einsam zu sehen, doch Strafe musste sein. Sie wünschte, Ralf wäre von dem Krach wieder aufgewacht und stünde ihr zur Seite. Doch er schlief offensichtlich tief und fest. Später würde sie ihm alles erzählen. Auch ihre Gäste Miriam und Rainer ließen sich nicht blicken. Zum Glück ging das Fenster ihres Zimmers zur anderen Seite hinaus.

Wilhelm packte Merle am Handgelenk, bevor sie sich verdrücken konnte. »Du, mein Fräulein, gehst jetzt direkt rüber zu Oma Gerda und hilfst ihr im Hofladen. Deine Mutter muss sich um Theodora kümmern. Und du bleibst so lange dort, wie du gebrauchst wird. Haben wir uns verstanden?«

Merle nickte nur, sie wirkte ziemlich eingeschüchtert. Als Wilhelm sie losließ, rannte sie in Richtung Hinrichshof davon.

»Danke«, sagte Laura.

Er kratzte sich an der Stirn. »Wird kein gutes Geschäft

werden heute, wenn ein schwarzer kleiner Teufel bedient.« Dann wandte er sich ab und lief die Einfahrt hinunter. »Ich geh dann mal den Rollator holen«, sagte er über die Schulter. »Das Geweih liegt auch noch im Wald. Ich bringe es gleich mit.«

Welches Geweih?, wollte Laura fragen, ließ es aber bleiben. Im Augenblick hatte sie genug von absurden Geschichten.

Merle war schon nicht mehr zu sehen. Wahrscheinlich würde sie nicht nur Gerdas Kunden vergraulen, sondern auch den ganzen Tag schmollen. Geschah ihr ganz recht. Laura wurde aus ihrer Tochter einfach nicht mehr klug. Wie so oft grübelte sie über Merle nach, während sie darauf wartete, dass ihre Großmutter festen Stand bekam.

Zum persönlichen Glück des schwarz gekleideten Mädchens fehlten reihenweise Piercings an Augenbrauen, Ohren, Nasenflügeln und Lippen, aber bisher war Merle davor zurückgeschreckt, weil sie genau wusste: nur ein einziger Stich und sie würde sich zu Hause den Ärger des Jahrhunderts einhandeln.

Laura fand, sie sah auch so schon schlimm genug aus. Sie wollte Merle schütteln und herausfinden, wann das ein Ende haben würde und, viel wichtiger noch, warum es überhaupt begonnen hatte. Doch sie wusste, sie würde keine Antwort bekommen. Höchstens ein Schulterzucken. Sie hatte es schon zu oft versucht.

Das Einzige, was Merle mal zur Erklärung gesagt hatte, war: »Gib's auf, Mama. Du kapierst es sowieso nicht.«

Es war wenig hilfreich gewesen.

Sie hatte daraufhin recherchiert, stundenlang in der Nacht, wenn Ralf schon schlief. Sie tat es im Geheimen, weil mit ihm nicht zu reden war. Er behauptete, das würde sich bald wieder auswachsen, sie dürften das Ganze nicht so ernst nehmen.

Schließlich hatte Laura halbwegs verstanden, worum es ging. Die meisten Anhänger der Gothic-Kultur wollten sich von der konservativen, intoleranten und konsumorientierten Gesellschaft distanzieren. Andere waren darüber hinaus von Themen wie Tod und Vergänglichkeit fasziniert. Wie jedoch ihre Tochter da reinpasste, wollte ihr nicht in den Kopf gehen.

Wie konnte Merle, die ein gutes, beschütztes Leben führte, auf einmal das Bedürfnis verspüren, sich so deutlich von ihnen allen abzugrenzen? Laura hatte sich sogar schon gefragt, ob Großmutter Theodora mit ihrer Todessehnsucht auf das Kind abgefärbt hatte. Aber das war Unsinn. Merle hatte ihre Uroma früher heiß und innig geliebt, heute dagegen behandelte sie die alte Frau nur noch mit Verachtung.

Selten hatte sich Laura im Leben so hilflos gefühlt wie derzeit im Umgang mit ihrer Tochter. Nicht einmal damals, als sie selbst ein Teenager gewesen war und ihre Welt aufgehört hatte zu existieren.

Von einem Moment auf den anderen.

Auf dem Weg ins Schloss stützte sich Theodora schwer auf Laura. Mit Mühe schaffte sie es bis in den Salon, wo sie auf einem mit rotem Samt bezogenen Sofa zusammenbrach.

»Meine Hüfte bringt mich noch um«, sagte sie und zog die Mundwinkel nach unten. Dann kicherte sie. »Schön wär's.«

»Brauchst du etwas? Soll ich dir vielleicht ein Glas Wasser holen?«

Laura wusste, sie hätte Theodora ausschimpfen müssen, aber ihr fehlte die Energie dafür. Zu oft hatte sie ihre Großmutter schon gebeten, mit dem Unsinn aufzuhören, zu oft hatte sie das Gefühl gehabt, ihre Worte fielen in einen tiefen Brunnen, um dort ungehört zu verhallen.

»Ja, Laura-Schatz, bitte sei so gut.« Theodora zeigte zu der hohen Glasvitrine, in der sie die alkoholischen Getränke für die Gäste aufbewahrten. Seit Merle so dunkel und unberechenbar geworden war, hing ein großes Vorhängeschloss daran, und niemand außer Laura besaß den Schlüssel dafür.

»Nur ein winziges Schlückchen«, bat Theodora. »Für meine Nerven.«

Laura schüttelte den Kopf. »Auf gar keinen Fall. Es ist noch nicht mal sieben Uhr morgens.«

»Aber es hilft. Luise schwört drauf.«

Luise Pleschke war eine alte Freundin von Theodora. Sie kannten einander schon ein Leben lang. Luise lebte im rund hundert Kilometer entfernten Hasellöhne, und obwohl die Freundinnen sich kaum noch sahen, blieben sie eng verbunden. Luise hatte ein besonderes Hobby: Sie brannte Schnaps aus Wacholderbeeren.

Es war ein hochprozentiges Zeug, das Laura nur ein einziges Mal probiert hatte. Zwei Tage lang war ihr so übel gewesen, dass sie seitdem nicht mal mehr an der Flasche riechen wollte.

Angeblich war Wacholderschnaps das beste Schmerzmittel der Welt, aber Laura hatte sich geschworen, lieber die größten Leiden zu ertragen, als jemals wieder dieses Teufelszeug anzurühren.

Ihre zierliche Großmutter war da weniger empfindlich.

»Bitte«, fügte Theodora hinzu: Sie bat sonst nie um etwas.

Laura dachte an die Gäste, die im Laufe des Vormittages eintreffen mussten, und daran, was sie wohl sagen würden, wenn sie als Erstes auf die lebensmüde Theodora trafen, die im Salon thronte und von ihrem ungewöhnlichen Jagdausflug erzählte.

»Nur, wenn du dich danach gleich hinlegst.«

»Versprochen.«

»Also gut.«

Sie holte die Flasche aus der Vitrine, brachte sie der Gräfin zusammen mit einem kleinen Glas und stellte beides in Reichweite ab.

Ein Fehler, wie sie noch feststellen sollte.

»Danke, du bist ein Engel.« Theodora füllte das Glas, legte den Kopf in den Nacken und trank es in einem Zug aus. Augenblicklich kehrte Farbe in ihre Wangen zurück, und sie stieß einen langen erleichterten Seufzer aus. »Das weckt die Lebensgeister.«

»Sagt die Richtige.«

»Bitte nicht böse sein, Kind. Du weißt, ich mag nicht mehr auf dieser Welt sein, seit mein geliebter Dankward sie verlassen hat.«

In ihrer Stimme schwang ein wütender Unterton mit, und Laura wusste, warum. Dass ihr Ehemann mit fast neunzig Jahren gestorben war, konnte Theodora ihm schlecht übel nehmen. Immerhin hatte er zwei Herzinfarkte überstanden, bevor der dritte ihn schließlich dahinraffte. Aber dass er nicht bis zur Diamantenen Hochzeit durchgehalten hatte, das würde sie ihm nie verzeihen. Damit wurde sie einfach nicht fertig.

Wenn Schlossgäste die alte Gräfin fragten, wie lange sie denn verheiratet gewesen sei, musste sie ehrlicherweise antworten: »Neunundfünfzig Jahre, acht Monate und drei Tage.«

Sie hasste das. Sie wünschte sich brennend, den Leuten eine andere Auskunft geben zu können. Laura hatte sie mal dabei beobachtet, wie sie in ihrem Zimmer heimlich vor dem Spiegel geübt hatte.

»Mehr als sechzig Jahre hat unsere Ehe gehalten. Unsere Diamantene Hochzeit war *das* gesellschaftliche Ereignis in der Lüneburger Heide zwischen Buchholz, Soltau und Uelzen«, hatte sie ihrem Spiegelbild erzählt. Daraufhin hatte sie dramatisch die Stimme gesenkt und ihrer imaginären Gesprächspartnerin prophezeit: »So etwas werden Sie niemals schaffen, meine Gute. Einfach weil Sie so dumm sind, alles hinzuwerfen, nur weil Ihr Gatte mal gepupst hat.«

In dem Moment war Laura heilfroh gewesen, dass es kein Jubelfest gegeben hatte – obwohl sie mit zärtlicher Liebe an ihrem Großvater gehangen hatte und ihn bis heute schmerzlich vermisste. Ihre Großmutter hätte das Geschäft locker in den Ruin getrieben. Schneller als es Ralfs Meinung nach Laura tat, indem sie zu nett zu den Gästen war.

Sie wandte sich von Theodora ab und schaute zu dem Ölbild, das Dankward Viktor Immanuel von Bonin zeigte. Fünfzig war er damals gewesen, ein imposanter Mann mit freundlichen Augen in der Blüte seiner Jahre.

Ohne dich hätte ich das alles nicht geschafft, sagte sie stumm.

Er zwinkerte ihr zu.

Was?

Laura wischte sich über die Augen. Entweder war sie übermüdet, oder die Ausdünstungen des Wacholdergeistes hatten sie betrunken gemacht. Oder sie drehte langsam durch, weil die Welt um sie herum grau wurde und Ölbilder ihr zuzwinkerten.

Sie schaute noch einmal hin. Großvater Dankward guckte regungslos von der Wand herab.

Danke.

Ihr Blick fiel auf das Beistelltischchen aus poliertem Rosenholz. Darauf lag etwas, das nicht dorthin gehörte. Ein Ferienprospekt, mit dem Titelblatt nach unten.

Ihr fiel wieder ein, wie hektisch Ralf am Vorabend nach etwas gesucht hatte. Angeblich handelte es sich um wichtige Dokumente aus der Kanzlei. Möglicherweise hatte eine Zeitung daraufgelegen, die Laura beim Aufräumen in der Früh weggenommen hatte.

Ach was, dachte sie im nächsten Augenblick. Ich bilde mir da etwas ein. Bestimmt hatte einer der Gäste den Prospekt liegen gelassen. Vielleicht plante das Ehepaar Sievers, nach der Lüneburger Heide noch an einem anderen Ort Urlaub zu machen. Trotzdem streckte Laura den Arm aus, griff den Prospekt und drehte ihn um.

4

Eviva España

»Mallorca. Die schönsten Buchten«, stand auf dem Prospekt.

Ach, dachte Laura, es muss herrlich sein, dort Urlaub zu machen. Den lieben langen Tag in der Sonne liegen, feinen Sand zwischen den Zehen spüren und von Zeit zu Zeit ins warme, salzige Wasser springen. Dazu ein kühler Drink und der eigene Mann, der einem sanft die Sonnencreme auf dem Rücken verteilt.

Ein Traum.

Prompt überfiel sie brennender Neid auf Miriam und Rainer Sievers. Nicht genug, dass die beiden wieder glücklich waren, nun wollten sie auch noch auf die Lieblingsinsel der Deutschen fliegen.

Falls es wirklich ihr Prospekt war.

Im nächsten Augenblick erinnerte sich Laura daran, dass ihr eigener Hochzeitstag bevorstand. Ein Glücksgefühl strömte in ihr Herz.

Konnte es wirklich sein? Sollte Mallorca gar nicht das Reiseziel der beiden jungen Gäste sein, sondern ihr eigenes?

Nächste Woche Sonntag, am zehnten Juni, waren sie und Ralf seit genau siebzehn Jahren verheiratet. Ein rundes Jubiläum war das zwar nicht, aber vielleicht hatte ihr

Mann ja beschlossen, ihr trotzdem eine besondere Freude zu machen.

Ein alter deutscher Schlager hakte sich in ihrem Kopf fest. »Die Sonne scheint bei Tag und Nacht«, summte sie.

»Eviva España«, trompete Theodora auf dem Sofa. So laut, dass die Rehe im Jagdrevier von Wilhelm Hinrichs vermutlich die Flucht ergriffen. »Hoppla!«, rief sie hinterher. »Warum singst du so ein schauderhaftes Lied?«

»Ich? Nur so.«

»Da stimmt was nicht. Du singst sonst nie, weil du nämlich komplett unmusikalisch bist.« Sie klang erschreckend nüchtern, und ihre hellen Augen durchbohrten Laura. »Erklär mir auf der Stelle, was mit dir los ist.«

Schnell ging Laura ein paar Schritte zur Seite, bis sie aus Theodoras Blickfeld heraus war. Auf keinen Fall wollte sie mit ihrer Großmutter über Ralf reden. Dabei kam nie etwas Gutes heraus.

»Ich kann den Kopf nicht um hundertachtzig Grad kreisen lassen. Allein bei dem Gedanken daran tun mir schon die Halsmuskeln weh.« Theodora kicherte, dann gähnte sie ausgiebig.

Laura achtete nicht weiter auf sie, sondern blätterte den Prospekt nach einem weiteren Hinweis durch.

Ralf wollte sie überraschen. Mit einer Reise nach Mallorca. Deshalb hatte er sich so komisch benommen.

Danke!, dachte sie inbrünstig. Danke, danke, danke! Zugleich entschuldigte sie sich im Stillen für ihre törichten Zweifel.

Sie hatte ihm unrecht getan. Bloß weil er vorhin nicht die richtigen Worte gefunden hatte. Mit diesem Traumurlaub wollte er sich entschuldigen. Sie wusste, sie wäre bereit, alles zu vergessen, was ihr so sehr zu schaffen machte.

Zum Beispiel seine Art, sie manchmal einfach zu übersehen, oder seine häufige Abwesenheit. Bisher war sie bemüht gewesen, all das hinzunehmen, aber so langsam hatte sie genug.

Doch diese Sorgen gehörten nun der Vergangenheit an. Ralf und sie würden gemeinsam ein neues Kapitel in ihrem Leben aufschlagen.

Offenbar wusste er ganz genau, wie sehr sie sich danach sehnte, mal eine Zeit lang von hier wegzukommen. Für eine Woche oder auch nur für ein paar Tage. Raus, ans Meer, in die südliche Sonne, um den langen, kalten Winter und das regnerische Frühjahr aus den Knochen zu bekommen. Mal alle Pflichten los sein und in den Tag hineinleben. Ach, das musste herrlich sein!

»Was ist das für ein Geknister?«, wollte Theodora neugierig wissen.

Laura hörte auf, den Prospekt durchzublättern. Da war kein weiterer Hinweis, weder ein Lesezeichen bei einem bestimmten Ort noch ein angekreuztes Hotel. Ein anderer Gedanke kam ihr, und der gefiel ihr gar nicht. Wieso glaubte sie eigentlich, dass Ralf mit ihr zusammen verreisen wollte? Sprach er nicht immer wieder davon, dass er mal eine Auszeit brauchte? Von ihr war dabei nie die Rede.

»Willst du etwa alleine fliegen?«, flüsterte sie.

»Ich fliege nirgendwohin«, erwiderte Theodora. »Höchstens auf Engelsschwingen ins Jenseits.« Sie kippte den nächsten Schnaps.

Laura trat wieder um das Sofa herum und baute sich davor auf. »Das reicht jetzt. Du …«

Ihre Großmutter ließ sie nicht ausreden. Gebieterisch hob sie die Hand. »Lass mich in Ruhe, ich muss meinen Kummer ertränken. Wenn mein Dankward noch ein wenig länger durchgehalten hätte, dann wären wir für deine bejammernswerten Gäste ein leuchtendes Vorbild, und ich müsste nicht versuchen, aus diesem elenden Dasein zu scheiden.«

Okay, sie war wieder bei ihrer verpassten Diamantenen Hochzeit.

Schlimmer noch, denn die alte Gräfin fuhr in ihrer ganz eigenen Logik fort: »Wenn mir das nicht bald gelingt, sterbe ich noch vor Scham, weil ich an jedem verflixten Tag mit ansehen muss, was aus unserem schönen Zuhause geworden ist.«

Laura biss die Zähne zusammen. Da war sie wieder, die alte Leier. Sie würde einfach nicht darauf eingehen. Sie hatte sowieso anderes im Kopf.

»Auf so eine fürchterliche Idee konnte ja nur dein unnützer Ehemann kommen.«

Laura schwieg.

Theodora war der Meinung, ihre Enkelin habe unter ihrem Stand geheiratet, als sie Ralf Hinrichs genommen hatte. Nie wurde sie müde, darauf herumzureiten. Viel zu jung sei sie damals auch gewesen. Gerade erst neunzehn. Sie hätte noch alle Chancen gehabt, einen jungen Mann aus adeligem Hause kennenzulernen.

Hatte ich nicht, dachte Laura jedes Mal, wenn Theodora diesen Umstand erwähnte. Nicht nach dem, was mit meinen Eltern passiert ist.

Sie hatte sich eine eigene Familie gewünscht, und zwar so schnell wie irgend möglich. Sie wollte Ehefrau sein und Mutter. Nicht mehr das arme Waisenkind, das von aller Welt bedauert wurde. Außerdem war sie unendlich verliebt gewesen. Noch an keinem einzigen Tag hatte sie ihre Hochzeit mit Ralf bisher bedauert. In ihrer Ehe war sie in Sicherheit.

Laura biss die Zähne noch ein bisschen fester zusammen, denn Theodora kam jetzt erst richtig in Fahrt.

»Ein Scheidungshotel! Unser schönes Jagdschloss! ›*Happy Divorce*‹ Pah!«

Sie war des Englischen nicht mächtig und sagte deshalb »Happy DiForke«, aber Laura verzichtete darauf, sie zu berichtigen.

Sag keinen Ton, ermahnte sie sich selbst. Lass dich nicht provozieren.

»So etwas haben deine Vorfahren nicht verdient«, echauffierte sich Theodora. »Die drehen sich so schnell im Grabe um, dass ihnen ganz schwindelig wird.«

Lauras Zähne gaben inzwischen ein Knirschen von sich. Irgendwie wurde sie das Bild von den rotierenden Verstorbenen nicht wieder los.

»Und meinen armen Dankward hat es in den Tod getrieben.«

»Das ist nicht wahr!«

In diesem Moment hätte sie sich selbst eine kleben können. Darüber hatten sie schon so oft gestritten. Es führte zu nichts. Aber wenn Theodora ihr die Schuld an Dankwards Tod gab, war es mit Lauras Selbstbeherrschung regelmäßig vorbei.

»Großvater war einverstanden, als wir das Hotel damals umgewandelt haben.«

Genauso war es gewesen. Bis vor fünf Jahren waren sie kaum aus den roten Zahlen herausgekommen. Schloss Bonin verfügte nur über vier Gästezimmer, mehr Platz gab es nicht. Gewinn machten sie ausschließlich in der Hochsaison, im August und September, wenn die Heide blühte und ihren lilafarbenen Teppich über die Landschaft breitete. Zwar mussten die Gäste von Lünetal aus knapp zwanzig Kilometer

Entfernung mit dem Auto oder dem Bus bis zu den schönsten Heideflächen im Naturpark fahren, aber diese kleine Unannehmlichkeit nahmen sie gern in Kauf, da die Übernachtungspreise im Schloss verhältnismäßig günstig waren.

In den übrigen Monaten zog es die Touristen ins nahe Lüneburg, wo sie mittelalterliche Giebel und Backsteinfassaden bewunderten oder auf den Spuren der Telenovela *Rote Rosen* wandelten.

In den kleinen, eher unbekannten Ort verirrte sich dann kaum jemand, und Laura musste jeden Winter um das Überleben des Jagdschlosses kämpfen. Eines Tages war Ralf mit der Idee dahergekommen, scheidungswilligen Paaren ein Rundum-Sorglos-Paket anzubieten, inklusive Abwicklung sämtlicher Formalitäten während ihres Aufenthaltes im verträumten, kleinen Hotel. Anfangs hatte Laura ihm einen Vogel gezeigt, aber schließlich ließ sie sich überzeugen. Selbst Großvater Dankward hatte seine Zustimmung gegeben.

»Hauptsache, uns bleibt die Heimat erhalten«, hatte er gesagt.

Schon ein halbes Jahr später war das Schloss durchgängig an den Wochenenden ausgebucht, und viele Paare blieben sogar länger. Aus Gründen, die dem Prinzip des Hotels zwar widersprachen, Laura insgeheim aber große Freude machten. Es gab Stimmen im Ort, die behaupteten, das sei allein ihr zu verdanken, weil sie fest an die Ehe und die Liebe glaubte. Darauf angesprochen senkte sie jedoch nur bescheiden den Blick.

»Meinem armen Dankward ist damals ja nichts anderes übrig geblieben, wenn er nicht wollte, dass sein Heim zwangsversteigert wurde«, schoss Theodora zurück. »Es war das einzige Gebäude, das seinem Vater nach dem

Krieg geblieben war. Das hochherrschaftliche Haus an der Hamburger Außenalster: im Feuersturm abgebrannt. Der Feriensitz auf Rügen: von DDR-Bonzen beschlagnahmt. Nur das Jagdschloss war noch da.«

»Ich kenne die Familiengeschichte.«

Theodora machte eine wegwerfende Handbewegung und schenkte sich erneut nach.

Laura achtete nicht darauf. »Großvater fand die Idee gut«, beharrte sie. »Er hat mich ermutigt.«

»Unsinn! Er war nicht mehr zurechnungsfähig. Und dein nichtsnutziger Mann wollte bloß seine Arbeit schneller erledigt haben. Samstag anreisen, Montag frisch geschieden wieder heimfahren. Das ist der Untergang unserer Zivilisation.«

»So stimmt das nicht«, warf Laura entnervt ein. »Das weißt du genau. Ralf betreut unsere Gäste schon Wochen vorher online und am Telefon, und er bereitet sämtliche Papiere für die Scheidung vor. Alle Paare leben bereits seit einem Jahr getrennt, und ihre Ehe gilt vor dem Gesetz als zerrüttet.« Sie brach ab und dachte, dass sie sich schon selbst wie ein Anwalt anhörte, fügte dann aber noch hinzu: »Wenn sie zu uns kommen, müssen nur noch die Unterschriften geleistet werden, und zum Abschluss steht am Montag der Gerichtstermin in Lüneburg an.«

Theodora schüttelte derart heftig den Kopf, dass ihr weißes Haar nur so herumflog. Wie sich die schnelle Bewegung mit ihrem Alkoholpegel vertrug, wollte sich Laura lieber nicht ausmalen.

»Das ist grober Unfug!«, rief Theodora aus. »Ihr macht den heiligen Bund der Ehe lächerlich.«

»Bitte, Großmutter.« Laura fühlte sich auf einmal unendlich erschöpft.

Mit Theodora zu reden war heute Morgen wirklich zu viel für sie. Lieber hätte sie im Hofladen ihrer Schwiegereltern gestanden und die frühen Kunden bedient. Das waren in der Mehrzahl die Frauen aus dem Ort, die das knusprige Brot und die selbst gemachte Marmelade zu schätzen wussten und wenig sprachen. Stattdessen musste Laura sich wieder mal mit ihrer renitenten Großmutter auseinandersetzen. Dazu schweigen konnte sie nicht mehr.

»Merkst du denn gar nicht, was hier wirklich passiert?«

Theodora stieß nur ein Brummen aus und widmete sich erneut ihrem Lieblingsgetränk.

»Einige unserer Gäste lassen sich am Ende gar nicht scheiden«, sagte Laura fest.

Das stimmte. Es kam sogar ziemlich häufig vor, dass ein Paar es sich im letzten Moment anders überlegte und doch zusammenblieb. Ob das am Zauber des Jagdschlosses oder an etwas anderem lag, hätte sie nicht zu sagen vermocht. Den Stimmen aus dem Dorf dagegen wollte sie nicht so recht glauben.

»Denk doch nur an das Ehepaar Sievers«, fügte sie hinzu.

»Du glaubst also, das wäre dein Verdienst«, entgegnete Theodora bissig. »Bloß weil du Herzen aus Handtüchern formst und überall diese blöden gefundenen Dinger verteilst, die meistens schief und krumm sind.«

»Nein, natürlich nicht, aber …« Sie brach ab. Aber ich glaube wirklich selbst an die Ehe, hätte sie antworten wollen. Vielleicht merken das unsere Gäste. Doch das hätte nur zu neuen Diskussionen über Ralf geführt, und davon hatte Laura genug.

»Eine Wochenend-Scheidung«, stieß Theodora hervor und kehrte damit zu ihrem verhassten Hauptthema zurück.

»Eine Schande ist das! Alles soll nur noch schnell, schnell gehen. Niemand hat mehr Zeit für das Leben. Demnächst werden Kinder übers Wochenende empfangen und geboren.«

Logisch klang das alles nicht. Auch nicht mehr ganz nüchtern.

Laura wollte gerade nach der Flasche greifen, da ließ eine fremde Männerstimme sie innehalten.

»Das wollen wir nicht hoffen. Wo bliebe denn da die Vorfreude?«

Sie wirbelte herum. Im Türrahmen stand die hohe Gestalt eines Mannes mit dem Rücken zur Sonne. Laura kniff die Augen zusammen, konnte jedoch, abgesehen von einer schmalen Silhouette, kaum etwas erkennen.

»Bitte verzeihen Sie mein Eindringen«, sagte er mit leichter Unsicherheit in der Stimme. »Ich habe mehrmals geklopft und gerufen, aber niemand hat mich gehört. Da habe ich mir erlaubt …«

»Wer sind Sie?«

Der Streit mit ihrer Großmutter hatte Laura dermaßen aufgewühlt, dass sie ihre professionelle Höflichkeit komplett vergaß.

Statt ihr zu antworten, kam der Mann herein und sah sich in dem eleganten Salon um. Er musterte den hohen, aus Naturstein gemauerten Kamin, die Eichenvertäfelung an den Wänden, die leicht abgewetzten Afghanen auf dem Dielenboden und schließlich die alte Dame auf dem samtenen Sofa.

»Frau Gräfin, nehme ich an?«

Theodora rollte mit den Augen.

5

Wer ist dieser Mann?

Laura schätzte, ihre Großmutter hatte bei dem Schnaps noch mal kräftig zugelangt. Wahrscheinlich würde sie jeden Moment einschlafen.

Das passierte ihr regelmäßig. Gräfin von Bonin war im Umkreis von vielen Kilometern berühmt für ihre Reaktion auf Alkohol. Legendär waren die Schützenfeste, bei denen sie inmitten all des Trubels friedlich mit dem Kopf auf der Tischplatte geschlummert hatte.

Der Fremde trat vor, beugte sich hinab und küsste Theodora formvollendet die Hand. Er sagte etwas zu ihr, jedoch so leise, dass Laura es nicht verstand. Nur so viel, dass er jemanden zu suchen schien.

Sie überlegte, ob er zu den Bergmanns gehörte, die angekündigt hatten, dass sie früh eintrafen. Ein Ehepaar um die sechzig aus Hamburg, fest entschlossen, die Scheidung schnell und problemlos hinter sich zu bringen. Vielleicht war er ihr Sohn, möglicherweise wollte er verhindern, dass seine Eltern sich trennten.

Vielleicht ging es diesem Besucher auch darum, eine Ehe zu retten? Deshalb war er früher losgefahren, um vor seinen Eltern hier zu sein. Und um …

Weiter reichte Lauras Fantasie nicht. Was konnte er schon tun? Sie mit Gewalt am Einchecken hindern?

Blödsinn.

Vielleicht wollte er einfach nur noch einmal mit ihnen reden. Er sah aus wie jemand, der gut mit Worten umgehen konnte. Er sah überhaupt verflixt gut aus! Ein bisschen dünn, aber durchtrainiert. Seine Kleidung war leger. Jeans, Hemd, weiche Mokassins.

Laura betrachtete sein fein geschnittenes und zugleich männlich-markantes Profil unter den hellbraunen vollen Haaren.

Ein attraktiver Mann, dachte sie, bevor sie sich selbst zur Ordnung rief. Und so wohlerzogen. Er wusste, wie man sich einer Gräfin gegenüber benahm.

Sie schätzte ihn auf Ende zwanzig, maximal Anfang dreißig. Mit Sicherheit war er mindestens fünf Jahre jünger als sie selbst.

Auf einmal fühlte Laura sich alt, verbraucht und hässlich. Sie wünschte sich brennend, sie wäre jung, schön, begehrenswert.

»Bring uns mal ein zweites Glas«, befahl Theodora. »Ich möchte mit meinem neuen Freund hier Brüderschaft trinken. Der guckt sich so hektisch um, als würde er jemanden suchen, aber das hat noch einen Moment Zeit. Vielleicht will er ja auch ein Zimmer buchen.« Sie zupfte an ihm, bis er sich vor ihr hinkniete. »Ich will bloß hoffen, er verträgt was. Dieser Jüngling besteht ja nur aus Haut und Knochen.«

In seinem Gesicht zeichnete sich Panik ab.

Laura lachte leise in sich hinein. Der Bann war gebrochen, und ausnahmsweise war sie ihrer Großmutter mal dankbar.

Dieser Eindringling hatte einen Denkzettel verdient. Wie kam er dazu, an einem gewöhnlichen Morgen in ihr

Leben zu platzen und ganz und gar unpassende Gefühle in ihr zu wecken?

So durcheinander war sie, dass sie ihn gar nicht fragte, wen er eigentlich suchte. Die Bergmanns? Wen sonst?

Laura legte den Prospekt weg und tat wie geheißen. Als sie ihm ein randvolles Glas reichte, entdeckte sie goldene Punkte in seinen leicht aufgerissenen Augen und schaute schnell weg.

»Prost!«, rief Theodora.

Er nippte vorsichtig an dem Glas. »Wie viel Prozent hat das Teufelszeug?«, fragte er dann. »Hundertfünfzig?«

»Nun übertreiben Sie mal nicht«, gab Laura zurück.

»Ich glaube kaum, dass es legal ist, fremde Menschen zum Alkoholkonsum zu zwingen«, sagte er steif. Die Hand, mit der er das Glas hielt, zitterte bedenklich, etwas von der klaren Flüssigkeit lief über und landete auf seinem Daumen. Er starrte darauf, offenbar überzeugt, dass seine Haut jeden Moment weggeätzt werden würde.

Gräfin Theodora richtete sich auf, hakte ihn unter und befahl: »Nich lang schnacken, Kopp in'n Nacken.«

Wenn es ihr passte, vergaß sie gerne mal ihren Adelsstand und redete wie ein Heidekutscher.

Sie kippte den Schnaps herunter, und dem Fremden blieb nichts anderes übrig, als es ihr nachzutun. Ehe er wusste, wie ihm geschah, hatte sie ihm einen schmatzenden Kuss mitten auf den Mund gegeben.

»Ich bin Theodora.«

»Angenehm, Adrian.«

Schöner Name, dachte Laura.

Im nächsten Moment löste er sich von der alten Dame, ließ sich nach hinten auf den Afghanen fallen und streckte alle viere von sich.

»Gnade«, flehte er. »Ich vertrage so etwas nicht besonders gut.«

Ob er den Kuss oder den Wacholdergeist meinte, war nicht ganz klar.

Vermutlich beides, überlegte Laura.

Langsam richtete er sich wieder auf. »Helfen Sie mir?«

Seufzend reichte sie ihm die Hand. Als er sie ergriff, bekam Laura einen heftigen Schlag.

»Aua!«, sagte der Fremde überrascht. »Sind Sie immer so geladen?«

»Das … muss der Teppich sein.«

Seltsam nur, dass der Afghane unschuldig auf dem Holzfußboden lag und sich noch niemals in gut hundert Jahren elektrisch hervorgetan hatte.

»Unsere Laura ist sehr temperamentvoll«, sagte Theodora und beschrieb damit das Gegenteil des wahren Charakters ihrer Enkelin. »Ich darf mich jetzt entschuldigen, ich bin ein bisschen müde«, fügte sie hinzu, lehnte sich zurück und schloss die Augen. Im nächsten Moment war sie fest eingeschlafen und schnarchte leise.

Die golden gesprenkelten Augen des Fremden waren groß geworden. »Sie sind Laura?« Er sah aus, als habe er einen vollkommen anderen Menschen erwartet.

»Ja, die bin ich. Laura Hinrichs. Ich leite das Hotel.«

»Ah … ach so … ja …«

»Ist Ihnen der Schnaps so schlecht bekommen, Herr Bergmann?«

»Bergmann? Wer ist das?«

»Sie nicht?«

»Nein, bedaure.«

Aufs Höchste verwirrt sah Laura ihn an. »Wer sind Sie dann?«

»Das will ich Ihnen gerne erklären, ich muss nur erst wieder klar im Kopf werden.«

»Sie vertragen wirklich nicht viel, was?«

»Nein, aber ich denke, es geht schon wieder. Oder schlafe ich etwa auch gleich ein?« Er wies mit der Hand auf Theodora.

Laura bemerkte die kräftigen Finger mit den kurz geschnittenen Nägeln und schaute schnell woandershin. Auf ihre eigenen Hände, die rau und rissig waren von der vielen Arbeit.

»Keine Sorge. Meine Großmutter hat mindestens ein halbes Dutzend Gläser gekippt.«

»Wow! So viel Sprit so früh am Tag. Aber Nina hat mir ja erzählt … Frau Hinrichs, geht es Ihnen gut? Sie sind ja ganz blass.«

Laura sank neben Theodora auf das Sofa. Die bekam davon nichts mit.

»Nina?«, fragte sie leise. »Sie sind ein Freund meiner Schwester?«

»So ist es«, erwiderte er, und leise Besorgnis schwang in seiner Stimme mit. »Ich bin Adrian Sadler aus Hamburg. Ist das ein Problem?«

Laura straffte die Schultern und erwiderte seinen fragenden Blick mit ausgesuchter Höflichkeit. »Selbstverständlich nicht. Bitte entschuldigen Sie. Ich dachte, Sie wären jemand anders. Herzlich willkommen auf unserem Jagdschloss. Ich nehme an, Nina ist irgendwo draußen?« Ihr Tonfall klang furchtbar hölzern, doch dagegen konnte sie im Augenblick nichts tun.

Auf Adrians Gesicht zeichnete sich Erleichterung ab und dahinter auch ein Hauch von Enttäuschung.

Wirklich?

Nein, entschied Laura. Er ist nur froh, dass ich nett zu ihm bin. Vielleicht gehört er ja bald zur Familie.

Adrian schüttelte langsam den Kopf und stöhnte dabei leise auf. »Ich hatte gehofft, Nina hier zu finden. Wissen Sie, ich mache mir Sorgen um sie.«

»Meine Schwester ist verschwunden?«

»Ich fürchte, ja.«

Laura vergrub das Gesicht in den Händen. Sie wollte, dass er wieder ging. Nein, sie wünschte, er wäre niemals aufgetaucht.

»Hier ist sie nicht. Bitte lassen Sie mich allein.«

Durch die Zwischenräume ihrer Finger sah sie, wie er fragend die Augenbrauen hob, dann jedoch schweigend aufstand und den Salon verließ. Sein Gang wirkte unsicher, Theodoras Schnaps hatte ihn wohl mehr umgehauen, als er zugegeben hatte.

Laura ließ die Hände sinken und sammelte sich. Ein Problem nach dem anderen, sagte sie sich im Stillen. Hoffentlich war Nina nichts passiert! Sie fischte ihr Handy aus der Hosentasche und rief ihre Schwester an.

Mailbox. Kein Grund zur Panik.

Das war nicht unbedingt etwas Neues. Ihre kleine Schwester war oft unerreichbar. Außerdem, sagte sich Laura, ist Adrian Sadler möglicherweise schlecht informiert. Es kam nämlich ebenfalls ziemlich oft vor, dass Nina sich vor dem einen oder anderen Verehrer versteckte. Das war ihre Art, Schluss zu machen.

Laura schaute auf ihre Großmutter und stand auf. Dabei fiel ihr Blick auf den Prospekt.

Auch diese Sache musste warten. Bis … ja, bis Nina wieder auftauchte. Bis Adrian Sadlers Augen keine goldenen Punkte mehr besaßen. Bis …

Oh Gott!

Laura griff nach der Flasche, schenkte sich einen winzigen Schnaps ein und schluckte ihn herunter. Dabei dachte sie nicht daran, dass sie das Zeug nie mehr hatte anrühren wollen.

Kurz tanzte der Salon auf und ab, dann ging es ihr wieder besser.

Alles war gut, alles war normal. Ihr Leben würde weiterlaufen wie bisher.

Auf der Treppe waren polternde Schritte zu hören, zwei Sekunden später standen Miriam und Rainer Sievers in der Tür zum Salon.

»Guten Morgen«, sagten sie fröhlich im Chor. »Gibt's schon Frühstück?«

Laura schenkte ihnen ihr strahlendstes Lächeln. »Klar, ich brauche nur zehn Minuten.«

»Kein Stress«, meinte Rainer. »Bis es fertig ist, knabbere ich noch ein wenig an meiner Frau.«

»Herzlich gern!«

Während die beiden miteinander scherzten, erinnerte sich Laura daran, wie sie vor acht Tagen auf Schloss Bonin eingetroffen waren. Mürrisch, zerstritten, dem anderen kaum einen Blick gönnend. Jeder voller Vorwürfe, weil die Realität ihrer zweijährigen Ehe nicht dem Traumbild entsprach, das sie sich davon gemacht hatten. Sie hatten Lauras Rat gesucht, erst Miriam, später dann Rainer.

Sie hatten lange Spaziergänge über die Heide unternommen, und als der Montag kam und damit der Gerichtstermin, waren sie nicht hingefahren. Laura bekam hautnah mit, wie das Paar seine zweiten Flitterwochen erlebte.

Ob die neu entdeckte Liebe auch dem Alltag standhalten würde, konnte nur das Leben zeigen. Vorerst schienen Miriam und Rainer entschlossen, jede Sekunde ihrer neu entdeckten Liebe zu genießen. Wenn sie sich weiterhin so heiß küssten, würden sie früher oder später auf dem Afghanen landen.

Laura warf einen Blick zu ihrer Großmutter. Die regte sich nicht, sie schlief fest. Das Ehepaar hatte sie gar nicht bemerkt, so beschäftigt war es miteinander. Besser, wenn es dabei blieb. Es stand zu befürchten, dass sich Theodora den nächsten jungen Mann zum Abknutschen heranziehen würde, falls man sie weckte.

Schnell hielt Laura den Prospekt hoch. »Ist das Ihrer?«

Beide schüttelten den Kopf.

»Was sollen wir auf Mallorca?«, fragte Rainer, nachdem er sich die Titelseite genauer angeschaut hatte.

»Nirgendwo auf der Welt kann es schöner sein als hier«, ergänzte Miriam.

Okay, dachte Laura erfreut. Dann komme ich vielleicht doch noch zu meiner Reise. Ein Lächeln schlich sich in ihre Mundwinkel.

»Setzen Sie sich ruhig schon mal in den Garten«, bot sie den Gästen an. »Ich komme gleich mit dem Frühstück raus.«

»Wir können auch helfen«, bot Miriam an.

»Nicht nötig, es geht wirklich schnell.« Laura hatte den Gartentisch am Vorabend nicht gedeckt, weil sie nicht sicher gewesen war, ob das Wetter halten würde. Aber zwei Gäste machten nicht viel Arbeit.

Die beiden verschwanden.

Theodora schnarchte leise.

Laura beschloss, sie vorerst auf dem Sofa liegen zu lassen.

6

Ralf ist dann mal weg

Er wälzte sich im Bett von einer Seite auf die andere, obwohl er wusste, dass er keine Ruhe mehr finden würde. Das wollte Ralf Hinrichs auch gar nicht, aber er musste noch ein bisschen warten, bevor er seine Pläne in die Tat umsetzen konnte. Warten, bis sich im Schloss niemand mehr aufhielt.

Mit etwas Glück würde dieser Fall am späten Vormittag eintreten. Die Gäste machten dann Ausflüge, und Laura nutzte deren Abwesenheit gerne für Einkäufe im Ort. Seine Tochter trieb sich sowieso ständig irgendwo herum. Wo genau, wollte er gar nicht wissen.

Wenn er jetzt aufstand, riskierte er bloß, erneut jemandem in die Arme zu laufen. Wie vorhin.

Ralf ärgerte sich maßlos.

Er hatte gedacht, er könnte schnell an den Gästezimmern vorbei nach unten schleichen, während seine Frau drinnen beschäftigt war. Aber die alte Holztreppe hatte ja mal wieder knarren müssen. Laura war genau in der Sekunde auf den Flur getreten und hatte ihn angestarrt wie einen Geist. Ihm war abwechselnd heiß und kalt geworden unter ihrem Blick.

Mit einem Ruck setzte sich Ralf im Bett auf. Ahnte Laura etwas? Sie hatte behauptet, ihr wäre schwindelig, aber vielleicht hatte sie ja ihn angelogen. Vielleicht hatte sie längst seine Pläne durchschaut und war dabei, Gegenmaßnahmen zu ergreifen.

Der Prospekt von Mallorca zum Beispiel. Wo war das Ding?

Ralf, sonst ein sehr umsichtiger Mensch, ärgerte sich maßlos über sich selbst. Wie hatte er nur so unvorsichtig sein können! Zumal er ohnehin alle nötigen Informationen jederzeit aus dem Internet ziehen konnte. Aber in einem schwachen Moment war da dieses Bedürfnis gewesen, etwas Reales in den Händen zu halten, und seien es nur rund fünfzig Seiten bunt bedrucktes Papier.

Vor zwei Tagen war er an einem Reisebüro in der Lüneburger Großen Bäckerstraße vorbeigekommen. Nach zehn Minuten hatte er es wieder verlassen, mit einem ganzen Stapel voller Kataloge auf dem Arm. Die meisten hatte er noch in der Stadt entsorgt. Nur den einen dünnen Prospekt über die schönsten Buchten hatte er mit nach Hause genommen. Und dann hatte er ihn verlegt!

So ein Pech!

Hatte Laura den Prospekt etwa entdeckt?

Stellte sie ihm in diesem Moment eine Falle, in die er blind hineintappen würde?

Verdammt!

Laura war nicht dumm. Sie würde sich etwas einfallen lassen, um ihn für den Rest seines Lebens an dieses Schloss zu fesseln.

Er kannte alle Tricks von Frauen, die ihre Männer nicht gehen lassen wollten. Da war plötzlich kurz vor der Trennung ein Baby unterwegs, oder eine schwere Krankheit wurde diagnostiziert. Manchmal tauchte auch ein halbtoter Erbonkel auf, oder die gestern noch frigide Gattin verwandelte sich in eine Sexbombe. Solche Geschichten hatte er im Laufe seiner Karriere alle schon erlebt, und er traute den Frauen einfach nicht mehr über den Weg.

Laura ist anders.

Der Gedanke machte sich ungebeten in seinem Kopf breit und bekam sofort Schützenhilfe. Ralf hatte keine Ahnung, woher.

Laura ist nicht hinterhältig. Sie ist liebenswert, geradeheraus und aufopferungsvoll. Sie kümmert sich zuerst um andere und zuletzt um sich selbst. Sie hat es schon schwer genug im Leben, tu ihr das nicht an.

Ralf Hinrichs schlug sich mit der flachen Hand gegen die Stirn. So fest, dass die Gedanken darin wie Murmeln herumkullerten und dabei leise Klickgeräusche machten.

Was?

»Ich muss hier raus!«, sagte er laut. »Sonst werde ich noch genauso schlimm wie der Rest dieser Sippe.«

Die meschugge Theodora mit ihrer Todessehnsucht machte ihn, den angesehenen Herrn Rechtsanwalt, am Ende gar zum Gespött der Leute. Und über seine Tochter, die seit Monaten wie ein schwarz gekleidetes Gespenst herumlief, zerriss sich inzwischen ganz Lünetal das Maul. Erst vor ein paar Tagen hatte Ralf im »Heidekrug« gehört, wie jemand am Nebentisch flüsterte: »Die kleine Hinrichs ist jetzt die Fürstin der Finsternis, dabei stammt sie mütterlicherseits bloß von Grafen ab.« Das darauf folgende Gelächter hatte ihn aus dem Gasthof getrieben, bevor er sein wohlverdientes Feierabendbier hatte austrinken können.

Sie hatten sich mal gut verstanden, Merle und er. Solange sie ein Kind gewesen war, das seinen Papa bewunderte und ihm abends voller Freude entgegenlief, wenn sein Wagen in die Einfahrt bog. Damals war sie seine kleine

Prinzessin gewesen. Seit sie so in sich gekehrt war, so unerreichbar, schien es ihm, als hätte er sie aus den Augen verloren.

Das irritierte ihn, und er fragte sich manchmal, ob er als Vater versagt hatte. Aber dann siegte schnell die Überzeugung, Merle habe die verrückten Gene von ihrer Urgroßmutter geerbt.

Der reinste Albtraum. Seine Familie war ein einziger Albtraum für ihn.

Na gut, wahrscheinlich übertrieb er, aber es half ihm, hart zu bleiben.

Laura ist kein Albtraum, meldeten sich die unwillkommenen Gedanken wieder zu Wort. *Laura ist das Herz dieser Familie, und sie hält uns alle zusammen.*

»Aber ich liebe sie nicht mehr«, sagte er mit lauter Stimme, als müsse er sich selbst davon überzeugen. »Jedenfalls nicht so, wie sie es verdient hätte.«

Er hörte selbst den leisen Zweifel heraus, doch für Zweifel war es jetzt ohnehin zu spät. Die Entscheidung war gefallen.

Schließlich gab er es auf, noch im Bett zu bleiben, und erhob sich. Er wollte seine Nervosität bekämpfen, indem er im Schlafzimmer auf und ab ging, aber nach jeweils drei Schritten war er an der Wand angekommen und musste so oft kehrtmachen, dass ihm schon nach kurzer Zeit bunte Sterne vor den Augen flimmerten.

Also stellte er sich ans Fenster, wippte auf den Zehen und sah hinaus. Dann stutzte er und musste noch einmal genauer hinsehen. Er beobachtete seinen Vater, der Theodoras Rollator geschultert hatte, und fragte sich, was das nun schon wieder zu bedeuten hatte.

War da vorhin nicht auch lautes Rufen gewesen? Als er

nach seiner Begegnung mit Laura fast noch einmal eingeschlafen wäre?

Er meinte, sich dunkel zu erinnern. Wahrscheinlich hatte seine nervige Schwieger-Großmutter wieder mal einen ihrer Selbstmordversuche unternommen. Wirklich zu schade, dass sie so wenig Erfolg damit hat, dachte er grimmig.

Ralf löste den Blick von Wilhelm Hinrichs und schaute in die Ferne.

Ein Stück hinter der Einfahrt erstreckte sich nach Osten hin der weitläufige Wald, der zu einem kleinen Teil seinem Vater gehörte, zum größten Teil jedoch der Grafenfamilie. Bei den Wiesen und Feldern, die weit nach Norden und Westen reichten, waren die Besitzverhältnisse ähnlich. Ein kleines Tortenstück für die Familie Hinrichs, die restliche Torte für die von Bonins.

Nun denn, früher oder später würde alles ihm gehören, ihm und seiner eigenen Familie. Diese Rechnung hatte er zumindest aufgestellt, als er Laura zu seiner Frau gemacht hatte. Selbstverständlich hatte er sie auch geliebt, er war sich da sogar ziemlich sicher, obwohl er sich an das Gefühl nicht mehr so gut erinnern konnte.

Ralf rieb sich über das stoppelige Kinn.

Ja, doch. Sie war ein richtig hübsches Mädchen gewesen. Seiner Meinung nach hatten die anderen jungen Männer das bloß nicht erkannt, weil Laura sich am liebsten im Hintergrund hielt. Sie schminkte sich kaum, machte nichts aus ihrem Typ und fand sich selbst wahrscheinlich sogar hässlich.

Aber, bei Gott, er war auch glücklich gewesen mit ihr.

Die Betonung lag auf *war*. Er fühlte sich schon lange nicht mehr wohl in diesem Schloss. Schlimmer noch: Es kam ihm so vor, als sei er ein Fremder in seiner eigenen Familie.

Theodora begegnete ihm mit offener Missachtung, seine Tochter hatte sich von ihm so weit entfernt, wie es unter ein und demselben Dach nur möglich war, und Laura …

Ach, Laura! Sie schien nur noch für das Hotel und ihre Gäste zu leben. Wahre Nähe spürte er bei ihr schon lange nicht mehr.

Seine Frau war der Mittelpunkt der Familie, die Sonne, um die alle anderen Mitglieder wie Planeten kreisten. Ralf hingegen fühlte sich, als habe er seine Umlaufbahn verloren. Den ersten richtigen Knacks hatte es an Weihnachten gegeben. Da hatte er mit Laura über neue Pläne sprechen wollen. Eine große Anwaltskanzlei in Hamburg hatte ihm damals die Partnerschaft angeboten, und Ralf war überaus geschmeichelt gewesen. Und interessiert.

Laura nicht.

Sie hatte ihm kaum zugehört, sondern immer wieder von Merle angefangen, die sich so stark veränderte. Im Laufe des Jahres hatte es noch mehr solcher Momente gegeben, und ihm schien es, als befände sich seine Ehe in einer Abwärtsspirale, die sich schneller und schneller drehte.

Und der Grundbesitz?

Ha! Theodora würde wahrscheinlich hundert Jahre alt werden!

Es hätte auch anders kommen können. Als die alte Gräfin zu Ostern in Overbecks brennende Scheune laufen wollte, hätte er sie nicht retten müssen. Sollte sie doch ihrem Dankward ins Himmelreich folgen, wenn sie sich so sehr danach sehnte.

Aber … Großer Gott!

Ralf war Feuerwehrmann durch und durch. Seit er das

Amt des Hauptmannes von seinem Vater übernommen hatte, war noch kein Lebewesen zu Schaden gekommen. Nicht einmal ein Hofhund oder eine streunende Katze. Darauf war er stolz, und deshalb hatte er instinktiv gehandelt und seine Schwieger-Großmutter vor dem Feuer zurückgerissen.

Tja, daran war nichts zu ändern. Die Alte musste eben aus dem Leben treten, wenn er nicht dabei war. So ungeschickt, wie sie sich meistens anstellte, würde daraus jedoch vermutlich nichts werden. Und selbst wenn. Ralf ahnte, dass sich auch nach dem Tod von Gräfin Theodora nichts ändern würde. Sprich: Laura würde sich ebenfalls weigern, auch nur den kleinsten Zipfel Land zu verkaufen, damit sie endlich standesgemäß leben konnten.

Er kannte seine Frau gut genug. Der Familienbesitz war ihr heilig. Lieber schuftete sie von früh bis spät in ihrem Hotel, als dass sie auch nur eine einzige Birke oder einen Wacholderstrauch veräußerte.

Darin kam sie ganz nach ihrer Großmutter.

Mit seinem Vater war auch nicht zu reden. Wilhelm Hinrichs klammerte sich an seine Scholle wie ein Ertrinkender an ein Stück Treibholz. Ein sturer Heidjer war er!

Da war nichts zu machen, und Ralf hatte es inzwischen aufgegeben. Wenn er hier nicht so leben konnte, wie er wollte, dann würde er es eben woanders tun. An einem Ort, wo er das Meer rauschen hörte. Er hatte gut verdient in den letzten zehn Jahren, besser, als Laura ahnte.

Sehr viel besser.

Irgendwann hatte er es sattgehabt, dass dieses alte Schloss jeden sauer verdienten Cent aufsaugte.

Seit das Hotel vor fünf oder sechs Jahren mal wieder kurz vor dem Konkurs gestanden hatte, behielt er einen

Teil seines Einkommens für sich. Zu Beginn ohne besonderen Plan. Der war erst nach und nach gereift. Seiner Frau hatte er zur gleichen Zeit die Idee mit dem Scheidungshotel nähergebracht.

Zugegeben, anfangs hatte er sich ziemlich mies gefühlt, weil er heimlich Geld beiseiteschaffte. Aber seit der Laden lief, musste er wenigstens kein schlechtes Gewissen mehr haben. Mit einiger Sorge beobachtete er jedoch, wie Laura manche Gäste von der Scheidung abhielt. Die Ehepaare dehnten dann zwar ihren Aufenthalt aus, aber der gute Ruf und der exklusive Service waren in Gefahr. Es war sogar schon vorgekommen, dass potenzielle Mandanten sich bei ihm beschwert hatten, das Hotel sei bekannt dafür, dass die Gäste dort hypnotisiert würden und gezwungen seien, auch den Rest ihres Lebens miteinander zu verbringen.

Das war natürlich vollkommener Unsinn!

Außerdem war das bald nicht mehr sein Problem. Denn Ralf hatte inzwischen einen großen Teil seiner Ersparnisse investiert. Vor zwei Monaten hatte ihm ein Freund von Mallorca vorgeschwärmt, und es war, als hätte er Ralf mit einem Virus infiziert. Auf einmal schien alles ganz klar zu sein, obendrein war die Finca über der Bucht von Alcudia erstaunlich preiswert gewesen.

Für einen Moment schloss er die Augen. Der Wald verschwand, an seine Stelle trat eine sanft zum Meer hin abfallende Landschaft mit Olivenbäumen, deren Blätter im Frühsommerlicht silbrig glänzten. Blühende Oleanderbüsche, lange Reihen von Weinreben, deren Trauben im Herbst prall und saftig sein würden, dazwischen Agaven und Mandelbäume. Schon im nächsten Februar würden sie ihren duftenden Blütenzauber über die Hügel legen, wenn hier in Norddeutschland der Winter das Land noch in seinen eisigen Krallen gefangen hielt.

Ralf stutzte.

Seit wann besaß er eine poetische Ader?

Seit er wieder träumen durfte, gab er sich selbst die Antwort. Seit seine Idee mehr und mehr Realität wurde. Eine finanzierbare Realität.

Der Vorbesitzer hatte dringend verkaufen müssen. Die Bankenkrise hatte den Mann in den Ruin getrieben. Ralf sah die Finca im maurischen Stil vor sich. Ein weiß verputzter, flacher Bau mit Hufeisenbögen an der Vorderfront und blauen Fensterläden. Keine Luxusvilla, sondern ein Haus mit Charme.

Seine Lippen verzogen sich zu einem schmalen Lächeln, und schon einen Augenblick später grinste er breit.

Wer sagte, dass das Leben mit vierundvierzig vorbei sein musste?

Ralf Hinrichs fing noch einmal von vorn an.

Wer behauptete, dass ein Mann in seinem Alter keine Träume mehr haben durfte?

Ralf Hinrichs würde es allen zeigen.

Wer wagte es, in ihm nur den Schwieger-Enkel der alten Gräfin und den Sohn von Wilhelm zu sehen?

Ralf Hinrichs war ein guter Anwalt, aber das interessierte hier kein Schwein. Eher zeigten die Leute mit dem Finger auf ihn, weil er diese komischen Gäste aus der Stadt herholte. Über Laura sagte niemand was Schlechtes. Alle bewunderten sie, weil die Paare oft länger blieben als geplant und ihr Geld in die örtlichen Geschäfte trugen.

Er schlug mit der Faust auf das Fensterbrett.

Ralf Hinrichs war derjenige, den bald schon alle im Dorf beneiden würden!

Derjenige, der auf der Lieblingsinsel der Deutschen eine neue Anwaltskanzlei aufbauen und bald die Superreichen Mallorcas als Mandanten gewinnen würde.

Er schlug noch einmal zu.

Ein scharfer Schmerz schoss von seiner Hand bis hoch in den Arm und brachte ihn wieder zur Vernunft.

Es machte ihm ein bisschen Angst, dass er über sich selbst in der dritten Person nachdachte. Heidenangst sogar. Wahrscheinlich, so dachte er, hat diese verrückte Grafenfamilie schon mehr auf mich abgefärbt, als ich mir eingestehen will.

Höchste Zeit, von hier abzuhauen.

Er schaute noch einmal nach draußen, wo sein Vater inzwischen fast das Schloss erreicht hatte. Wilhelm ging langsam und mühsam, so als hätte er an diesem Tag schon eine lange Wegstrecke zurückgelegt.

Als Wilhelm Hinrichs einen Blick nach oben warf, trat Ralf schnell vom Fenster zurück und legte sich wieder aufs Bett.

Er dachte an die beiden Koffer, die fertig gepackt in der Kanzlei auf ihn warteten. Er hatte sich eine komplette neue Garderobe angeschafft, um bei Laura keinen Verdacht zu erregen. Wenn er es nur schaffte, unauffällig aus dem Schloss zu verschwinden, würde nichts mehr zwischen ihm und seinem neuen Leben stehen.

Eine tiefe Falte erschien zwischen seinen Augenbrauen. Ralf hatte längst weg sein wollen. Im Laufe der vergangenen Woche hätte er jederzeit Gelegenheit gehabt, direkt von Lüneburg aus zu verschwinden. Bloß war ihm ständig etwas dazwischengekommen. Ein Termin hatte den anderen gejagt, seine Klienten hatten ausgerechnet in diesen Tagen extrem viele Probleme vorgetragen, und sein

Kollege Martin Spitzer, der die Kanzlei übernehmen sollte, war auch noch mit tausend Kleinigkeiten zu ihm gekommen. Ralf hatte einfach keine Chance gehabt abzureisen.

Also jetzt am Wochenende!

Er rechnete sich aus, dass er am frühen Nachmittag in Hamburg sein konnte. Vom Flughafen Fuhlsbüttel gingen dann noch drei Maschinen nach Palma de Mallorca. Eine davon würde er schon erwischen.

Zufrieden mit seinem Plan, schloss Ralf kurz die Augen und war im nächsten Moment wieder fest eingeschlafen.

Er träumte, Laura hätte sich in eine rassige Spanierin mit pechschwarzen Haaren und funkelnden dunklen Augen verwandelt. Diese Augen blitzten ihn wutentbrannt an, während sie mit knallrot geschminktem Mund in klarem Hochdeutsch ohne jeglichen spanischen Akzent schrie: »Wenn du mich verlässt, töte ich dich!«

Dabei fuchtelte sie mit einem kleinen Obstmesser vor ihm herum, das mit jeder Bewegung länger und länger wurde, bis es seine Brust berührte, obwohl Laura gut zwei Meter von ihm entfernt stand. Er spürte, wie die Spitze seine Haut einritzte.

Mit einem Schrei wachte er auf.

Laura kam ins Zimmer gestürzt. »Ist was passiert? Geht es dir nicht gut?«

Er konnte nicht antworten, sondern starrte nur auf das Ding, das sie in der rechten Hand hielt: ein kleines Obstmesser. Er wusste, dass Laura es am liebsten zum Kartoffelschälen benutzte.

»Was … was machst du hier?«, fragte er. Seine Stimme war bloß ein Krächzen.

Mit einem merkwürdigen Ausdruck in den Augen sah Laura ihn an. »Ich wollte Merle holen, damit sie mir in der Küche hilft, aber sie ist nicht da. Dann habe ich dich schreien hören. Ist alles in Ordnung mit dir?«

Während sie fragte, wischte sie sich mit der Hand über die Augen, so als hätte sie Mühe, ihn richtig zu sehen.

Ralf kam endlich wieder zu sich und schalt sich im Stillen einen Trottel, weil er sich für einen Moment vor seiner eigenen Frau gefürchtet hatte.

»Alles bestens. Du kannst wieder runtergehen. Ich … ich muss gleich noch mal los.«

Laura sah ihn überrascht an. »In die Kanzlei?«

»Genau. Hab noch was zu erledigen.«

Sie runzelte zwar die Stirn, nickte aber.

Zwar kam es selten vor, dass er an seinem heiligen Wochenende noch mal nach Lüneburg fuhr, aber manchmal war es eben doch nötig.

»Es waren ein paar hektische Tage«, fuhr er fort. »Da sind einige Akten, die ich aufarbeiten muss. Ich will sie nicht liegen lassen. Du weißt doch, bei mir muss alles erledigt sein, bevor die neue Woche beginnt. Außerdem stehen gleich am Montagvormittag zwei Gerichtstermine an …« Er brach ab, weil er bemerkte, dass er viel zu viel redete.

Laura machte ein Gesicht, als würde sie ihm kein Wort glauben. »Wann kommst du wieder?«, fragte sie mit einer gewissen Schärfe im Ton.

Niemals!

»Irgendwann gegen Abend, denke ich.«

»Verstehe«, sagte sie.

Auch ihr Blick war auf einmal scharf, und er fürchtete, sie ahnte etwas.

Aber das war unmöglich, oder?

Ralf war plötzlich zu allem bereit.

Wenn sie ihm jetzt eine Szene machte, würde er sie wegschubsen und losrennen. Die Tatsache, dass er noch seinen Pyjama trug, vergaß er dabei.

»Dann bis später«, sagte Laura so leise, dass er Mühe hatte, sie zu verstehen. Alle Schärfe war aus ihrer Stimme, aus ihrem Blick gewichen.

Langsam drehte sie sich um. Schuldgefühle brachen über ihn herein wie ein Sommergewitter über der Heide, das die sandigen Böden für kurze Zeit in glitschigen Schlamm verwandelt.

»Laura«, flüsterte er.

Es tut mir leid, wollte er sagen. Es liegt nicht an dir. Aber ich muss hier weg, bevor ich ein alter Mann bin. Ich halte es nicht mehr aus in diesem Schloss.

Ralf schmeckte Blut, so fest biss er sich auf die Innenseite der Wangen, um nicht auszusprechen, was ihm durch den Kopf ging.

Laura schloss die Tür hinter sich, und er hörte, wie sie langsam über die knarrende Holztreppe nach unten stieg.

7

Efeugeflüster

Erst gegen Mittag kehrte ein wenig Ruhe ein im Jagdschloss. Durch die Hintertür schlüpfte Laura nach draußen und setzte sich auf die alte Steinbank, die schon zu Zeiten ihrer Vorfahren gute Dienste geleistet hatte. Heute stand sie versteckt unter einem mannshohen Efeugewächs. Die Kletterpflanze hatte sich um ein etwas abseitsstehendes hölzernes Spalier gerankt und war dann am Stamm der damals noch jungen Eiche entlang bis zur Hauswand vorgedrungen, um dort ihren verästelten Weg in die Höhe fortzusetzen. So war der Hohlraum um die Bank herum entstanden.

Dieser Ort war Lauras Refugium, hierher kam niemand außer ihr.

Durch das Gitternetz der Ranken ließ sie den Blick über den Garten schweifen – bloß eine langweilige, glatte Rasenfläche und ein paar niedrige Buchsbaumhecken. Nur die einzelne Birke in der hinteren Ecke, die in frischem Grün strahlte, schuf einen Hauch von Heimat. Nahe der Hauswand gab es noch ein paar Hortensienbüsche, die Großmutter Theodora vor Jahren gepflanzt hatte. Sie leuchteten weiß, blau und lila und bildeten die einzigen Farbtupfer.

Seit Langem schon hatte Laura die Idee, auf diesem

Fleckchen Erde die Lüneburger Heide im Kleinformat entstehen zu lassen. Mit Wacholderbüschen, echtem Heidekraut und ein paar strategisch verteilten Findlingen. Die Hortensien würden weichen müssen, die Birke durfte natürlich bleiben.

Bloß kam sie nie dazu, und Ralf war sowieso dagegen. Er nannte es eine »unnötige Geldausgabe«, zumal die Gäste doch gerade mal zehn Minuten mit dem Auto fahren mussten, um die echte Heide zu sehen.

Ralf.

Laura schloss die Augen und versuchte, sich zu entspannen.

Schwierig, wenn die Gedanken sich wie ein Drehkreisel um den eigenen Mann bewegten, der ihr zum Rätsel geworden war. Ralf war doch ihr Fels in der Brandung, ihre Stütze, ihre Sicherheit.

Sofern ich einen Felsen brauche, dachte sie sofort. Sie wusste, sie war heute viel stärker als damals mit neunzehn, und ihr Mann musste nicht mehr ihr Retter sein. Dafür aber ihr Partner, der sie liebte und der in guten wie in schlechten Zeiten bei ihr blieb.

Unwillkürlich schüttelte Laura den Kopf. Was machte sie sich nur für Sorgen! Völlig unnötig.

Aber vorhin hatte sie den Mallorca-Prospekt vor Augen gehabt, und dann hatte sie einfach sämtliche dummen Gedanken weit von sich geschoben und war zurück in die Küche gegangen. Irgendwann hatte sie gehört, wie Ralfs Wagen wegfuhr, und als Laura ihre Tochter vor einer Stunde nach ihrem Vater gefragt hatte, da hatte sie nur ein Schulterzucken zur Antwort bekommen.

Macht nichts, sagte sie sich nun. Ralf hatte noch mal in die Kanzlei gemusst. Irgendetwas Wichtiges war bestimmt los, und er würde es ihr erzählen, wenn er wieder nach Hause kam.

Lauras Gedanken wandten sich Merle zu. Auch ihre Tochter war weg. Davongefahren auf dem Fahrrad, kaum dass sie von der Arbeit im Hofladen zurückgekehrt war. Ganz eindeutig war sie noch beleidigt wegen der Ohrfeige, die sie sich von Opa Hinrichs eingefangen hatte. Und wahrscheinlich auch, weil ihre Mutter das einfach so zugelassen hatte.

»Ach, Lütte«, flüsterte Laura jetzt und erlaubte es sich, einen Moment lang traurig zu sein.

Sie vermisste ihre Tochter. Heute ganz besonders. Früher hatte Merle ihr bei jeder Gelegenheit Herzen geschenkt. Selbst gebastelte aus Stroh und Papier, gefundene aus Kartoffeln oder Stein, gekaufte als kitschiger Luftballon oder Kuschelkissen.

Laura hatte sich gefreut. Jedes Mal und aus tiefster Seele. Irgendwann hatte sie selbst angefangen, die Augen offen zu halten, und war erstaunt gewesen, wie oft ihr Blick auf ein Stück Holz oder einen Kiesel, auf ein Blatt oder eine Wolke fiel, die ein Herz formten. Die kleineren Teile sammelte sie ein, die Wolken musste sie ziehen lassen. Laura blieb bei ihrem Hobby, auch als Merle längst aufgehört hatte, ihre Mama zu beschenken.

Sie seufzte und spürte, wie ein vorwitziger Sonnenstrahl den Weg durch das Efeugeflecht fand und sie am Kinn kitzelte.

Noch ganz genau konnte sie sich an den Tag erinnern, als Merle begonnen hatte, sich zu verändern. Kurz vor Weihnachten war das gewesen, und es hatte mit einem Kajalstrich um die Augen begonnen.

»Warum siehst du aus wie eine Eule?«, hatte Theodora gefragt, als ihre Urenkelin aus der Schule kam.

Im Gegensatz zu ihren Freundinnen hatte sich Merle bis dahin noch nie geschminkt und kam damit ganz nach Laura, die höchstens mal ein bisschen Lipgloss benutzte.

Merle hatte nur etwas Unverständliches vor sich hin gemurmelt.

Nur eine Woche später war die Verwandlung abgeschlossen. Unter dem geschmückten Tannenbaum saß ein dunkel gekleidetes Mädchen, das verkündete, es sei von nun an ein Goth.

»Passt«, befand Theodora. »Du siehst wirklich aus wie eine aus der Gosse.«

Wutentbrannt klärte Merle ihre Uroma darüber auf, dass die Gothic-Kultur eine andere Lebenseinstellung sei. Ihre Anhänger strebten nach Frieden und Abgeschiedenheit.

»Sollte klappen«, lautete Theodoras lapidare Antwort. »Ich kann mir nicht vorstellen, dass irgendwer noch deine Gesellschaft sucht, so wie du aussiehst. Und wenn man mutterseelenallein ist, dann ist es automatisch sehr friedlich.«

Laura hatte zu alldem geschwiegen. Sie hatte gehofft, es sei nur eine Phase, die bald vorübergehen würde. Auch Ralf war dieser Meinung, aber manchmal ertappte sie ihren Mann dabei, wie er seine Tochter in einem unbeobachteten Moment mit einer Mischung aus Verwirrung und Entsetzen betrachtete.

Nun denn, die Phase dauerte inzwischen schon länger als ein halbes Jahr an, und es war kein Ende in Sicht.

Abgesehen von der äußeren Erscheinung, sorgte sich Laura vor allem um die Veränderung in Merles Wesen. Ihre Tochter war immer ein fröhliches, offenes Kind gewesen. In letzter Zeit war sie nur noch in sich gekehrt, schweigsam und unnahbar.

Etwas raschelte in ihrer Nähe und lenkte sie von ihren trüben Gedanken ab. Sie vermutete, einer von Wilhelm Hinrichs Hunden hatte mal wieder den Weg vom Bauernhof zum Jagdschloss gefunden.

Eine ewige Plage!

Es war schon vorgekommen, dass Gäste empört wieder abgereist waren, weil ihnen im Garten ein Settermischling den Schinken vom Frühstücksbrötchen stibitzt hatte.

Ihr Schwiegervater hielt grundsätzlich nur Promenadenmischungen. Sie seien die besseren Jagdhunde, behauptete er.

Das mochte ja sein, aber die Tiere wussten selten, wo ihr Zuhause war.

Laura richtete sich auf und rief energisch: »Verschwinde, du Mistvieh!«

Das Rascheln verstummte.

Na bitte, dachte sie. Wenigstens einer, der tut, was ich sage.

»Verzeihung«, hörte sie eine Männerstimme, die sie sofort wiedererkannte. Schon lugte Adrian Sadler um den Efeu herum. »Erst bin ich Herr Bergmann und jetzt ein Mistvieh. Ich fürchte, das ist ein Abstieg.«

Laura versuchte, ernst zu bleiben, aber dann musste sie doch lachen. »Ich habe Sie für einen Hund gehalten.«

»Das wird ja immer schlimmer.«

»Oder für ein Pferd. Mein Schwiegervater besitzt seit ein paar Monaten eine ziemlich wilde junge Stute. Wir befürchten ständig, dass sie ausbricht.«

»Herr im Himmel!« Mit gespieltem Entsetzen ließ er

sich neben sie auf die Steinbank fallen. »Was kann ich nur tun, um Sie vom Gegenteil zu überzeugen?«

Du kannst mich in den Arm nehmen und mich festhalten, dachte Laura und erschrak dermaßen über sich selbst, dass ihr das Lachen im Halse stecken blieb und sie fürchterlich husten musste.

»Na, na.«

Adrian klopfte ihr sanft auf den Rücken, während sie den Kopf zwischen die Knie steckte.

»Geht's wieder?«, fragte er, als sie sich noch keuchend, aber wieder mit Sauerstoff in der Lunge zurücklehnte.

Laura nickte nur.

»Glauben Sie, wir schaffen es irgendwann, uns ganz normal zu begegnen?«, wollte er nun wissen. »Ohne dass einer von uns auf dem Teppich zusammenbricht oder fast erstickt?«

»Das wäre wünschenswert«, erwiderte sie und warf ihm einen schnellen Blick zu, um abzuschätzen, ob er sich über sie lustig machte.

Nein, entschied sie. Er hatte Humor, aber er lachte nicht auf Kosten anderer. Erst jetzt nahm sie wahr, dass Adrian Laufkleidung trug. Teuer aussehende Turnschuhe und eine schwarze, kurze Jogginghose. Das neonfarbene Shirt klebte ihm am Körper, sein hellbraunes Haar wirkte dunkler als am Morgen. Als wäre er in einen heftigen Regenschauer geraten, dachte Laura. Dabei hatte den ganzen Morgen die Sonne geschienen.

»Sind Sie einmal nach Hamburg und wieder zurück gerannt, um Nina aufzuspüren?«

Adrians Blick wurde ernst. Einen Moment lang schien es, als wollte er nicht antworten, und sie schalt sich insgeheim, weil sie so neugierig war.

»Nein«, entgegnete er dann doch. »Das hätte nicht viel Sinn gehabt, fürchte ich. Ich schätze, sie will nicht gefunden werden. Jedenfalls nicht von mir. Es tut mir einfach gut zu laufen. Das macht den Kopf frei. Heute hat es mir außerdem geholfen, den Alkohol im Blut loszuwerden. Nicht zuletzt habe ich gehofft, Nina doch noch hier anzutreffen, wenn ich wiederkomme.« Er lächelte schief. »Klingt ziemlich unlogisch, was?«

»Ja«, gab sie zurück. »Einerseits suchen Sie Nina, andererseits auch wieder nicht.«

»So ungefähr.«

Laura fand, er sah erschöpft aus. Wie jemand, der sich komplett verausgabt hatte. Ob ihm das wirklich guttun mochte?

Adrian war tatsächlich dünn wie ein Marathonläufer, obwohl er dabei nicht schwächlich wirkte. Unter dem T-Shirt zeichnete sich deutlich ein prächtiges Sixpack ab.

Laura musste sich erneut zwingen wegzuschauen.

Sie sagte nichts. Es war seine Sache. Außerdem: Warum machte sie sich überhaupt Gedanken über ihn? Er war Ninas Freund. Höchste Zeit, hier wegzukommen.

Sie machte Anstalten aufzustehen.

»Bitte«, sagte Adrian, »bleiben Sie noch einen Moment. Es ist so schön hier. So friedlich. Als wären wir für kurze Zeit aus der Welt gegangen.«

Aus der Welt gegangen.

Wie ungewöhnlich.

Aber ja, es passte. Genau so fühlte sie sich, wenn sie auf dieser versteckten Bank saß. Genau deshalb kam sie nur hier zur Ruhe.

Laura nickte unmerklich und blieb sitzen.

Sie stand nicht unter Zeitdruck. Theodora hatte noch

tief und fest auf dem Sofa geschlafen, als sie vorhin nach ihr gesehen hatte. Es war Laura nicht gelungen, sie zu wecken, um sie nach oben zu bringen. Notgedrungen hatte sie die alte Dame dort liegen gelassen. Die Bergmanns waren nach Lüneburg gefahren, schweigend, nachdem sie auf getrennte Zimmer bestanden hatten. Nicht, weil sie sich gemeinsam die berühmte Stadt anschauen wollten, hatte Laura gedacht, sondern weil es für die beiden offenbar ein Graus war, im Schloss aufeinanderzuhocken.

Laura hatte beobachtet, wie jeder in seinem eigenen Wagen davongefahren war, und war sich so sicher gewesen wie selten, dass dieses Paar die Scheidung durchziehen würde.

Vielleicht war der Knick in dem Schwanenherz ja ein Zeichen gewesen.

Miriam und Rainer Sievers hatten verkündet, dass sie nach Bleckede an die Elbe fahren und den Tag am Fluss verbringen wollten. Laura solle ihnen das Ginsterzimmer doch bitte noch für eine Nacht freihalten. Sonntagfrüh müssten sie leider, leider wieder abreisen, weil ihre jeweiligen Chefs mit Kündigung drohten, falls sie am Montag nicht pünktlich zur Arbeit erschienen.

Die Eheleute aus Berlin sollten erst am Abend eintreffen. Es gab also nichts Dringendes zu tun. In diesem Moment war Laura ruhig und voller Frieden.

Adrian wirkte ebenfalls entspannt. Beide betrachteten sie das wirre Muster des Efeus, als könnten sie alle Rätsel des Lebens lösen, wenn sie es nur entschlüsselten.

»Das hier ist Ihr Geheimplatz«, sagte Adrian leise. Es war eine Feststellung, keine Frage.

Laura nickte. »Nina hat es Ihnen verraten.«

Auch ihre Stimme war kaum mehr als ein Flüstern. Als

hätten sie beide Angst, entdeckt zu werden, wenn sie lauter sprachen.

Das ist albern, entschied sie im Stillen und erinnerte sich daran, wie Nina sie einmal hier entdeckt hatte. Mehrere Jahre war das her, und noch immer nagte es an Laura, dass sie das Wissen um den Zauber dieses Ortes seitdem mit jemandem teilen musste.

Mit ihrer kleinen Schwester, die immer alles von ihr bekommen hatte.

Das war auch okay so. Nur diesen einen Ort hätte sie so gerne für sich alleine behalten.

Nicht die Bank war das Besondere. Jeder auf Schloss Bonin kannte sie, und jeder hatte hier schon einmal gesessen. Das Geheimnis war vielmehr die Zeit. Man musste nur lange genug bleiben, um zu spüren, wie die Hektik des Alltags in den sandigen Boden sickerte, wie das Gewirr der Efeuranken alle Probleme verschluckte.

Ausgerechnet Nina hatte damals diesen Zauber erkannt, als sie bemerkt hatte, wie entspannt die sonst so hektische Laura auf einmal war.

Es hatte sich angefühlt wie eine Entweihung.

Laura schaute Adrian kurz an. Seine Anwesenheit störte sie kein bisschen, stellte sie überrascht fest. Es schien ihr eher, als gehörte er hierher.

Energisch schob sie den albernen Gedanken beiseite und sagte: »Meine Schwester kann eben nichts für sich behalten.«

Adrian hob die Brauen. »Reden wir von derselben Person? Nina? Sie ist ungefähr der verschlossenste Mensch, den ich kenne. Und nein, sie hat mir nichts von der alten Steinbank erzählt. Ich habe mir einfach gedacht, dass Sie hier am liebsten alleine sind. War nur eine Ahnung.«

So, dachte sie nur. So.

»Ich fühle mich übrigens geehrt, dass ich hier sitzen darf«, fügte er mit einem Augenzwinkern hinzu.

»Ist nichts Besonderes«, wiegelte sie ab. »Bloß ein Platz, um zur Ruhe zu kommen.«

Er schaute sie kurz zweifelnd an, bevor er den Blick wieder auf das Efeugeflecht richtete. »Wie gesagt. Nina spricht so gut wie nie über Lünetal und ihre Familie. Ich weiß zum Beispiel kaum etwas über dieses Schloss«, sagte er dann. »Nur dass es einer Ihrer Vorfahren bauen ließ. Und einen Graf Viktor hat sie mal erwähnt.«

Ob er ganz bewusst ein unverfängliches Thema anschnitt, wusste Laura nicht, ging aber liebend gern darauf ein. »Das war unser Urgroßvater. Der Erbauer hingegen war Immanuel Graf von Bonin«, bestätigte sie. »Und zwar im Jahr siebzehnhundertdrei.«

Sie war froh, über etwas anderes reden zu können. Dieser Mann kam eindeutig zu nahe an sie heran. Nicht auf der Bank, denn er hielt höflich ein paar Handbreit Abstand. Aber in ihrem Innern.

Adrian pfiff leise durch die Zähne. »Klingt nach einer langen adeligen Familiengeschichte.«

Laura hätte ihm erzählen können, dass ihr Stammbaum noch viel weiter zurückreichte. Bis ins tiefste Mittelalter sogar. Aber sie verzichtete darauf, es war ihr nicht wichtig. Als sie Ralf geheiratet hatte, da hatte sie ihren Titel ohnehin leichten Herzens abgegeben.

Noch so eine Sache, die Großmutter Theodora ihr nie verzeihen würde. Bei jeder Gelegenheit hackte sie darauf herum. Lauras Hinweis, dass der Adelsstand in Deutschland bereits 1919 offiziell aufgehoben worden war, wischte die alte Dame regelmäßig mit einer Handbewegung beiseite.

»Das Grafengeschlecht derer von Bonin darf nicht aussterben«, betonte sie bei jeder Gelegenheit.

Tja, dachte Laura. Um diesen Wunsch ihrer Großmutter stand es gar nicht gut. Es sei denn, Nina entschloss sich eines Tages zu einer standesgemäßen Hochzeit, möglichst mit einem entfernten Verwandten. Mit einem, der ebenfalls von Bonin hieß, oder einem anderen Aristokraten, der bereit war, ihren Namen anzunehmen und der ein Kind mit ihr zeugte.

Unwillkürlich musste sie grinsen. Die Chancen standen eher schlecht. Nina war erst fünfundzwanzig und hatte alles Mögliche im Kopf, aber ganz sicher kein geregeltes Leben als Gräfin, Gattin und Mutter.

»Und Viktor?«, fragte Adrian in ihre Gedanken hinein. »Was hat der so gemacht?«

Lauras Grinsen wurde breiter. Offenbar gab ihre Schwester gerne mit ihrer Herkunft an, wenn es ihr in den Kram passte.

»Wie gesagt, er war unser Urgroßvater«, erzählte sie bereitwillig. »Die meisten Trophäen in der Diele stammen von ihm. Er war Jäger mit Leib und Seele. Ich kann mich aber nicht an ihn erinnern, weil ich noch sehr klein war, als er gestorben ist.« Sie biss sich auf die Lippen, ihr Grinsen erlosch.

Der Tod spielte in ihrem und Ninas Leben eine besondere Rolle. Nicht der Tod des alten Grafen Viktor, sondern der ihrer Eltern.

Adrian schien von ihrem Stimmungswechsel nichts zu bemerken. Er wollte mehr erfahren.

»Und Dankward? Das war Ihr Großvater, richtig? Der Ehemann von Gräfin Theodora?«

»Ganz genau. Er hieß Dankward Viktor Immanuel von Bonin.«

»Hatten die anderen Vorfahren auch so viele Vornamen?«, wollte er wissen.

Obwohl sie so angespannt war, musste Laura lächeln. »Schon, aber meistens lassen wir die weg.«

»Verstehe.«

Adrian verfiel in Schweigen.

Laura wartete auf die nächste Frage.

Auf die nach dem Vater.

Nach der Mutter.

Sie kam nicht.

Erleichtert atmete sie tief ein und aus.

Gut möglich, dass dieser fremde Mann, der ihr schon nach wenigen Minuten so vertraut war, von Nina die Wahrheit kannte. Vielleicht hatte ihre Schwester ihm ja doch davon erzählt, auch wenn sie ihm gegenüber ansonsten offensichtlich nicht sehr mitteilsam war. Mochte aber auch sein, dass er ein rücksichtsvoller Mensch war und die Stille den Fragen vorzog.

So oder so war Laura froh darüber.

Zeit verging.

Irgendwo im Dorf erklang Kinderlachen. Mütter riefen zum Mittagessen, Hunde bellten, ein Pferd wieherte ganz in der Nähe. Ein Traktor knatterte auf der nahegelegenen Straße vorbei, und seine Dieselschwaden zogen bis in ihr Versteck.

Adrian hustete. »Also unter sauberer Landluft verstehe ich etwas anderes.«

Laura hielt sich die Nase zu und atmete durch den Mund, bis der Traktor vorbeigefahren war. »Sie kommen wohl nur selten aus der Stadt raus?«

Im Stillen hoffte sie, es möge unverfänglich genug klingen. Er mochte sich vielleicht zurückhalten können mit seinen Fragen, sie selbst platzte fast vor lauter Neugier.

Wer war er?

Wie stand er zu Nina?

War er wirklich nur in die Heide gekommen, weil er sich Sorgen um ihre Schwester machte?

Laura dachte, sie müsste ihn all das einfach nur fragen, aber sie schreckte davor zurück. Weder wollte sie indiskret erscheinen, noch sollte er denken, sie sei an ihm in irgendeiner Form interessiert.

Adrian nickte. »Stimmt. Ist nicht so mein Ding. Ich bin Hamburger durch und durch. Normalerweise laufe ich um die Außenalster oder durch den Stadtpark. Oft zieht es mich auch an die Elbe. Da gibt es ebenfalls schöne Joggingstrecken.«

Laura pflückte ein vertrocknetes Efeublatt ab und zerrieb es nachdenklich zwischen den Fingern. »Laufen Sie aus Spaß, oder laufen Sie vor etwas weg?«

Ohne ihn anzusehen, spürte sie, wie er sich neben ihr versteifte.

»Das hat mich noch niemand gefragt.«

»Verzeihung. Es steht mir nicht zu.«

Er schenkte ihr ein kurzes Lächeln. »Ist schon in Ordnung. Nina hat mir mal erzählt, dass Sie über feine Antennen verfügen.«

»Hat sie das.« Laura fühlte sich geschmeichelt.

»Ja. Über sich selbst redet sie wenig, aber ihre große Schwester erwähnt sie ständig. Ich glaube, Nina liebt Sie sehr.«

»Tatsächlich«, murmelte Laura. Sie dachte an Nina und all den Kummer, den sie mit ihr gehabt hatte. Trotzdem wurde ihr Herz weich. »Ich liebe sie auch.«

Dann fiel ihr auf, wie geschickt Adrian von sich selbst abgelenkt hatte. Noch immer wusste sie so gut wie nichts über ihn. Vielleicht, dachte sie, bleibt er ja eine Weile. Es wäre interessant, sich öfter mit ihm zu unterhalten.

»Woher kennen Sie Nina?«, fragte sie geradeheraus.

Es war ihr plötzlich vollkommen gleich, was er über sie dachte.

»Von der Uni.«

Sie erschrak. »Sind Sie Kommilitonen?«

War er etwa noch so jung? Erst Mitte zwanzig wie ihre Schwester? Nicht zu fassen!

In derselben Sekunde schalt sie sich eine dumme Gans. Es war egal, wie alt er war. Wahrscheinlich würde sie ihn nie wiedersehen. Nina hatte kein Talent für langfristige Beziehungen. Für sie waren Männer austauschbar.

Dennoch verspürte Laura Erleichterung, als er antwortete: »Natürlich nicht. Dazu bin ich wohl zu alt. Ich halte dort hin und wieder Gastvorträge, und Nina hat einen davon besucht.«

Das war ebenfalls typisch für ihre Schwester. Ihr Interesse an neuen Themen war schnell geweckt, aber genauso schnell erlosch es auch wieder.

Ohne dass sie weiter nachgefragt hätte, gab Adrian bereitwillig Auskunft. Er war Geschichtslehrer an einer Gesamtschule und übersetzte im Nebenberuf englische Jugendbücher ins Deutsche.

»Die literarische Übersetzung ist auch Thema meiner Vorträge.«

»Interessant«, sagte Laura beeindruckt. Sie wünschte, sie könnte ebenfalls mit einer intellektuellen Tätigkeit aufwarten, doch sie bezog bloß Betten, kochte nahrhafte Gerichte wie Heidschnuckenbraten mit Pfifferlingen und

Preiselbeeren oder Buchweizenpfannkuchen mit Speck und formte Blumen und Herzen aus Handtüchern.

Auf einmal wusste sie, dass sie von hier wegmusste.

Sofort.

Dieser Moment, dieser Mann, hatten nichts mit ihrem Leben zu tun. Sie war eine glücklich verheiratete Frau. Sie war Mutter von Merle und Enkelin von Gräfin Theodora. Ihre Tage waren erfüllt, ihr fehlte es an nichts.

Sie sprang auf.

Adrian tat es ihr nach und suchte ihren Blick. »Habe ich etwas Falsches gesagt?«

Laura starrte auf ihre Füße. »Überhaupt nicht. Ich muss bloß in die Küche. Essen kochen.«

Es hörte sich so entsetzlich banal an, dass sie sich in Grund und Boden schämte.

»Nina sagt, Sie sind eine wundervolle Köchin.«

»Meine Schwester übertreibt maßlos.«

Er ließ nicht locker und stand so nah bei ihr, dass sie seinen schwachen, herben Schweißgeruch wahrnahm. Es war ihr nicht unangenehm.

»Darf ich fragen, was es heute gibt?«

Laura blinzelte, sah zu ihm auf. Wollte er sich etwa selbst zum Essen einladen? Ganz schön frech.

»Bloß Kartoffelpuffer mit Apfelmus«, wiegelte sie ab. »Nichts Besonderes.«

»Selbst gemacht?«

»Was denken Sie denn?«

»Darf ich helfen? Bitte. Ich habe zuletzt als kleiner Junge mit meiner Mutter rohe Kartoffeln gerieben.«

Etwas an ihm rührte sie, traf mitten in ihr Herz.

»Wenn Sie unbedingt wollen«, sagte sie schroffer als beabsichtigt und wandte sich ab.

Als sie unter dem Efeu hervortraten, wurde die Hintertür aufgerissen.

Nina kam auf sie zugelaufen und flog in ihre Arme. Laura schwankte kurz, hielt ihre Schwester aber fest. Dann wandte sie sich zu Adrian um und sah, wie seine Augen hell aufleuchteten.

8

Was ist bloß mit Nina los?

»Komm schon, große Schwester! Nicht sauer sein. Was habe ich denn so Grässliches verbrochen?«

Nina lehnte sich quer über den alten Schreibtisch aus Nussbaumholz, der in der einstigen Stiefelkammer von Schloss Bonin stand, und ließ die blendend weißen Zähne aufblitzen.

Dabei musste ich sie als Kind immer zwingen, sie ordentlich zu putzen, dachte Laura halb amüsiert, halb verärgert.

Alles an ihrer Schwester war heller, strahlender und schöner. Ihr schulterlanges Haar war blonder als Lauras, die Augen leuchteten blauer, und ihre Figur war makellos, während Lauras Hüften seit einiger Zeit eine gewisse Tendenz in die Breite entwickelten. Und Fältchen? Pah! Die würde Nina mit Sicherheit auch mit achtzig nicht bekommen.

Dieses Glückskind!

Laura bückte sich, öffnete eine Schublade und wühlte darin herum, als hinge ihr Leben davon ab.

Hör sofort damit auf, neidisch auf deine kleine Schwester zu sein!, befahl sie sich im Stillen. Das ist absurd! Außerdem ist sie gar kein Glückskind. Genauso wenig wie du selbst.

Sie richtete sich wieder auf. Für zwei Leute war es in dem winzigen Büro viel zu eng. Der Schreibtisch nahm den meisten Raum ein, dazu kamen ein Drehstuhl, ein Wandregal und ein kleiner Aktenschrank. Obwohl sie die Tür zur Diele ausgebaut hatten, bekam Laura auf einmal Platzangst. Sie musste Nina so schnell wie möglich wieder loswerden.

»Ich bin nicht sauer.«

»Aber du hast doch was.«

»Quatsch, wie kommst du darauf? Es war bloß ein langer Tag.«

Seit Stunden schon wich Nina ihr nicht von der Seite. Inzwischen war es Abend, und die Sonne ging langsam, aber unaufhaltsam hinter dem Wald unter. Ein harziger Duft strömte durch das offen stehende Eingangsportal herein, und Laura musste an Adrian Sadler denken, an den Dieselgestank am Mittag, an …

Sie zwang sich, den Mann aus ihrem Kopf zu verbannen, und sah ihre Schwester an.

Laura ahnte, dass Nina etwas auf dem Herzen lag. Ohne Grund tauchte sie nie in der Heide auf. Meistens ging es um Geld. Oder um Schwierigkeiten im Studium. Oder um Männer.

Sehr oft ging es um Männer.

Heute hatte Laura keine Lust, sich irgendwelche Probleme anzuhören. Sie hatte überhaupt keine Lust, mit ihrer Schwester zusammen zu sein. Nur eine Frage geisterte ihr schon die ganze Zeit im Kopf herum, und sie wollte eine Antwort darauf haben.

»Wieso ist Adrian Sadler Stunden vor dir bei uns aufgetaucht? Ich habe ihn für jemand ganz anderes gehalten. Das war ziemlich peinlich.«

In Ninas hübschem Gesicht blitzte Neugierde auf. »Ist das wichtig?«

»Es interessiert mich nur.«

Nina gluckste in sich hinein. »Na gut, wenn du es unbedingt wissen willst. Eine meiner Mitbewohnerinnen hat ihm verraten, dass ich herkommen wollte. Dann hat das schlechte Gewissen sie gepackt, und sie hat mich vorgewarnt. Da war es bloß schon zu spät, Adrian noch irgendwie davon abzuhalten. Er war mit dem Wagen nämlich in anderthalb Stunden hier, während ich mit Bus und Bahn drei Stunden gebraucht habe. Echt blöd, wenn man kein eigenes Auto hat und …«

Sie sprach weiter, aber Laura hörte nicht mehr zu. Sie war mit ihren Gedanken ganz woanders, bei Adrian, bei dem magischen Moment mit ihm auf der Bank.

Es hatte nichts zu bedeuten, sagte sie sich im Stillen. Adrian war wirklich nur auf der Suche nach Nina, und er hatte sich die Wartezeit mit ihrer großen Schwester vertrieben.

Alles war genau so, wie es sein sollte. Nur diesen leisen Hauch von Enttäuschung in ihrem Herzen, den verstand sie nicht.

Bevor Nina weiter auf sie einreden konnte, hörte Laura kurz nacheinander zwei Wagen vorfahren. Gleichzeitig fiel ihr etwas ein.

»Das sind unsere Gäste!«, rief sie erschrocken aus.

»Was ist denn so schlimm daran?«

»Ich habe Oma Theodora auf dem Sofa vergessen. Das kann furchtbar peinlich werden.«

»Kein Stress, Laura, die habe ich schon erledigt.«

»Was?«

Nina grinste. »Sorry, Theodora ist irgendwie ansteckend. Ich wollte sagen, *das* habe ich schon erledigt. Sie war vorhin einigermaßen munter, da habe ich sie hoch in ihr Zimmer gebracht.«

»Danke«, sagte Laura knapp.

Hektisch quetschte sie sich an ihrer Schwester vorbei, lief durch die Diele nach draußen und begrüßte auf den Eingangsstufen erst Christa und danach Helmut Bergmann.

»Wie schön, dass Sie wieder da sind. Haben Sie Hunger? Es gibt kalte Platten mit Schinken vom Wildschwein und geräucherter Forelle. Wenn Sie möchten, kann ich Ihnen auch schnell eine Hochzeitssuppe aufwärmen. Die Markklößchen sind schon vorbereitet, und den Eierstich muss ich nur schnell in Würfel schneiden …«

Von hinten stieß Nina sie leicht ins Kreuz, doch sie achtete nicht darauf.

»Ich hoffe, Sie hatten eine wundervolle Zeit in Lüneburg. Haben Sie das mittelalterliche Rathaus besichtigt? Und waren Sie Am Sande mit seinen einmalig schönen Backsteinhäusern und den Treppengiebeln? Das Wetter war ja prächtig. Wenn Sie möchten, gebe ich Ihnen morgen ein paar Tipps für einen Ausflug in den Naturpark. Jetzt im Juni blüht die Heide natürlich noch nicht. Trotzdem werden Sie begeistert sein. Dafür zeigt der Wacholder derzeit seine gelblichen Blüten, und wenn Sie genau hinschauen, erkennen Sie die noch winzigen Beeren. Auf den sandigen Wegen können Sie zu Fuß, per Rad oder in einer Kutsche …«

Laura brach erst ab, als sie bemerkte, dass die Bergmanns sie fassungslos anstarrten. Rasch machte sie einen Schritt zur Seite und ließ das Paar, das keines mehr sein wollte, eintreten.

Stumm machten die beiden sich auf den Weg durch die

Diele nach oben. Helmut Bergmann drehte sich noch einmal kurz zu Laura um.

»Ich weiß nicht, was das soll, Frau von Bonin. Erst diese dämlichen Schwäne, und jetzt texten Sie uns zu, als wären wir glückliche Feriengäste. Richten Sie Ihrem Mann aus, dass wir morgen früh die Scheidungspapiere unterschreiben möchten. Guten Abend.«

Laura, die dem Ehepaar nachgegangen war, nickte nur und lehnte sich schwer gegen die Wand.

»Da hat dein Charme aber mal auf ganzer Länge versagt«, kommentierte Nina grinsend. »Dabei hast du gequasselt wie eine Animateurin mit bipolarer Störung, die voll im Höhenflug ist.«

Nina hatte vor Jahren mal zwei Semester Psychologie studiert. Seitdem gab sie bei jeder Gelegenheit mit ihrem Halbwissen an.

»Halt die Klappe.«

»Ich denke gar nicht daran.« Sie baute sich mit verschränkten Armen vor Laura auf. »Bist du noch ganz dicht? Die Leute wollen sich scheiden lassen, und du bietest ihnen Hochzeitssuppe an?«

Laura spürte, wie sie bleich wurde. »Habe ich das?«

Nina tippte ihr gegen die Stirn. »Ja, hast du. Hörst du dir etwa selbst nicht zu?«

Statt etwas zu erwidern, rieb Laura sich die Schläfen.

Nina stieß einen dramatischen Seufzer aus. »Hier geht wohl alles drunter und drüber, wenn ich mal nicht da bin. Meine Lieblingsoma schläft schon den ganzen Tag ihren Rausch aus, mein Lieblingsschwager hat sich verkrümelt, meine Lieblingsnichte hat sich anscheinend auch in Luft aufgelöst, und meine Lieblingsschwester ist nicht mehr ganz richtig im Kopf.« Sie ließ den Blick durch die Diele wandern und zeigte dann auf eine Stelle über der Tür. »Irgendjemand hat von Uropa Viktors Lieblingsgeweih ein Stück abgeschossen.«

»Das war Wilhelm«, sagte Laura schwach. Die vielen Lieblinge machten sie ganz benommen.

»Echt? Der olle Wilhelm hat hier im Schloss rumgeballert? Du hast ihn hoffentlich dafür büßen lassen.« Nina formte mit der rechten Hand eine Pistole und setzte Laura Zeige- und Mittelfinger an die Stirn.

»Hör auf mit dem Unfug. Es war ganz anders.«

»Wie denn?«

»Ach, das ist eine lange Geschichte.«

»Ich habe Zeit. Ich bleibe nämlich eine Weile.«

»Was?«

Auf einmal wich Nina ihrem Blick aus. »Ist eine lange Geschichte«, wiederholte sie Lauras Wortlaut.

»Ich höre.«

Kurz blickte Nina sich um. »Können wir irgendwo hingehen, wo uns keiner stört?«

»Meinst du etwa deinen Lieblingsschwager?«

Ihre Schwester verzog das Gesicht zu einer Grimasse. Sie mochte Ralf nicht besonders, was auf Gegenseitigkeit beruhte. Nie wurde er müde, Laura vorzuwerfen, sie verwöhne ihre kleine Schwester viel zu sehr. Sie müsse endlich damit aufhören, für Ninas Lebensunterhalt aufzukommen.

Wie könnte ich?, dachte sie jedes Mal. Nina hat doch nur mich.

Aber wenn sie es dann laut aussprach, lachte Ralf sie aus und meinte, es werde höchste Zeit, dass die verzogene Göre erwachsen werde. Andere Leute hätten es früher auch nicht leicht gehabt. Nina könne nicht ihr Leben lang ihrer Familie auf der Tasche liegen, nur weil in ihrer Kindheit mal was schiefgegangen sei.

Schiefgegangen!

Laura hatte Ralf so lange entsetzt angesehen, bis er fluchtartig den Raum verließ.

Damals hatte sie sich einen kurzen Moment lang gewünscht, Ralf hätte sie nie am Lünebach geküsst und sie hätte ihn nie geheiratet. Der Moment war dann zum Glück schnell vorübergegangen.

»Wo ist dein Mann überhaupt?«, fragte Nina zurück. »Ich habe ihn noch gar nicht gesehen.«

»In der Kanzlei.«

»Am Samstagabend? Ich denke, das Wochenende ist ihm heilig. Mal abgesehen von dem Papierkram, den er eure Gäste unterschreiben lässt.«

»Momentan ist wohl besonders viel zu tun.«

»Für ihn als liebenden Gatten und Vater spricht das aber nicht.«

Laura wandte sich ab und ging in Richtung Küche. Es gefiel ihr ja selbst nicht, dass Ralf noch mal weggefahren war. Tief in ihrem Innern fühlte sich seine Abwesenheit diesmal auch anders an als sonst.

Endgültiger.

Da war so ein dumpfes Gefühl in ihrer Magengegend, seit Stunden schon, und es wollte einfach nicht weichen.

Ach, wenn sie nur jemanden zum Reden hätte!

Dann könnte sie auch die Steinbank erwähnen und Adrian Sadler und ihre verwirrenden Gefühle. Bloß war Nina die denkbar schlechteste Gesprächspartnerin, vor allem wenn es um den Mann aus Hamburg ging. Als die Ältere wäre es Laura ohnehin nie in den Sinn gekommen, ihre Sorgen ausgerechnet Nina anzuvertrauen.

Ausgeschlossen. Die Familientradition sah vor, dass Laura sich um ihre kleine Schwester kümmerte. Nicht umgekehrt.

Annette, dachte Laura, du fehlst mir. Aber ihre beste Freundin, mit der sie seit Kindertagen Glück und Leid geteilt hatte, war vor zwei Jahren nach Australien ausgewandert. Natürlich hielten sie Kontakt, und einmal im Monat unterhielten sie sich über Skype, aber nichts konnte ein langes Gespräch bei einer Tasse Tee oder einem Glas Weißwein ersetzen.

Ihre Freundin hätte ihr vielleicht auch erklären können, was es mit diesem seltsamen Grauschleier auf sich hatte. Annette war eine kluge Frau.

Laura ließ sich auf einen der mit Stroh bespannten Stühle sinken, stützte die Ellenbogen auf den überdimensionalen, zerkratzten Holztisch und legte müde das Kinn in die Hände.

Die Küche war fast so groß wie der Salon. Sie war in einem Jahrhundert eingerichtet worden, in dem es noch reichlich Personal im Schloss gegeben hatte und zudem viel Platz. Für den riesigen Kachelherd zum Beispiel, für das Büfett aus dunkel gebeizter Eiche, die Vitrinenschränke und eine Vorratskammer.

Schon oft hatte Laura überlegt, die Küche zu verkleinern, um so einen weiteren Raum für ihre Gäste zu gewinnen. Vielleicht ein Billardzimmer oder eine kleine Bibliothek. Aber bisher hatte das Geld nie für ein solches Vorhaben gereicht. Und wenn sie es gehabt hätte, wäre es ohnehin klüger gewesen, ein weiteres Gästezimmer zu bauen, um die Einnahmen zu steigern. Keine Freizeiträume, für die sie nur unwesentlich mehr hätte berechnen können.

Nina setzte sich nicht zu ihr, sondern begann, auf den schwarz-weißen Bodenfliesen hin und her zu laufen. Vom Hängeschrank mit den Töpfen, Pfannen und Schüsseln bis zum Büfett und wieder zurück. Dem Esstisch in der Mitte wich sie dabei jedes Mal mit einem eleganten Hüftschwung aus.

Laura sah ihr eine Weile dabei zu. »Willst du reden oder durch die Küche joggen wie dein Freund Adrian?«

»Er ist nicht mein Freund!«

»So hast du ihn auch nicht behandelt.«

Nina blieb schlagartig stehen. Sie schnappte sich einen Stuhl von der anderen Seite des Tisches, drehte ihn um und setzte sich rittlings darauf. Dann durchbohrte sie Laura mit einem Blick, der von Großmutter Theodora hätte stammen können.

»Deswegen bist du sauer.«

»Blödsinn!«

»Doch. Jetzt hab ich's endlich kapiert. Du findest, ich war nicht nett genug.«

»Nicht nett genug?« Laura musste sich zwingen, in einem normalen Tonfall zu sprechen. Am liebsten hätte sie ihre Schwester angeschrien. »Das ist ja wohl die Untertreibung des Jahres. Du hast ihn lautstark angeblafft. Und wie! Von wegen, was er auf Schloss Bonin zu suchen habe und so. Und dass er auf der Stelle verschwinden solle. Der arme Kerl hat mir total leidgetan, und ich habe mich für dich geschämt. So darf sich niemand aus unserer Familie benehmen. Nicht mal Merle. Das sind wir unseren Vorfahren schuldig.«

»Sorry«, meinte Nina gedehnt und senkte den Blick auf die Tischplatte. »Es war aber nötig. Der Typ entwickelt sich langsam zum Stalker.«

»Du spinnst ja.«

Nina schaute wieder auf. »Nee, wirklich. Seit ich im Frühjahr bei einem seiner Vorträge war, läuft er mir nach wie ein liebeskrankes Hündchen.«

Laura musste sich wirklich schwer beherrschen, um nicht loszuschreien. Sie hob den Kopf und ließ die Arme sinken, damit ihre Schwester nicht sah, wie sie unter der Tischplatte die Hände zu Fäusten ballte.

Adrian Sadler war kein Hündchen. Er war ein feiner Kerl. Sie hatte sich wohlgefühlt in seiner Gesellschaft. Und sie hatte es schade gefunden, dass sie keine Kartoffelpuffer zusammen backen konnten, weil Nina ihn kurzerhand hinausgeworfen hatte. Sie glaubte, auch in seinem Blick so etwas wie Bedauern gesehen zu haben, doch sie wusste nicht, ob es ihm dabei um sie oder um Nina gegangen war.

Vielleicht auch bloß um die Kartoffelpuffer.

Während sie noch um Fassung rang, fuhr Nina mit einem kleinen Grinsen fort: »Jetzt guckst du aber echt böse. Okay, das mit dem Hündchen nehme ich zurück. Aber Adrian joggt wirklich ständig durch die Gegend. Ich glaube, der Kerl ist süchtig nach der Rennerei. Manchmal kommt er mir vor wie dieses Batterie-Häschen aus der Fernsehwerbung.«

»Jetzt hör schon auf«, erwiderte Laura mit vorgetäuschter Ruhe. »Nur weil ein Mann gerne Sport treibt, ist er noch lange kein Fall für den Psychiater.«

»Was habt ihr beide da eigentlich gemacht? So ganz intim auf der alten Steinbank?«

Die Frage erwischte Laura kalt, und sie spürte, wie sie rot wurde. »Gar nichts. Mit Intimität hatte das nun wirklich nichts zu tun. Ich habe mich dort ausgeruht, und er ist zufällig vorbeigekommen.«

»Nachdem er auf der Suche nach mir einen Halbmarathon gelaufen war«, ergänzte Nina.

Laura schwieg. Ihr fiel beim besten Willen nichts zu Adrians Verteidigung ein.

Erst nach einer Weile fragte sie vorsichtig: »Was hast du bloß gegen ihn? Er ist sehr nett. Oma Theodora mag ihn auch.«

Nina pfiff durch die Zähne. »Ist ja ein Ding! Echt jetzt? Oma interessiert sich urplötzlich mehr für einen knackigen jungen Mann als für ihr Ableben? Hat sie wirklich nicht versucht, sich von ihm erwürgen zu lassen? Danke, lieber Gott! Ein Wunder ist geschehen.«

Der knackige junge Mann geisterte einen Augenblick lang in Lauras Kopf herum, bevor sie wieder klar denken konnte.

»Wie hat sie ihn denn kennengelernt? Er hat sich doch hoffentlich nicht danebenbenommen?«

»Nina, es reicht langsam! Herr Sadler ist heute früh hier angekommen, und Oma Theodora hat ihn spontan zu einem Gläschen Wacholderschnaps eingeladen.«

»Ich brech zusammen.« Nina lachte auf. »Der langweilige Lehrer gibt sich mit der lebensmüden Gräfin die Kante. Göttlich!«

Sie lachte so laut, dass am Ende noch Theodora im ersten Stock davon aufwachte. Als einziges Familienmitglied bewohnte sie einen Raum auf der Etage der Gäste. Oder die Bergmanns würden gleich herunterkommen und sich die Heiterkeit verbieten.

Laura sprang auf, beugte sich weit über den Tisch und hielt ihrer Schwester eine Hand auf den Mund. »Sei leise!«, zischte sie.

Ninas Augen wurden groß. Sie schluckte, kicherte weiter, presste die Lippen aufeinander und war dann ruhig.

Richtig ernst und erwachsen wirkte sie auf einmal.

»Seit wann ist es verboten, innerhalb dieser edlen Gemäuer fröhlich zu sein?«

Laura ließ sich auf ihren Stuhl zurückfallen. »Ist es nicht. Ich möchte nur nicht, dass die Bergmanns gestört werden. Du hast ja selbst erlebt, wie schlecht sie drauf sind. Außerdem erwarte ich jeden Moment das Paar aus Berlin, Bettina und Oliver Thomsen. Ich höre nicht, ob ein Auto vorfährt, wenn du so laut bist. Miriam und Rainer Sievers werden bestimmt auch bald wieder eintrudeln.«

Nina glaubte ihr kein Wort, das konnte sie ihr ansehen. »Sind die Berliner auch schon so alt wie die Bergmanns?«

Laura schüttelte den Kopf. »Sie ist Mitte dreißig, er Mitte vierzig.«

Wie Ralf und ich, schoss es ihr durch den Kopf. Das war ihr bei der Reservierung gar nicht aufgefallen.

»Wie Ralf und du«, sagte Nina. Sie hob die Augenbrauen. »Was ist denn, große Schwester?«

»Nichts.«

»Du siehst irgendwie fertig aus. Zwischen dir und Ralf ist doch alles in Ordnung?«

»Klar, alles wie immer.«

»Dann ist ja gut.«

Laura zwang sich zu einem Lächeln und hoffte, das Thema sei damit erledigt.

Nina beobachtete sie noch einen Moment misstrauisch. »Ich komme noch gar nicht darüber hinweg, dass Adrian heute früh hier aufgetaucht ist«, meinte sie dann.

Laura nickte. »Er hat nicht gleich erklärt, wer er ist. Aber dann sagte er, dass du verschwunden seist und er deswegen beunruhigt sei.«

Nina gluckste schon wieder vergnügt in sich hinein.

»Du hast dich davon aber nicht anstecken lassen. Hast ja nicht mal versucht, mich anzurufen.«

»Doch, einmal. Hab bloß die Mailbox erwischt. Große Sorgen habe ich mir ehrlich gesagt nicht gemacht. Ich kenne dich und weiß, wie schlecht du die Männer behandelst.«

Nina wurde blass.

Sosehr sie sich eben noch amüsiert hatte, konnte Laura förmlich sehen, wie ihre Stimmung umschlug.

»Das ist gemein! Nicht jede Frau hat so viel Glück wie du und findet den Richtigen schon mit neunzehn.«

Augenblicklich empfand Laura Gewissensbisse. »Tut mir leid. Ehrlich. Das hätte ich nicht sagen sollen.«

Mit einer lässigen Handbewegung winkte Nina ab. Die Farbe kehrte in ihre Wangen zurück. Falls sie wütend gewesen war, hatte sie es schon wieder vergessen. »Schon gut. Über die Frage, ob du glücklicher bist als ich, lässt sich streiten.«

Dazu wusste Laura nichts zu sagen, also schwieg sie. Es hatte eine Zeit gegeben, da hatte Nina sie um ihre kleine Familie beneidet.

Diese Phase war offenbar vorbei.

Nina wartete noch einen Moment, und als Laura weiter schwieg, sagte sie: »Jetzt hör mir mal genau zu, große Schwester. Ich will dir mal ein paar Dinge über diesen Typen erzählen. Dann verstehst du mich hoffentlich besser.«

Laura war sich nicht sicher, ob sie es hören wollte, doch sie nickte wieder.

»Mal davon abgesehen, dass Adrian viel zu alt für mich ist …«, begann Nina.

»Wie alt ist er denn?«, fragte Laura dazwischen, bevor sie sich bremsen konnte.

»Zweiunddreißig, fast dreiunddreißig. Er würde eher

zu dir als zu mir passen. Aber du bist ja glücklich verheiratet und würdest nicht im Traum daran denken, dir nebenbei ein bisschen Spaß zu gönnen. Dabei würde es dir bestimmt guttun.«

Wie das klang! Als wäre sie eine verklemmte Hinterwäldlerin.

Sie hoffte, dass sie nicht schon wieder rot wurde, und nahm sich vor, Nina ohne weitere Unterbrechung reden zu lassen.

»Also, vom Alter mal abgesehen, fand ich ihn anfangs auch richtig nett. Obwohl er einen ausgeprägten Fluchtinstinkt hat.«

Den habe ich auch, dachte Laura bei sich. Nur anders. Sie flüchtete auf ihre Steinbank, wenn ihr alles zu viel wurde, oder stöberte die Welt nach Herzen durch. Manchmal flüchtete sie auch einfach nach innen.

»So schlimm finde ich das nicht«, entgegnete sie. »Vielleicht will er sich ja bloß fit halten.« Aber sie wusste, es war mehr als das. Adrian Sadler übertrieb es mit der Rennerei, und sie konnte ihm nur wünschen, dass er eines Tages zur Ruhe kommen würde. An einem Ort oder bei einem Menschen.

Nina kicherte wieder. »Wie man's nimmt. Mir wäre das echt zu anstrengend, wenn ich immer nur die Hacken von meinem Freund sehen würde. Vielleicht noch eine Staubwolke.« Sie grinste jetzt breit, doch als Laura nicht zurückgrinste, fuhr sie fort: »Ich war zweimal mit ihm aus und habe schnell das Interesse verloren. Du weißt ja, wie ich bin. Ein Mann muss schon was Besonderes sein, damit ich bei ihm bleibe. Ich langweile mich nun mal so furchtbar schnell. Frag mich nicht, warum, ich verstehe es ja selbst nicht. So bin ich eben.«

»Ja«, sagte Laura nur.

Ihr lagen so viele Wörter auf der Zunge, dass sie sich fast daran verschluckte. Ninas Sicht auf die Liebe war schwer zu ertragen.

»Egal. Seitdem werde ich ihn jedenfalls nicht mehr los. Gut möglich, dass er mich genau deshalb so spannend findet. Du weißt schon: Was man nicht gleich haben kann und so weiter. Das weckt bei den meisten Männern den Jagdinstinkt. Wobei Adrian eigentlich nicht wie einer von diesen Typen rüberkommt, die unbedingt Eroberungen machen wollen.«

Laura war fest davon überzeugt, dass Nina maßlos übertrieb, schwieg aber dazu.

»Na ja, den Rest kennst du. Kaum ignoriere ich ein paar Tage hintereinander seine Anrufe, schon taucht er bei euch auf.«

»Du warst dir also sicher, dass er herkommen würde?« Das war eine harmlose Frage, die nichts über ihr inneres Durcheinander verriet. »Weil deine Mitbewohnerin dir Bescheid gegeben hat?«

Nina fischte ihr Smartphone aus der Hosentasche und legte es auf den Tisch. »Ich hatte es sowieso schon geahnt«, erklärte sie. »Gestern Abend hat er mir zweimal auf WhatsApp geschrieben, dass er sich Sorgen um mich macht. Wenn ich mich nicht melden würde, dann würde er in die Heide fahren und nach mir sehen.«

Nachdenklich runzelte Laura die Stirn und schaute ihre Schwester an. »Da stimmt was nicht«, sagte sie endlich. »Ich habe Adrian Sadler heute ein bisschen kennengelernt, und er macht auf mich einen ganz vernünftigen Eindruck …«

»Vernünftig?«, unterbrach Nina sie. »Ein Typ, der nur

glücklich ist, wenn er sich bei Extremläufen kaputt macht? Eher nicht.«

»Du lenkst ab.«

Ertappt senkte Nina den Blick. Ihr Gesicht verschloss sich.

Laura wartete einen Moment, ehe sie sanft nachfragte: »Was ist wirklich los? Du hast gesagt, du willst eine Weile hierbleiben. Warum?«

»Hast du was dagegen?«, fragte Nina hitzig. »Ist das hier etwa nicht mehr mein Zuhause?«

»Doch, natürlich. Aber du wolltest damals unbedingt von hier weg. Weißt du nicht mehr? Gleich nach dem Abi hast du mir erklärt, dass du es keinen Tag länger aushältst. Wir waren alle sehr traurig darüber.«

»Ralf nicht.«

»Das ist jetzt unwichtig.« Laura musste sich zwingen, geduldig zu bleiben. »Damals hast du geschworen, du würdest nie mehr zurückkehren. Eher wolltest du irgendwo auf der Welt in einer Höhle hausen, als …«

»… als in dem Schloss, in dem ich leben musste, seit ich drei Jahre alt war, weil meine Eltern so bescheuert waren, früh zu sterben.«

Laura wusste, Nina wollte hart und sarkastisch klingen, doch sie konnte deutlich die unterdrückten Tränen heraushören.

Eine scharfe, alte Trauer griff nach den Schwestern und ließ sie verstummen.

So saßen sie einander am Küchentisch gegenüber, verbunden im gemeinsamen Schmerz, getrennt in der Art, wie jede ihr Leben lebte.

9

Merle kann ja lachen!

Wenig später half Laura ihrer Schwester, eine Kammer neben Merles Zimmer herzurichten. Sie war nur halb bei der Sache, als Nina ihr verriet, warum sie eine Weile auf Schloss Bonin bleiben wollte.

Dann merkte sie schlagartig auf. »Das kann nicht dein Ernst sein!«, rief sie aus.

Nina blickte zu Boden. »Doch.« Ihre Stimme war leise, aber fest.

Laura war zu schockiert, um zu diskutieren. Sie ließ Nina in der Kammer allein und ging in den Salon, müde, verwirrt.

Als eine Nachricht von Ralf auf ihrem Smartphone eintraf, war sie für eine Sekunde erleichtert.

Bis sie las, was er schrieb. Er würde über Nacht wegbleiben. Seit Langem hatte sie sich nicht mehr so alleine gefühlt.

Auch der Sonntag begann mit herrlichem Wetter. Laura kniff fest die Augen zusammen und wünschte sich Regen herbei. Ein ausgewachsener Sturm hätte viel besser zu ihrer Stimmung gepasst. Doch die hellen Sonnenfinger fanden ihren Weg durch die Spalten der hölzernen Fensterläden und erklärten ihr, dass ein weiterer wundervoller Frühsommertag begonnen hatte.

Sie tastete nach Ralf und fand nur ein leeres Kopfkissen. Unter ihrer warmen Decke wurde ihr plötzlich kalt.

Fort. Er war fort.

In all den Jahren ihrer Ehe war es nur wenige Male vorgekommen, dass sie nicht im selben Bett geschlafen hatten.

Es fühlte sich falsch an. Beängstigend.

Mallorca, dachte Laura. Er ist doch nicht nach Mallorca geflogen, oder?

Oder?

Die Insel saß in ihrem Kopf fest, seit sie den Prospekt gefunden und Ralf sich so seltsam benommen hatte, nachdem sie gestern, noch mit dem Obstmesser in der Hand, ins Zimmer gestürmt war.

»Nein«, flüsterte sie. »Mein Mann ist nicht ohne mich nach Mallorca geflogen.«

Und wenn doch?

»Dann fliege ich hinterher und bringe ihn eigenhändig um«, sagte sie laut. »Das kann er mir nicht antun.«

Mit einem Ruck setzte sie sich im Bett auf, zwang sich, vernünftig zu sein, und ging im Geiste die Möglichkeiten durch.

Vielleicht musste Ralf nur mal ein paar Tage raus. Er brauchte eine Auszeit. Er liebte das Meer. Obwohl er in der Lüneburger Heide geboren war, hatte er sich nie so verwurzelt gefühlt wie seine Familie. »Ich bin kein erdverwachsener Niedersachse«, pflegte er zu sagen. »Ich brauche Luft und Freiheit.«

Wie schmerzhaft solche Äußerungen für Laura waren, schien er nicht zu bemerken. Nina behauptete, ihr Schwager besitze das Einfühlungsvermögen eines tonnenschweren Findlings, und ausnahmsweise musste ihr Laura in diesem Punkt recht geben.

Im nächsten Augenblick erinnerte sich Laura an die Nachricht, die Ralf ihr gestern Abend geschickt hatte. Er müsse noch einige Akten aufarbeiten und werde auf dem Sofa in der Kanzlei übernachten. Sie solle sich keine Gedanken machen. Er werde auf jeden Fall am Sonntagvormittag pünktlich eintreffen, damit die Bergmanns und das Ehepaar aus Berlin alle notwendigen Unterschriften leisten konnten.

Sollte etwas Unvorhergesehenes dazwischenkommen, werde er Martin bitten, die beiden Fälle zu übernehmen.

Was sollte denn dazwischenkommen?, hatte Laura sich gefragt. Warum sollte sich Ralf von Martin Spitzer, seinem Kollegen und Partner, vertreten lassen? Plötzlich hatte sie eine Insel im Mittelmeer vor sich gesehen, die all ihre schönen Farben verloren hatte.

Nina hatte wissen wollen, was los sei, aber Laura hatte geschwiegen. Ihre Eheprobleme gingen nur sie selbst und Ralf etwas an.

Eheprobleme?, fragte sie sich jetzt. Bis gestern wusste ich noch nicht einmal, dass ich welche habe.

Oder hatte sie zu lange die Augen vor der Wahrheit verschlossen und sich eingeredet, alles sei bestens? Bloß weil sie den Gedanken nicht ertrug, es könnte etwas zerbrechen, das nicht zerbrechen durfte? Weil dann womöglich ihr ganzes Leben auseinanderfiel?

Schluss jetzt!

Laura atmete tief durch und zwang sich erneut zur Vernunft.

Also gut, dachte sie. Vielleicht macht er wirklich ein paar Tage Urlaub auf der Insel. Da ist doch nichts dabei.

Die böse Ahnung, die sie schon gestern Abend überfallen hatte, wollte jedoch nicht weichen. Sosehr sie auch versuchte, wieder warm zu werden, die Kälte kroch ihr unaufhaltsam in alle Glieder.

Dann schaute Laura auf den Wecker auf ihrem Nachttisch, und schlagartig wurde ihr heiß.

Zehn Uhr morgens! Wie um alles in der Welt hatte sie so lange schlafen können? Warum hatte der Wecker nicht wie gewohnt um fünf Uhr dreißig geklingelt?

Ausgestellt!

Laura sprang aus dem Bett, schlüpfte in Jeans und Hemd, band sich die Haare zu einem Pferdeschwanz zusammen und war keine fünf Minuten später auf dem Weg nach unten.

Das Schloss wirkte wie ausgestorben. Im ersten Stock lauschte sie kurz an den Türen der drei belegten Gästezimmer. Vielleicht schliefen die Leute ja noch, und niemand würde merken, dass die Wirtin noch nicht aufgestanden war.

Kein Laut war zu hören. Ohne nachzuschauen, wusste Laura, dass die Räume leer waren.

Auch aus Theodoras Schlafzimmer drang nicht das gewohnte leise Schnarchen. Entweder hatte sie ihren gestrigen Rausch ausgeschlafen, oder …

Heftige Panik überfiel Laura mit der Wucht eines Gewehrschusses, und sie stürmte in den Raum.

Leer.

»Gott sei Dank«, stieß sie aus. Obwohl es nichts zu bedeuten hatte, wie sie nur zu gut wusste. Bloß weil Theodora nicht leblos im Bett lag, hieß das keineswegs, dass sie nicht wieder unterwegs war, um den Tod zu suchen.

Trotzdem. Für den Augenblick war Laura erleichtert.

Auch im Parterre schien niemand zu sein. Sie hatte erwartet, die Gäste im Salon versammelt vorzufinden, wo sie

sie mit Vorwürfen empfingen, weil alle schon seit Stunden auf ihr Frühstück warteten.

Niemand da.

So langsam wurde ihr die Sache unheimlich.

Dann hörte sie auf einmal ein Geräusch, das ihr vage bekannt vorkam. Sie konnte es nur nicht gleich einordnen. Jemand lachte, aber es war etwas Besonderes an diesem Lachen, etwas …

Laura wirbelte herum, stürmte aus dem Salon, durchquerte mit langen Schritten die Diele und blieb dann wie gelähmt vor der angelehnten Küchentür stehen. Es war Merles Lachen. Hell, fröhlich, jung, unbeschwert.

Wie sehr sie diesen Klang vermisst hatte!

Tränen stiegen ihr in die Augen, und sie wollte schon die Tür aufstoßen, da hörte sie, wie ihre Tochter sagte: »Du bist echt toll, Tante Nina.«

»Danke, aber lass bloß die Tante weg, sonst fühle ich mich uralt.«

»Okay.« Wieder lachte Merle.

Laura verspürte auf einmal brennenden Neid auf ihre Schwester.

Wie war es Nina gelungen, durch die dicken Schichten aus Starrsinn und Ablehnung zu dem Mädchen von früher durchzudringen? Woher nahm ihre Schwester die Leichtigkeit, die ihr selbst im Umgang mit ihrer Tochter abhandengekommen war? Weil sie selbst noch ein großes Kind ist, erklärte ihr eine vernünftige Stimme in ihrem Innern.

Der Neid blieb trotzdem an ihr kleben.

»Aber du musst Mama überreden«, setzte Merle hinzu. »Alleine schaffe ich das nie.« In der nächsten Sekunde schwand alle Fröhlichkeit aus ihrem Tonfall. »Ach, Scheiße. Das erlaubt sie im Leben nicht.«

»Lass mich nur machen«, hörte Laura ihre Schwester antworten. »Es ist ja nur für ein Wochenende. Und große Ferien hast du dann auch schon. Was sollte sie denn dagegen haben?«

»Alles«, erwiderte Merle düster. »Mama will, dass ich ein Baby bleibe. Die erdrückt mich total. Ich kann in diesem ollen Schloss kaum noch atmen.«

Laura wusste nicht, worüber sie entsetzter sein sollte. Über die Kraftausdrücke oder über die Meinung, die Merle von ihr hatte.

»Außerdem«, fuhr ihre Tochter fort, »traut sie dir sowieso nicht über den Weg.«

»Mir?«, kam es überrascht zurück.

Ganz genau, dachte Laura.

»Yep«, sagte Merle.

»Meinst du wirklich?«

»Hundert pro. Dich hält sie nämlich auch noch für ein Baby.«

Ihre Schwester stieß einen Ton aus, den Laura nicht einzuordnen vermochte. Es konnte ein Lachen sein oder auch ein wütendes Schnauben.

Dann antwortete Nina: »Keine Ahnung. Aber ich fürchte, du hast recht. Wahrscheinlich sieht es schlecht aus für unseren kleinen Berlin-Trip.«

Berlin?, schoss es Laura durch den Kopf. Nina will mit Merle nach Berlin?

Ist sie verrückt geworden? Womöglich ging es auch noch um …

Bevor sie den Gedanken zu Ende führen konnte, sagte Merle: »Ich würde so gern zu dem Gothic-Festival gehen.«

Niemals!, schwor sich Laura. Niemals werde ich das erlauben. Meine Tochter hat unter diesen finsteren Gestalten nichts zu suchen.

»Wirklich zu dumm«, fuhr Nina fort. »Es würde mich brennend interessieren, die Szene kennenzulernen. Aus psychologischer Sicht wäre das bestimmt unglaublich spannend.«

»Aber Mamas kleines Goldstück darf eben nicht.« Merles Stimme hörte sich jetzt wieder so an, wie Laura sie kannte. Trotzig, aufmüpfig.

»Bist du deshalb so ein Grufti geworden?«, erkundigte sich Nina ernst. »Weil du kein Goldstück mehr sein wolltest?«

Laura hatte die Hände schon an der Tür, um sie aufzustoßen und eine Schimpftirade vom Stapel zu lassen, doch dann hielt sie mitten in der Bewegung inne. Würde sie endlich erfahren, was ihre Tochter bewegte? Nervös wartete sie auf die Antwort.

»Kann sein«, sagte Merle nach einem Augenblick der Stille. »Weißt du, so übel ist Mama gar nicht, aber mir ist hier eben so einiges auf die Nerven gegangen. Irgendwie musste ich mich von den Bekloppten in diesem Schloss abgrenzen. Und wenn ich schon nicht abhauen kann, dann …« Sie stockte.

Nina ergänzte: »Dann versteckst du dich eben hinter deiner schwarzen Maske, damit dich keiner mehr wahrnimmt.«

»Ja! Nein! Ach, Scheiße!« Auf einmal heulte Merle los. »Du versuchst wenigstens, es zu checken«, sagte sie zwischen zwei Schluchzern. »Alle anderen finden mich bloß voll nervig.«

»Das glaube ich nicht«, erwiderte Nina sehr sanft. »Deine Eltern lieben dich, und Uroma auch. Nur eben auf ihre

Art. Ich mag dich sowieso, und Oma und Opa Hinrichs sind bestimmt so nett wie immer …«

»Von wegen!«, rief Merle dazwischen. »Opa hat mir gestern eine geknallt. Bloß weil ich … na ja, ist egal. Und dann hat keiner mehr mit mir geredet. Alle sind so fies zu mir.« Sie weinte noch ein bisschen stärker.

Auf einmal wurde Nina laut und klang dabei so energisch, wie Laura sie noch nie gehört hatte. »Jetzt reicht's aber mit dem Stuss! Du bist ein tolles Mädchen, und deine Familie wäre ohne dich verflixt arm dran. So eine kleine Ohrfeige bringt dich nicht gleich um. Wahrscheinlich hast du sie dir sogar verdient.«

»Äh …«, machte Merle bloß.

»Erzähl mal, was hast du angestellt?«

Das Mädchen verriet ihr, es habe gedroht, das Schloss abzufackeln.

»Übel, übel«, sagte Nina. »Und das bei der Feuerwehrtradition in der Familie Hinrichs.«

Laura fand, dass die Stimme ihrer Schwester eher amüsiert als empört klang.

»Ist alles halb so wild«, setzte Nina nach einer kurzen Pause hinzu. »Bloß weil du nicht mehr wie eine pinkfarbene Barbie rumläufst, hört doch die Liebe nicht einfach auf.«

Merle antwortete nicht, aber Laura konnte hören, wie sie sich beruhigte.

Danke, Nina, dachte sie. Vor einer Minute hätte sie ihre Schwester noch erwürgen können, doch jetzt hatte sie genau das Richtige gesagt.

Merle zog ein paar Mal heftig die Nase hoch, bevor sie antwortete. »Du bist voll nett, Tan… ich meine, Nina. Aber du hast keine Ahnung, was hier abgeht. Uroma Theodora ist komplett irre. Und meine Eltern? Ha! Die sind so sehr damit beschäftigt, sich gegenseitig was vorzulügen, dass sie es gar nicht mitbekämen, wenn mir morgen zwei Köpfe wachsen würden.«

Was sagt sie da?, dachte Laura bestürzt.

»Was sagst du da?«, fragte Nina scharf.

»Ist doch wahr«, gab Merle patzig zurück. »Mama und Papa spielen doch bloß das total glückliche Paar. Mama auf jeden Fall, bei Papa bin ich mir nicht so sicher. Der ist kaum noch zu Hause, und wenn, dann guckt er mich bloß komisch an.«

Laura erschrak heftig. Was meinte Merle damit? Zwischen ihr und Ralf war doch alles okay. Also, ziemlich okay. Gut, er war über Nacht fortgeblieben, aber das war kein Weltuntergang.

»Zu deinen Eltern kann ich nichts sagen«, hörte sie Nina antworten. »Dazu sehe ich die beiden zu selten. Aber wenn mein Lieblingsschwager dich schräg anguckt, könnte das an deiner Aufmachung liegen.«

»Egal. Ich wundere mich echt, dass er uns noch nicht verlassen hat.«

In Lauras Magengegend bildete sich ein Knoten.

Dann schalt sie sich selbst einen Dummkopf. Das war doch alles Unsinn.

Laura schloss die Augen, öffnete sie wieder, straffte die Schultern und hob das Kinn.

Sie würde nicht zusammenbrechen. Sie war stark.

Alles war in bester Ordnung.

Sie sollte gar nicht so viel über Ralf nachdenken, sondern tun, was sie immer tat. Das Hotel führen, sich um die Familie und die Gäste kümmern und stets ein Lächeln im Gesicht tragen.

Drinnen wurde jetzt fröhlich geplaudert. Nina war offenbar zu dem Schluss gekommen, dass sie mit ihrer Nichte genügend schwierige Themen gewälzt hatte. Sie erzählte einige Anekdoten aus ihrem Studentenleben, die Merle wieder fröhlich auflachen ließen.

Laura hatte genug. Ihr war bewusst geworden, dass sie Nina und Merle belauscht hatte. So etwas tat ein anständiger Mensch nicht, wie sie den beiden höchstpersönlich beigebracht hatte.

Kurz überlegte sie, wie sie aus der Nummer wieder herauskam. Dann zog sie sich auf Zehenspitzen zurück bis zum Haupteingang, öffnete die Tür und schlug sie einmal laut zu. Anschließend stapfte sie durch die Diele und rief mit heller, überraschter Stimme: »Hallo! Wo seid ihr denn alle?«

Als sie die Küche betrat, saßen Nina und Merle am Tisch und machten den Eindruck, als hätten sie nur über lustige Dinge geredet. Einzig die dicke Kajalspur auf Merles kreideweißer Wange verriet die Wahrheit.

Laura verzichtete darauf, ihre Tochter darauf hinzuweisen.

»Guten Morgen«, sagte sie mit gespielter Fröhlichkeit. »Wer von euch hat meinen Wecker ausgestellt? Warst du das, Nina?«

»Ertappt, große Schwester. Ich dachte, du musst mal ordentlich ausschlafen. Deshalb hab ich mich ganz früh bei dir reingeschlichen.«

Energisch stemmte Laura die Hände in die Hüften. »Lieb gemeint, aber das geht gar nicht. Wo sind die Gäste? Ich hätte ihnen schon vor zwei Stunden Frühstück machen müssen.« Sie redete laut und schnell und sah dabei weder ihre Schwester noch ihre Tochter an.

Mit aller Kraft versuchte sie zu verdrängen, was sie eben gehört hatte. Besonders den Teil mit ihrer Ehe. Denn an Ralf durfte sie nicht denken.

Wenn das bloß leichter gewesen wäre!

Während Laura hektisch in der Küche auf und ab ging, ähnlich wie es gestern Nina getan hatte, gab sie sich alle Mühe, Merles Worte loszuwerden.

Ohne Erfolg.

Wie kam eine Fünfzehnjährige überhaupt dazu, so ein vernichtendes Urteil über ihre Eltern zu fällen?

Sie blieb vor Merle stehen und wollte ihr die Meinung geigen, aber ein warnender Blick von Nina hielt sie davon ab.

»Komm mal wieder runter, Laura. Das Ehepaar Sievers hat schon ganz früh ausgecheckt, die beiden lassen dich herzlich grüßen. Die anderen Gäste sitzen bei Kaffee, frischen Brötchen, Butter und Heidehonig im Garten und genießen das Leben.«

Sie stieß Merle den Ellenbogen in die Seite und lachte, während ihr auf Laura gerichteter Blick ernst blieb. Merle rieb sich scheinbar empört die Rippen.

»Dieser verklemmte Helmut Bergmann hat sogar gefragt, ob sie etwas von dem Wildschweinschinken haben könnten, den sie gestern nicht gegessen haben. Ich schwöre dir, ich war die perfekte Gastgeberin und habe dich absolut würdig vertreten.«

Laura schwieg verblüfft.

»Meine Lieblingsnichte ist extra ganz früh ins Dorf zum Bäcker geradelt und hat Brötchen geholt«, fuhr Nina fort, während ihre Augen immer noch fest auf Laura gerichtet waren.

Ich weiß, dass du uns belauscht hast, teilte sie ihr stumm

mit. Du siehst ziemlich schockiert aus. Aber reiß dich zusammen, sonst macht deine Tochter sofort wieder dicht.

Laura nickte unmerklich, und Nina nickte zufrieden zurück.

»Das war sehr lieb von dir«, sagte Laura zu Merle und setzte sich neben sie.

»Kein Ding«, kam es mürrisch zurück.

Laura sehnte sich danach, ihre Tochter in den Arm zu nehmen. Gleichzeitig wollte sie Merle zur Rede stellen wegen dem, was sie gesagt hatte. Aber ein erneuter scharfer Blick von Nina hielt sie davon ab, überhaupt einen Ton von sich zu geben.

So saß sie nur da, holte sich nach ein paar Minuten eine Tasse Kaffee und knabberte ohne großen Appetit an einem Haferkeks.

»Wo ist Oma?«

»Die sitzt draußen bei den Gästen und lässt sich hofieren«, gab Nina Auskunft.

»Oh Gott!« Laura sprang auf. »Ich muss sie sofort da wegholen. Wenn sie was Falsches sagt und mir die Leute vergrault …«

»Kein Stress«, sagte Merle. »Ich habe Uroma Theodora einen langsamen und qualvollen Tod angedroht, wenn sie sich nicht benimmt.«

Nina kicherte wieder.

Laura plumpste zurück auf den Stuhl und wandte sich an ihre Tochter. »Im Ernst?«

»Klar. Du weißt doch. Davor hat sie am meisten Angst. Ich sage nur Honig und Ameisen.«

»Der Frühstückstisch und ein paar Insekten haben sie inspiriert«, ergänzte Nina.

»Hä?«, machte Laura.

Tante und Nichte grinsten sich breit an, bevor Merle erklärte: »Ich habe Uroma Theodora versprochen, dass ich sie bis zur Hüfte in Heidesand eingrabe und ihr dann das Gesicht, den Hals und die Arme mit Honig bestreiche. Und zwar direkt neben einem Ameisenhügel.«

Laura sah ihre Tochter verständnislos an. »Davon stirbt man nicht.«

»Uroma schon. Vor Scham. Weil ich das nämlich mitten in der Lüneburger Heide machen werde. An einer Stelle, wo viele Touristen vorbeikommen. Vielleicht sogar auf dem Wilseder Berg. Oder nein, ich hab's! Viel besser: im Totengrund. Das passt.« Sie gackerte los und schlug sich vor Vergnügen auf die Oberschenkel.

Laura konnte kaum fassen, was ihre Tochter da sagte. Der Talkessel am Fuß des Wilseder Berges gehörte zu den Hauptzielen der Besucher. Sie dachte an die vielen Menschen, die dort zu dieser Jahreszeit entlangliefen. Sie dachte an Theodora, die …

»Schluss damit!«, befahl sie. Dieses Gespräch war auf einmal vollkommen absurd. »Lass ja deine Uroma in Frieden.«

»Spielverderberin«, murmelte Merle. Sie lachte noch, aber in der nächsten Sekunde schlug ihre Stimmung um. »Du verstehst echt überhaupt keinen Spaß.«

10

Was wirklich zählt

Geräuschvoll schob Merle ihren Stuhl zurück. »Ich muss los.«

»Was …?«, begann Laura, hielt sich aber in letzter Sekunde zurück.

Vorhin mit Nina, als sie über ihre Eltern gesprochen hatte, da hatte Merle fast wie eine Erwachsene geklungen. Eben gerade war sie dagegen wieder ein Kind gewesen, das einen Streich ausheckte. Jetzt stand sie auf, blickte auf ihre Mutter herunter, und ihre Augen vergaßen, dass sie noch ein Teenager war.

So kühl, so abweisend war der Ausdruck, den Laura darin entdeckte.

Daher sagte sie nur: »Zum Mittagessen bist du bitte wieder da.«

»Mal sehen«, meinte Merle und verschwand durch die Hintertür nach draußen.

Laura meinte, ihr eigenes Herz brechen zu hören.

»Ich glaube fast, sie hasst mich.«

»Nimm's nicht so schwer«, sagte Nina. »Das gibt sich wieder. Merle hat dich sehr lieb, aber manchmal vergisst sie es.«

Sie meinte es gut, doch Laura funkelte sie zornig an. »Du musst es wissen. Du kennst dich mit Kindern ja bestens aus.«

Im nächsten Augenblick bedauerte sie ihren Ausbruch und fügte leise hinzu: »Lass uns lieber nicht mehr über Merle sprechen.«

Nina musterte sie mit hochgezogenen Brauen. »Wie du willst. Hat sie eigentlich Freunde?«

»Was an meiner Bitte, nicht über Merle zu sprechen, hast du nicht verstanden?«

Nina blieb ruhig. »Es ist wichtig.«

»Also gut. Ich glaube schon, dass sie Freunde hat. Wieso fragst du?«

»Du weißt es nicht genau?«

»Meine Tochter zieht es vor, mich aus ihrem Leben auszuschließen«, erwiderte Laura mit einem schiefen Lächeln. »Ich akzeptiere das, und normalerweise kommen wir gut miteinander aus, obwohl sie ganz anders ist als früher. Als Mutter muss ich dafür sorgen, dass wir nicht zu sehr auseinanderdriften.«

Noch während sie sprach, hatte sie das Gefühl, aus einem Erziehungsratgeber zu zitieren. In Wahrheit wollte sie Merle mindestens zweimal am Tag schütteln und anschreien. Aber sie tat es natürlich nie, sondern hielt sich zurück, weil sie furchtbare Angst davor hatte, sich mit ihrem einzigen Kind zu überwerfen.

»Verstehe«, sagte Nina leise.

»Warum interessierst du dich für ihre Freunde?«

»Ach, ich könnte mir vorstellen, dass die Landjugend es nicht so wahnsinnig lustig findet, wie sie neuerdings rumläuft.«

»Du meinst …«

»Ich meine gar nichts. Außer dass du mit deiner Tochter vielleicht mehr reden solltest.«

»Ja«, erwiderte Laura. »Das muss ich wohl. Aber ich

habe immer so viel um die Ohren. Wenn ich mich nicht um alles kümmere, dann …«

Nina hob die Hand. »Schon klar. Ohne Mutter Teresa-Laura geht die Welt unter. Aber das sind bloß faule Ausreden, das weißt du selbst. In Wahrheit scheust du jede Art von Konfrontation.«

»Was soll das heißen? Komm mir jetzt bloß nicht mit deiner Küchenpsychologie!«

Ihre Schwester schloss kurz die Augen, öffnete sie wieder und stieß einen kaum hörbaren Seufzer aus.

»Entschuldige, war nicht böse gemeint. Aber du musst zugeben, dass du es … sagen wir mal … gerne harmonisch hast.«

»Na und? Was ist denn dagegen einzuwenden?«

»Nichts, gar nichts. Nur …«

»Was?«

»Hast du dich denn nie gefragt, woher das kommt?«

»Nein, warum sollte ich?«, erwiderte Laura fest, obwohl ein Teil von ihr es besser wusste. »Das ist eben mein Charakter.«

Nina ließ sie nicht aus den Augen. »Das glaube ich nicht.«

»Glaub doch, was du willst.«

»Tu ich auch. Du bist erst so friedliebend und zurückhaltend geworden, als du in Merles Alter warst. Oder ein bisschen jünger. Vierzehn, richtig? Oma Theodora hat mir mal erzählt, dass du davor ein ziemlich rebellisches und eigensinniges Kind gewesen seist.«

»Lass es gut sein, Nina.«

Sie wollte aufstehen, weggehen, vor Nina flüchten. Doch sie blieb wie gelähmt sitzen. Vor den Bildern in ihrem Kopf gab es ohnehin kein Entkommen.

»Nein! Jemand muss dir mal die Wahrheit sagen. Du kümmerst dich ständig um alles und jeden, damit ja jeder Mensch in deiner Nähe glücklich und zufrieden ist. Du bildest dir nämlich ein, dass du persönlich versagt hast, wenn das Leben um dich herum nicht absolut perfekt ist. Das ist nicht normal, und früher oder später wird es dich krank machen.«

Laura hätte gerne gelacht, ihre Schwester einfach ausgelacht, aber ihr war plötzlich zum Weinen zumute. Wenn Nina wüsste, was ich weiß, dann würde sie nicht von einem perfekten Leben sprechen, dachte sie.

Prompt sah sie wieder Ralf vor sich. Er hatte auf das Obstmesser in ihrer Hand gestarrt, als fürchtete er, sie wolle ihn damit angreifen. Dabei hatte seine ganze Körperhaltung sein immens schlechtes Gewissen ausgedrückt. Er hatte ihr etwas von liegen gebliebener Arbeit, von der Kanzlei, von seinen Mandanten erzählt, aber in seinen Augen, die schon wieder so entsetzlich grau waren, hatte sie eine tiefe Sehnsucht nach Freiheit entdeckt.

Diesmal kostete es Laura die letzten Kraftreserven, jeden Gedanken an ihren Mann zu verdrängen, und sie sackte auf ihrem Stuhl zusammen. Leider blieb keine Energie übrig, um sich gegen die Erinnerung zu wehren, die Nina heraufbeschworen hatte.

Auf einmal war sie wieder vierzehn, stand in der Diele von Schloss Bonin und blickte schaudernd auf die vielen Jagdtrophäen an den Wänden. Die dreijährige Nina klammerte sich fest an ihr Hosenbein und kniff die Augen zu, nachdem auch sie kurz die toten Tiere mit den Glasaugen gesehen hatte. Sie wimmerte, sie wollte zurück nach Hause, zu Mama und Papa, und Laura wusste nicht, wie sie ihr erklären sollte, dass dies nicht mehr möglich war.

Nie mehr.

Ihre Eltern waren tot, abgestürzt in den Alpen, wo sie wie jedes Jahr auf einen anderen Gipfel gestiegen waren. Der Montblanc hatte das Paar jedoch einfach abgeschüttelt.

Eine Geröllawine, hatte man Laura gesagt. Ein Unglück. Aber sie hatte es besser gewusst. Ihre Eltern hatten das Schicksal herausgefordert. Und das durfte man nicht tun. Niemals. Man musste ein guter Mensch sein und durfte nicht bloß an sich selbst denken, dann fiel man auch bestimmt nicht vom Berg.

An jenem Tag in der Diele von Schloss Bonin erklärte sie ihrer kleinen Schwester, sie würden eine Weile zu Besuch bei den Großeltern bleiben. Dabei schwor sie sich selbst, der Kleinen eine bessere Mutter zu sein, als ihre eigene es gewesen war.

Erst als Nina ihr einen Finger in den Oberarm bohrte, kam Laura wieder zu sich.

»Aua!«

»Wo bist du gerade? Du siehst aus, als hättest du einen Geist gesehen.«

Das habe ich auch, dachte Laura. Sogar zwei Geister: die Kinder, die wir beide einmal waren und die sich so schrecklich verloren gefühlt haben in diesem Schloss.

Doch sie behielt es für sich. In Ninas Gesicht stand eine Verletzlichkeit, die eben noch nicht da gewesen war. Sie schien zu befürchten, dass sie gleich eine schlimme Erinnerung teilen müsste, weil sie unbedingt hatte beweisen wollen, wie klug sie war und wie leicht sie ihre große Schwester durchschaute.

Zu spät hatte sie erkannt, wohin ihre Worte führten.

Ganz sanft strich Laura ihr über die Wange. »Ich bin,

wie ich bin, und es ist gleich, woher das kommt. Wirklich zählt doch nur, dass wir als Familie zusammenhalten.«

»Ja«, erwiderte Nina und wirkte unendlich erleichtert. »Das ist wahr. Nur bitte gib Merle nicht auf, bloß weil sie gerade eine schwierige Phase durchmacht. Rede mit ihr. Auch wenn es unangenehm wird.«

Laura lag schon eine scharfe Erwiderung auf der Zunge. Nina war noch keine vierundzwanzig Stunden hier im Schloss und urteilte bereits ihr Leben ab. Aber sie hielt sich zurück.

»Ich werde es versuchen. Vielleicht habe ich ja Glück, und beim nächsten Mal antwortet sie mir.«

Nina zog die Augenbrauen eng zusammen. »Du sollst ihr keine schlauen Vorträge halten, sondern ihr hauptsächlich zuhören.«

Obwohl sie so lange geschlafen hatte, war Laura schon wieder erschöpft.

Erst Ralf, dann Merle und jetzt auch noch Nina.

Am liebsten hätte sie den Kopf auf die Tischplatte gelegt und die Augen geschlossen. Sie ließ es bleiben.

»Lass uns nicht streiten«, bat sie nur. »Es ist so ein schöner Morgen.«

»Soll mir recht sein«, entgegnete Nina. Dann holte auch sie sich eine Tasse Kaffee, griff in die Keksdose und kaute genüsslich vor sich hin.

Für eine Weile sprach keine der Schwestern. Durch die geöffneten Küchenfenster hörten sie im Garten die Gäste miteinander reden. Sie klangen wie zwei entspannte Urlaubspaare, nicht wie Eheleute, die am nächsten Tag ihren Scheidungstermin bei Gericht hatten.

Es war Nina, die zuerst das Wort ergriff.

»Ich habe Merle übrigens gesagt, dass ich ein paar Wochen hierbleibe. Nur damit du Bescheid weißt. Ich glaube, zu dem Zeitpunkt hast du noch nicht an der Küchentür gelauscht.«

Auf die Bemerkung ging Laura lieber nicht ein. »Hast du ihr auch erklärt, warum?«, wollte sie wissen.

Angestrengt rührte Nina in ihrer Kaffeetasse. »Na ja, nicht so ganz. Sie glaubt, ich brauche eine kleine Pause vom Studium. Zumindest bis im Oktober das Wintersemester beginnt.«

»Bis dahin sind es aber noch vier Monate und nicht ein paar Wochen.«

»Ich sehe das nicht so eng.«

»Aha«, war alles, was Laura darauf erwiderte.

In Wahrheit hatte Nina beschlossen, nicht mehr an die Uni zurückzukehren. Das war die Neuigkeit, mit der sie am Vorabend Laura überfallen hatte. Sie sei es leid, ständig andere Fächer auszuprobieren. Psychologie, Journalistik, Geografie. Nichts davon sei das Richtige für sie. Eine Weile würde sie ein neues Gebiet interessieren, aber dann langweilte sie sich nur noch.

»Was willst du stattdessen tun?«, hatte Laura gefragt.

Ein ratloser Blick war die spontane Antwort gewesen. Nina hatte nur noch gemurmelt, sie wolle gerne ihr Englisch verbessern. Ob das etwas mit Adrian Sadler und seinem Nebenberuf als Übersetzer zu tun hatte, konnte Laura nicht in Erfahrung bringen.

Dann waren sie von dem Berliner Ehepaar Thomsen unterbrochen worden.

Als Laura ihre Schwester nun betrachtete, keimte ein Verdacht in ihr auf. »Sag mal, hat dein Freund vielleicht deshalb nach dir gesucht? Weil du alles hingeworfen hast?

Ich könnte mir denken, dass einige Leute sich deswegen Sorgen machen.«

Nina zuckte mit den Schultern, sagte aber nichts weiter dazu als: »Adrian ist nicht mein Freund. Wie oft soll ich das denn noch wiederholen?«

»Schon gut.«

»Merle findet es übrigens cool, dass ich hierbleibe.«

»Sie findet alles cool, was du machst, sie hat dich schon immer angebetet.«

»Bist du etwa eifersüchtig?«

»Schwachsinn. Du lenkst mal wieder ab. Wie soll es weitergehen mit dir?«

»Ganz einfach: Ich gönne mir eine Auszeit hier in der schönen Lüneburger Heide.«

»Ausgerechnet dort, wo du es seit Jahren nie länger als ein paar Stunden lang aushältst.«

Nina lächelte schmal und drehte eine Haarlocke um den Finger. »Ich bin derzeit finanziell ein bisschen klamm, und in meiner WG konnte ich die Miete nicht mehr zahlen.«

»Nina!«, stieß Laura empört aus. »Ich habe dir jeden Monat genug Geld überwiesen.«

Und hart gearbeitet, damit wenigstens du studieren konntest, fügte sie in Gedanken hinzu, sprach es jedoch nicht laut aus. Sie hätte sich alt gefühlt dabei. Wie eine Mutter und nicht wie eine Schwester.

Aber genau das bin ich im Grunde, gestand sie sich ein. Ihre zweite Mutter. Anscheinend habe ich etwas falsch gemacht.

Vielleicht war ja doch etwas Wahres dran an dem, was ihre kleine Schwester ihr vorgeworfen hatte? Vielleicht war sie wirklich harmoniesüchtig und hatte so viel damit zu tun, alle Menschen in ihrer Umgebung zufriedenzustellen, dass sie ganz vergaß, auch mal streng zu sein. Oder sich nicht alles gefallen zu lassen. Oder einfach nur sie selbst zu sein und die anderen mit dem Kopf gegen die Wand rennen zu lassen, wenn die das unbedingt tun wollten.

Nina verlegte sich aufs Betteln. »Mensch Laura, ich kann einfach schlecht mit Geld umgehen, das weißt du doch. Komm schon, jetzt guck nicht so böse.«

Laura wünschte, sie könnte die Uhr um vierundzwanzig Stunden zurückdrehen. Nein, korrigierte sie sich sofort. Besser um achtundvierzig Stunden. Am Freitag war ihr Leben noch in Ordnung gewesen. Zumindest hatte es sich so angefühlt.

Sie bedachte Nina mit einem resignierten Blick. »Du bist fünfundzwanzig. Du könntest längst deinen Master haben. Du könntest einen tollen Job haben, du könntest …«

Nina knallte die Faust auf den Küchentisch. Es hatte sicher ganz schön wehgetan, doch sie verzog keine Miene.

»Hör schon auf!«, rief sie. »Tut mir leid, wenn ich nicht so perfekt bin, wie du mich gern hättest.«

Nun wurde auch Laura wütend. »Du willst mir ja bloß die Schuld an deinem Versagen geben.«

In Ninas Augen glomm ein wildes Funkeln auf. »Kann gut sein. Wenn du mich nicht all die vielen Jahre in Watte gepackt hättest, wäre ich vielleicht ein stärkerer Mensch geworden.«

Fast gleichzeitig standen sie auf, starrten einander an, verschränkten die Arme vor der Brust.

»Kinder, Kinder«, sagte da eine Stimme von der Tür her. »Fängt das etwa schon wieder an? Müsst ihr zwei denn jedes Mal aufeinander losgehen, kaum dass ihr fünf Minuten zusammen seid?«

Theodora von Bonin kam ohne ihre Gehhilfe herein

und schaute von einer zur anderen. Sie wirkte frisch, ihre faltigen Wangen waren rosig, und sie hatte sich in Schale geworfen. Über einem mintgrünen Seidenkleid trug sie einen schwarzen Blazer mit tiefen seitlichen Taschen.

»Hast du heute noch was vor?«, fragte Nina. »Eine Hochzeit? Oder eine Beerdigung?«

Theodora achtete nicht weiter auf sie. »Ihr solltet euch was schämen. Zwei erwachsene Frauen, die sich wie Fünfjährige benehmen.«

Laura senkte beschämt den Kopf. Wie war das noch mal mit der Harmoniesucht?, fragte sie sich. Bei Nina schien sie jedenfalls zu versagen.

Ihre kleine Schwester hingegen lachte bloß. »Ach was, Omilein. Wir sind uns doch gar nicht böse. Manchmal geht eben unserer Temperament mit uns durch. Ich wette, das haben wir von dir geerbt.«

»Papperlapapp«, entgegnete Theodora und drohte ihnen mit dem Zeigefinger. »Ihr zwei seid einfach ungezogen.«

Laura erkannte sofort, dass sie bereits besänftigt war. Nina hatte ihre Großmutter wie immer in kürzester Zeit um den Finger gewickelt. Das hatte sie schon als kleines Kind meisterhaft beherrscht.

»Willst du irgendwohin?«, fragte sie nun ihrerseits und deutete auf das elegante Kleid.

»Unsinn. Wer wie ich von den Toten auferstehen musste, darf sich zur Feier des Tages ruhig ein wenig zurechtmachen.«

»Du warst bloß eine Schnapsleiche«, meinte Nina.

Theodora ignorierte sie erneut. »Koch mal frischen Kaffee, Laura, der ist uns draußen ausgegangen. Und du, Nina, besorgst die Flasche mit der Wacholderessenz aus der Vitrine. Laura gibt dir den Schlüssel. Ich habe unseren Gästen so viel von dem guten Tropfen vorgeschwärmt, dass sie ihn unbedingt probieren möchten.«

Fast, aber nur fast, wäre sie damit durchgekommen.

»Untersteh dich!«, zischte Laura ihrer Schwester zu.

Die hob amüsiert die Hände. »Ich habe mich doch gar nicht vom Fleck gerührt. Aber Essenz klingt gut, irgendwie vornehmer.«

Laura wandte sich an ihre Großmutter. »Du kannst nicht schon wieder trinken. Das ist ungesund.«

»Du meinst, eine Alkoholvergiftung könnte mich umbringen? Das wäre fein.«

»Du hast doch nicht etwa den Gästen erzählt, dass du … also, wie oft du …«

»Wie oft ich dem Sensenmann schon die Hand schütteln wollte? Selbstverständlich nicht. Wo denkst du hin? Ich bin eine Gräfin und weiß, was sich gehört.«

»Schaut nur!«, rief Nina aus. »Da krabbeln Ameisen die Spüle hoch.«

Laura fuhr herum und sah aus dem Augenwinkel, wie Theodoras rosige Wangen alle Farbe verloren.

»Oder«, gab sich Nina arglos, »sind das bloß kleine Flecken? Ach ja, sorry, hab mich wohl geirrt.«

»Keine Sekunde habe ich daran geglaubt, dass meine Urenkelin mich eingraben will«, behauptete Theodora.

Sie ließ sich schwer auf einen Küchenstuhl sinken, wobei aus einer der Taschen ihres Blazers etwas Weißes aufblitzte.

Laura hielt es für die Ecke eines Briefumschlages. Sie hatte nicht gewusst, dass ihre Großmutter noch korrespondierte.

Mit wem wohl?, fragte sie sich neugierig. Dann entschied sie, dass es sie nichts anging. Sie hatte wahrhaftig genug andere Dinge im Kopf.

»Die Deern ist wahrscheinlich nicht mehr ganz richtig hier oben.« Theodora tippte sich gegen die Stirn. »Du musst dringend mit ihr zum Arzt, Laura. Erst dieses ganze Schwarz und jetzt die Lust auf Folter. Könnte ich nicht doch ein winziges Schlückchen haben?«

»Nein!«

»Seit wann bist du so streng?«

»Ich glaube«, meinte Nina, »sie nimmt es dir übel, dass du gestern den schönen Adrian geküsst hast.«

»So ein Quatsch!«, rief Laura. »Woher weißt du überhaupt davon?«

»Ich hab's ihr erzählt«, sagte Theodora heiter. Ihr Blick ging zwischen den Schwestern hin und her. Noch hatte sie die Hoffnung auf ein Glas Hochprozentigen nicht aufgegeben. »Ich könnte dir auch was erzählen, Laura, nämlich was er noch gesagt hat, als er das Schloss verlassen hat. Über dich.«

»Über mich?«

»Ganz recht. Ich bin nämlich kurz wach geworden, als er seine Tasche aus dem Salon holen wollte, und da hat er … Ach, ich fürchte, mein Hals ist viel zu trocken, um weiterzureden.«

Wortlos ließ Laura frisches Wasser in ein Glas laufen und reichte es ihr.

»Nein, das hilft leider nicht.«

»Gib es auf. Du bekommst von mir heute keinen Tropfen Alkohol.«

»Oh, ich Arme! Ich fürchte, dies ist mein letzter Tag auf Erden.«

»Schon wieder.«

»Mach dich nur lustig über mich. Du wirst es bitter bereuen, wenn ich erst mal von euch gegangen bin.«

Laura wandte sich an Nina. »Du wolltest dich doch nützlich machen. Würdest du dich bitte darum kümmern, dass Oma Theodora nirgendwo hingeht? Schon gar nicht hinter den Regenbogen oder wo immer das sein mag.«

»Ist gebongt.«

»Ihr seid grausam«, begehrte Theodora auf.

Sie erhob sich mühsam von ihrem Stuhl und trippelte aus der Küche. Nina heftete sich an ihre Fersen und warf im Gehen noch einen schnellen, amüsierten Blick über die Schulter zurück.

Während Laura den beiden nachsah, versuchte sie zu erraten, was Adrian Sadler wohl über sie gesagt haben mochte. Es gelang ihr nicht.

Ihr Handy klingelte, und sie nahm das Gespräch an, ohne auf das Display zu schauen. Sicher Ralf, dachte sie. Aber es war Gerda Hinrichs, ihre Schwiegermutter.

»Sagst du Merle bitte, ich erwarte sie morgen früh wieder hier im Hofladen?«, bat sie nach ein paar einleitenden Floskeln.

»Ich kann auch kommen«, gab Laura zurück. Sie hörte Getuschel und erkannte Wilhelms Stimme im Hintergrund.

»Du arbeitest sowieso zu viel«, sagte Gerda dann. »Merle soll uns helfen. Sie hat mir erzählt, dass sie morgen drei Freistunden hat. Die kann sie sinnvoll nutzen.«

»Ich glaube, sie wollte reiten gehen«, warf Laura ein.

Pferde waren schon immer Merles Leidenschaft. Wenigstens daran hatte sich nichts geändert.

»Das kann sie auch am Nachmittag machen. Wilhelm

lässt übrigens grüßen und fragt, ob die Gräfin sich von ihrem Ausflug in den Wald erholt hat.«

Laura bestätigte, dass es Theodora gut ging, und fragte sich, warum Gerda und Wilhelm der Meinung waren, ihre Schwiegertochter müsse sich schonen. Nachdem sie aufgelegt hatte, verdrängte sie den Gedanken jedoch sofort wieder.

Sie wollte gerade frischen Kaffee aufsetzen, als Theodora noch einmal zurückkam. Nina folgte dicht hinter ihr.

»Hier«, sagte Theodora und reichte Laura einen Briefumschlag. »Für dich, von deinem unnützen Ehemann. Ich glaube, jetzt bist du diejenige, die einen Schnaps braucht. Er hat dich nämlich verlassen.«

Die gläserne Kaffeekanne zersprang auf den Bodenfliesen in tausend kleine Splitter.

Das kann nicht sein!

Das kann nicht sein!

Das kann nicht sein!

Etwas anderes konnte Laura nicht denken.

Nina schon.

Sie nahm Theodora den Umschlag aus der Hand. »Der ist ja offen! Warst du das? Schon mal was vom Briefgeheimnis gehört?«

»Pah!«, machte Theodora. »Der lag auf dem Küchentisch, als ich heute früh runtergekommen bin. Ich dachte, der wäre für mich.«

»Klar«, meinte Nina. »Es steht ja auch bloß groß und breit Lauras Name drauf. Hoppla!«

Das war der Moment, als Laura anfing, ihre Gedanken laut auszusprechen. »Das kann nicht sein. Das kann nicht sein. Das kann …«

»Hinsetzen!«, befahl Theodora, und fügte an Nina gewandt hinzu: »Schlüssel nehmen, Flasche holen. Ich kehre so lange die Scherben auf.«

Statt zu gehorchen, blieb Nina dicht hinter Laura stehen und las über deren Schulter mit.

»Bitte verzeih mir, aber das Leben hier erdrückt mich. Ein Mann muss das Recht haben, noch einmal neu anzufangen …«

An dem Punkt war Nina nicht mehr zu bremsen. Sie riss ihrer großen Schwester den Brief aus der Hand, zerknüllte ihn zu einem kleinen Ball und warf ihn wütend in den Kachelherd. »Dieses Geschreibsel musst du dir nicht auch noch antun«, sagte sie.

Allerdings war sie sich nicht sicher, ob Laura ihr überhaupt zuhörte, so angestrengt war ihre Schwester damit beschäftigt, sich die Augen zu reiben.

Erst dann führte Nina den Auftrag ihrer Großmutter aus und holte die Flasche.

Fünf Minuten später tat der Wacholdergeist seine Wirkung. Laura dachte, mit der Zeit könnte sie sich doch noch an das Teufelszeug gewöhnen. Entspannt sah sie sich in der Küche um.

»Gestern Abend hat hier aber noch kein Brief gelegen.« Besser an den Brief als an Ralf denken.

Nina druckste ein wenig herum, bevor sie gestand: »Ehrlich gesagt, den habe ich noch spät in deinem Auto gefunden und auf den Tisch gelegt.«

»In meinem Auto?«, fragte Laura verblüfft nach. Als wäre das in diesem Moment die wichtigste Frage.

»Hm. Ich hatte spontan Lust auf eine kleine Spritztour, bin dann aber doch nicht mehr los. Das Ding da«, sie wies auf den Briefumschlag, als wäre er eine plattgefahrene Kröte, »hat auf dem Fahrersitz gelegen.«

»So«, sagte Laura nur.

»Noch ein Schlückchen?«, fragte Theodora.

»Nein. Ralf will auf Mallorca leben.«

»Woher willst du wissen, was drinsteht?«, erkundigte sich Nina bei Laura. »Wir haben bloß die ersten beiden Sätze gelesen.«

»Hä?«

»Das ist der Wacholdergeist«, erklärte Theodora. »Der verleiht übersinnliche Kräfte. Aber ich kann das bestätigen. *Ich* habe den Brief nämlich bis zum Ende gelesen.«

Beide Schwestern starrten sie so lange an, bis sie das Weite suchte.

II

11

Schäferstündchen

Nina stampfte heftig mit dem Fuß auf. Eine Sandwolke wirbelte hoch, mehr Wirkung erzielte sie nicht.

»Adrian! Hör sofort damit auf, wie Speedy Gonzales durch die Gegend zu rasen. Du traumatisierst ja die armen Heidschnucken.«

Was nicht stimmte, denn die Herde auf dem weiten hügeligen Gelände neben dem Gehweg zupfte ungerührt an dem trockenen Kraut, das jede weniger genügsame Schafrasse verschmähte. Die schwarzen Köpfe mit den nach hinten gebogenen Hörnern waren der Erde zugeneigt, die kompakten Leiber mit den zotteligen grauen Haaren blieben gelassen stehen.

Der Hütehund, ein braun-weiß geflecktes Energiebündel, drehte sich ob der Ruhestörung ein paarmal um sich selbst, bevor er auf einen schrillen Pfiff hin abrupt stoppte, um danach in langen, ruhigen Bahnen seine Schützlinge zu umkreisen.

Einzig der Schäfer beobachtete unter seinem breitrandigen, speckigen Hut den Jogger und seine schimpfende Freundin, während er sich lässig auf seinen langen hölzernen Stab lehnte. Er trug eine dunkle Lederweste mit großen silbernen Knöpfen, Hosen aus grobem Wollstoff und Arbeitsschuhe.

Er passt hierher, dachte Nina. Ganz im Gegensatz zu Adrian in seinem neonfarbenen Lauf-Outfit. Sie überlegte, ob es Sinn hatte, noch einmal aufzustampfen und zu rufen, ließ es jedoch lieber bleiben.

Adrian war schon wieder ein ganzes Stück voraus und verschwand gerade hinter einer kleinen Anhöhe. Also blieb sie, wo sie war, schaute sich um und beobachtete ihrerseits den Schäfer.

Eine lange Dämmerung, vielleicht eine der letzten, nachdem der Juli angebrochen war, legte sich über die Lüneburger Heide. Die Tage wurden bereits kürzer, die Zeit, in der sich das Zwielicht bis in die späten Abendstunden hielt, würde bald vorbei sein. In einiger Entfernung bekamen die dunkelgrünen, mannshohen Wacholderbüsche gespenstische Umrisse, und die noch warme, nach Blütennektar duftende Sommerluft versprach eine kräftige Abkühlung.

Nina nahm an, dass es Zeit wurde, die Schnucken für die Nacht in einen der reetgedeckten Schafställe zu bringen, die in regelmäßigen Abständen auf den Weideflächen standen. Aber wahrscheinlich wollte der Schäfer noch ein Weilchen das ungewohnte Schauspiel genießen, das sich ihm darbot. Bestimmt sah er nicht alle Tage einen rennenden gelben Mann, der nicht wirklich vorankam, weil er ständig zurückrannte, um vor seiner Begleiterin auf der Stelle zu joggen.

Endlich beschloss Nina, ihm den Spaß zu verderben. Sie setzte sich in Bewegung, folgte dem Weg die Anhöhe hinauf und verschwand hinter dem Kamm in das sanfte Tal.

Der Schäfer war nicht mehr zu sehen.

Adrian auch nicht.

Nina knirschte mit den Zähnen, dann hockte sie sich auf

einen Findling am Wegesrand und wickelte sich eine lange blonde Haarsträhne fest und fester um den Zeigefinger. Das war ein Tick von ihr, aber sie schaffte es einfach nicht, ihn sich abzugewöhnen.

»Eines Tages wirst du dir damit alle Haare ausgerissen haben«, hatte Laura ihr schon damals als Teenager angedroht.

Nina hatte ihrer großen Schwester bloß die Zunge rausgestreckt und weitergezwirbelt. Was Laura von sich gab, überhörte sie damals grundsätzlich.

Daran hatte sich im Laufe der Jahre kaum etwas geändert.

Außerdem hat Laura nicht recht behalten, sagte sie sich jetzt und genoss den leisen ziehenden Schmerz auf der Kopfhaut. Ich habe massenhaft wunderschöne blonde Haare, viel mehr sogar als sie. Und ich rupfe sie mir ja nicht aus. Ich verdrehe sie bloß ein bisschen.

Laura hatte viel schlimmere Ticks, so viel stand fest. Zum Beispiel ihre Unfähigkeit, die Hände ruhig in den Schoß zu legen. Kaum saß sie da, fingen ihre Finger an zu zittern. Laura musste immerzu etwas zu tun haben – putzen, kochen, Handtücher formen, egal was. Hauptsache, ihre Hände waren beschäftigt. Oder ihre Art, sich ständig über die Augen zu reiben, als könnte sie nicht mehr richtig gucken.

Seit Nina auf Schloss Bonin wohnte, immerhin schon ein ganzer Monat, tat Laura das immer wieder. Nina hatte ihr vorgeschlagen, zum Augenarzt zu gehen. Wahrscheinlich bräuchte sie eine Brille.

»Das ist es nicht«, hatte Laura erwidert und war dann in Schweigen verfallen.

Wenn Nina es recht bedachte, hatte die Sache mit den zitternden Händen auch erst zu der Zeit angefangen.

Schon mehr als einmal war sie kurz davor gewesen, ihre große Schwester an den Schultern zu packen und kräftig durchzuschütteln.

»Wach endlich auf!«, würde sie ihr befehlen. »Du darfst Ralf nicht länger nachtrauern. Das ist er nicht wert. Ein Ehemann und Familienvater, der sich aus dem Staub macht. Wie erbärmlich ist das denn? Sei froh, dass du den Kerl los bist.«

Aber es war sinnlos.

Seit Ralf weg war, hatte Laura sich verändert. Aus der energischen, starken Hotelbesitzerin war eine schattenhafte, müde Frau geworden. Als ob sie keine Nacht mehr durchschlafen würde.

Wahrscheinlich stimmt das sogar, überlegte Nina.

Dieser Mistkerl!

Ralf hatte tatsächlich von langer Hand alles vorbereitet. Eine Finca legte man sich schließlich nicht zwischen Frühstück und Mittagessen zu.

Diese Erkenntnis ist für Laura bestimmt das Schlimmste an der Sache, dachte Nina.

Eine Kurzschlusshandlung hätte sie vielleicht noch verkraftet, aber zu wissen, dass Ralf seit Monaten, wenn nicht gar seit Jahren, geplant hatte, sie zu verlassen, hatte ihr den Boden unter den Füßen weggezogen. Zu allem Übel hatte er ihr auch noch den verdammten Brief hinterlassen, den Nina leider nicht schnell genug verbrannt hatte.

Seitdem ließ Ralf nur von sich hören, wenn es um die Scheidungsgäste des Hotels, um seine Kanzlei oder um finanzielle Angelegenheiten ging. Zumindest bei Laura. Privat wechselten die beiden kein Wort mehr.

Merle hingegen hatte ihrer Tante verraten, dass sie von ihrem Vater hin und wieder eine WhatsApp-Nachricht bekam, darauf aber nicht reagierte. Der solle bleiben, wo der Pfeffer wuchs, behauptete sie, obwohl das geografisch nicht ganz korrekt war. Außerdem fand sie es wohl total nervig, dass sich neuerdings Papas Anwaltskollege ständig im Schloss herumtrieb.

»Martin Spitzer hat nun mal seine Fälle übernommen«, hatte Nina darauf erwidert.

Prompt hatte sie sich einen Vortrag anhören müssen über die Dummheit der Erwachsenen. Nur sie, Merle, habe den Durchblick. Der Typ habe es nämlich auf ihre Mutter abgesehen, bloß würde das niemand mitbekommen. Am wenigsten Laura selbst, die den dicken Mann regelmäßig zum Essen einlud. Über den »dicken Mann« hatte Nina schmunzeln müssen, weil es zutraf.

Unruhig rutschte Nina auf dem Findling hin und her. Wenn sie gekonnt hätte, dann wäre sie nach Mallorca geflogen, um ihren Schwager höchstpersönlich zu erwürgen. Das war bloß keine Option, weil sie so pleite wie selten war und sich nicht mal ein Lowcost-Ticket leisten konnte.

»Ach, Mist!«, sagte sie laut.

Ein kanariengelbes Etwas schoss an ihr vorbei, machte jäh kehrt und kam zurück.

»Was hast du gesagt?«

Adrians lange Silhouette ragte über ihr auf. Sein Atem ging stoßweise, auf seiner Stirn sammelten sich Schweißtropfen.

»Nichts, vergiss es. Oder, warte mal. Kannst du mir eventuell zweihundert Euro leihen? Maximal dreihundert. Na, sagen wir dreihundertfünfzig. Du bekommst es auch bald zurück, versprochen.«

»Tut mir leid, Nina, aber ich verleihe grundsätzlich kein Geld.«

»Vielen Dank auch. Du bist ein wahrer Freund.«

Adrian joggte erneut auf der Stelle. Er wirkte nicht nur nervös, er war es auch.

Der ganze Mann schien innerlich zerrissen zu sein, und Nina fragte sich, was das sollte. War er gerne hier in der Heide, oder wünschte er sich weit fort? Vermisste er seine Freunde in Hamburg, oder war er ganz froh, sie nicht zu sehen, weil sie ihm vermutlich inzwischen jeden gesunden Menschenverstand absprachen, da er offensichtlich nicht von dieser Studentin lassen konnte, die partout nichts von ihm wissen wollte? Nina wusste auch, dass Adrians ältere Schwester ihm schon empfohlen hatte, mal wieder zu sich zu kommen. Er hatte neulich so eine Bemerkung fallen lassen.

»Wozu brauchst du das Geld?«

»Was geht dich das an?«

Adrian zog es vor, nicht zu antworten, und machte Kniebeugen.

Etwas knirschte laut, und sie hoffte, es waren seine Gelenke. Aber dann entdeckte sie einen morschen Ast unter seinem linken Fuß.

Schade!

»Oller Spießer!«

Die Bemerkung traf ihn, sie konnte es in seinen Augen sehen, die sich verdunkelten.

»Nur weil ich sparsam bin?«

»Nee, weil du geizig bist.«

»Nina, bitte.«

»Ist doch wahr!«

Sie tat ihm unrecht und wusste es, aber dieser Mann brachte sie regelmäßig zur Weißglut.

Mindestens einmal, wenn nicht zweimal in der Woche tauchte Adrian unangemeldet auf Schloss Bonin auf und versuchte, sie zu bekehren. Wie ein Bildungsmissionar führte er sich auf. Sie solle doch nicht alles hinwerfen, sondern ihr Studium durchziehen, sonst würde sie das eines Tages bereuen … Blablabla.

»Warum ist es wichtig, wofür ich das Geld brauche?«, fragte sie und gab sich alle Mühe, einen bittenden Tonfall anzuschlagen. Dazu klimperte sie gekonnt mit den Wimpern und schürzte die Lippen.

Adrian, mit irgendwelchen Dehnübungen beschäftigt, bemerkte es gar nicht.

Ihr fiel auf, dass er sie sowieso selten anschaute. Jedenfalls nicht mehr so oft wie früher, als er den Blick kaum von ihr hatte abwenden können, wenn sie sich über den Weg liefen.

Adrian wischte sich die letzten Schweißtropfen von der Stirn, sein Atem ging nun wieder gleichmäßig. Mit einer fließenden Bewegung ließ er sich neben dem Findling im Heidekraut nieder.

Nina mochte es nicht, wenn sie auf einen Mann herunterschauen musste, aber sie sagte nichts. Stattdessen warf sie sich mit einer einstudierten Geste die langen Haare über die Schulter.

Wieder erzielte sie null Wirkung, weil Adrian in die Ferne sah. An einer Gruppe junger Birken blieb sein Blick schließlich hängen. Vermutlich zählte er die Blätter an jedem einzelnen Ast. Das schien spannender zu sein als der Anblick der Frau, nach der er sich schon so lange verzehrte.

Etwas an diesem Gedanken fühlte sich falsch an, aber Nina kam nicht gleich darauf, was es war. Ihr fiel nur wieder ein, dass sie vorhin ziemlich lange auf ihn hatte einreden müssen, damit er mit ihr diesen Ausflug in die Heide unternahm. Auf Schloss Bonin kam sie so gut wie nie dazu, mit ihm zu reden. Entweder unterhielt er sich stundenlang mit Oma Theodora, wobei er sich erfolgreicher als beim ersten Mal gegen den Wacholderschnaps wehrte, oder er trieb sich bei Laura in der Küche herum.

Sogar mit Merle schien er mehr Zeit zu verbringen als mit ihr.

Deswegen hatte Nina ihn heute zu dem Ausflug überredet und ihm sogar zugestanden, seine Laufklamotten anzuziehen. Sie hatte neuerdings einen Plan, und um den in die Tat umzusetzen, brauchte sie Adrian. Oder vielmehr sein Sparkonto.

Sie wusste einfach nicht, wen sie sonst noch anpumpen sollte. Ihre Freunde in Hamburg reagierten entweder nicht auf ihre Nachrichten oder sagten ihr klipp und klar, dass sie selbst nichts hätten. Oma Theodora drückte ihr höchstens mal fünf Euro in die Hand, so wie früher der kleinen Nina fünfzig Pfennig. Und Laura … Nein, ihre große Schwester konnte sie unmöglich um Geld bitten.

Nicht mehr.

Blieb nur Adrian.

Ihr Plan war grandios: Sie wollte nach London fliegen, sich einen Job suchen, in kürzester Zeit die Sprache fließend beherrschen und dann eine tolle Anstellung in einem britischen Verlagshaus finden. Als was genau, wusste sie noch nicht, das würde sich dann schon ergeben.

Nina war begeistert. Sie würde wegkommen von Lünetal, von Schloss Bonin und von der depressiven Laura. Raus in die Welt, in die pulsierende Metropole London – sie war fest davon überzeugt, endlich das Richtige für sich gefunden zu haben. Sie würde Karriere machen, auch ohne abgeschlossenes Studium.

Adrian betrachtete immer noch die Birken. In der zunehmenden Dunkelheit wirkten ihre Stämme weißer als bei Tageslicht.

»Also gut«, lenkte Nina ein, weil er eisern schwieg. »Wenn du es unbedingt wissen willst: Ich dachte, ich flieg mal schnell nach Mallorca und drehe meinem Schwager den Hals um.«

Seine Stimme klang ruhig, als er zurückfragte: »Seit wann liegt London auf Mallorca?«

Verflixt! Sie hatte vergessen, dass sie ihm von ihrem Plan vorgeschwärmt hatte. Irgendwann letzte Woche. Adrian war daraufhin in ungläubiges Lachen ausgebrochen und hatte ihr erklärt, sie sei ja noch viel naiver, als er gedacht hätte.

Nina war schwer beleidigt gewesen und hatte für den Rest der Zeit, die er auf Schloss Bonin verbrachte, kein Wort mehr mit ihm gesprochen.

Das hat ihm anscheinend nichts weiter ausgemacht, dachte sie nun. Es ist ihm vielmehr gar nicht aufgefallen. Auf einmal wusste sie, was sie schon seit einiger Zeit störte.

»London muss noch ein paar Tage warten«, sagte sie langsam.

»Warum?«

Nina holte tief Luft, bevor sie antwortete. »Mir ist heute klar geworden, dass es mit Laura so nicht weitergeht. Deswegen muss ich Ralf kaltmachen. Nur dann kann sie sich von ihm befreien.«

Sie beobachtete Adrian scharf. Als sie den Namen ihrer Schwester erwähnte, löste er den Blick von den Birken und sah zu ihr hoch.

Ist ja ein Ding!, dachte sie ungläubig.

Nein! Nein! Das konnte nicht wahr sein!

»Was ist mit Laura?«, fragte Adrian.

»Es geht ihr immer schlechter, merkst du das bei deinen Besuchen denn nicht?«

»Ich weiß nicht recht«, erwiderte er gedehnt. »Offen gestanden habe ich gehofft, sie würde sich langsam von dem Schlag erholen.«

Nina schüttelte den Kopf. »Völlig unmöglich.«

»Warum? Ihr Mann ist jetzt seit einem Monat fort. Mir scheint, sie ist ein bisschen fröhlicher geworden.«

»Das täuscht. Laura kommt nicht über die Trennung hinweg. Weil sie sich nämlich selbst die Schuld daran gibt, dass Ralf sie verlassen hat. Ich kenne meine große Schwester. Sie sucht den Fehler immer zuerst bei sich selbst. So ist sie nun mal.«

»Aber das ist doch Quatsch!«, rief Adrian und sprang mit einer einzigen geschmeidigen Bewegung auf. »Laura ist ein wunderbarer Mensch.«

»Genau das hast du damals auch zu unserer Oma gesagt, stimmt's?«

Adrian wirkte verlegen, nickte jedoch.

»Und sie hat es am nächsten Tag natürlich brühwarm Laura erzählt.«

»Tatsächlich …«

»Ja, aber Laura war es egal. Sie hatte ja nun wirklich andere Sorgen.«

»Verstehe.«

Nina war sich ihrer Sache inzwischen sicher.

»Sag mal, wen besuchst du eigentlich, wenn du zu uns kommst? Mich?«

Seine Miene verdüsterte sich. »Selbstverständlich, wen denn sonst? Ich sorge mich um dich. Du darfst deine Zukunft nicht wegwerfen, und du darfst nicht einmal daran denken, deinem Schwager etwas anzutun.«

»Mann, Adrian! Du glaubst aber auch alles. Ich will ihn doch nicht wirklich umbringen. Höchstens ein bisschen erschrecken.«

»Nina …«

Sie hob die Hand. »Vergiss es. Ich habe sowieso kein Geld, um nach Mallorca zu fliegen.«

Er wirkte beruhigt, also fuhr sie mit ihrem Verhör fort.

»Mit Theodora verstehst du dich ja auch prima.«

»Stimmt. Sie ist eine patente alte Dame, wenn sie nicht gerade an Selbstmord denkt. Ich hoffe, ich kann sie mit der Zeit von dieser fixen Idee abbringen.«

»Träum weiter«, meinte Nina. »Das schafft keiner. Und du als Allerletzter.«

Bevor Adrian etwas erwidern konnte, redete sie schon weiter: »Und meine Grufti-Nichte scheint dich auch ganz okay zu finden. Neulich habe ich euch zusammen lachen hören. Sonst lacht sie nur mit mir.«

»Stört es dich?«, fragte er und schien ehrlich überrascht.

»Ach was. Merle kann jede Ablenkung gebrauchen. Sie ist ja auch verlassen worden, aber sie tut so, als würde ihr das nichts ausmachen.«

»Hm«, murmelte Adrian.

»Da wäre übrigens noch etwas, das mich ganz besonders interessiert«, sagte Nina langsam und betont.

Adrian schwieg und blickte auf die Spitzen seiner Laufschuhe.

Nina stand ebenfalls auf. Sie reichte ihm nur bis zur Schulter und musste zu ihm aufsehen. Das war auf jeden Fall besser, als auf ihn herunterzuschauen.

»Also, Hand aufs Herz. Bist du in meine große Schwester verknallt?«

Sie erwartete, dass er lachte, dass er sie laut auslachte

und ihr dann versicherte, er liebe nur sie. Sie allein. Für immer und ewig.

So sollte es sein, oder?

Immerhin gab sich Nina schon ziemlich lange mit ihm ab und war extrem geduldig mit ihm, seit er so oft hier in der Heide auftauchte.

Sie fand, sie hatte Respekt dafür verdient, dass sie sich mit einem Mann abgab, für den sie nichts empfand.

Gar nichts!

Sicher?

Sie runzelte die Stirn, während Adrian schwieg, weiterhin seine Schuhspitzen betrachtete und keineswegs lachte.

Kein bisschen.

Irgendwo auf der anderen Seite der Anhöhe bellte ein Hund. Heidschnucken blökten, die Trillerpfeife erklang.

Auf einmal bemerkte Nina, dass es dunkel geworden war. Sie konnte Adrians Gesichtsausdruck kaum noch erkennen.

Als sie sich an ihn drängte und die Arme um ihn schlang, rührte er sich zunächst nicht. Schließlich erwiderte er die Umarmung, und sie fragte sich zunehmend verwirrt, was sie nun fühlte.

Glück?

Nein.

Liebe?

Eher nicht.

Was dann?

Ein Kuss.

Genau!

Sie musste ihn küssen, damit sie Klarheit über ihre Gefühle erlangte. Und er würde dabei erkennen, dass er nur sie liebte. Nicht Laura. Das kam ja mal gar nicht in die Tüte, dass die brave Laura ihr einen Kerl ausspannte.

Ich tue ja gerade so, als wäre meine Schwester ein männermordendes Weibsstück, dachte Nina in der nächsten Sekunde. Dabei ahnt Laura vermutlich noch nicht einmal was von Adrians Gefühlen für sie.

Egal.

Entschlossen zog Nina seinen Kopf zu sich herunter und küsste ihn zärtlich auf den Mund. Sie ließ ihre Zunge spielen, wartete darauf, dass seine Lippen sich hungrig öffneten.

Nichts geschah. Es war, als küsste sie ein Stück Holz.

Ruckartig löste er sich von ihr, schob sie weg und rannte los. So schnell, als sei der Teufel hinter ihm her.

Erst als sie ein raues Männerlachen hörte, bemerkte Nina, dass der Schäfer mit seiner Herde an ihr vorbeizog. Der Mann schüttelte sich geradezu aus vor Lachen. Sie funkelte ihn zornig an, was ihn jedoch nur noch mehr erheiterte.

»Wenigstens haben Sie Ihren Spaß!«, rief sie ihm zu.

»Und wie, mien Deern, und wie.«

Na klar, dachte sie, so eine Show bekommt der hier draußen nicht alle Tage geboten.

»Wenn Sie meinen Freund sehen, richten Sie ihm doch bitte aus, dass er gefälligst zurücklaufen soll«, sagte sie noch und erntete eine neuerliche Lachsalve.

Dann machte sie auf dem Absatz kehrt, erreichte nach einer Viertelstunde den Parkplatz, setzte sich in Lauras Wagen und fuhr mit quietschenden Reifen davon. Sie hinterließ bloß eine hohe Staubwolke.

12

Theodora und die Zombies

Es war elf Uhr am Sonntagvormittag, und Laura ging davon aus, dass ihre Tochter um diese Zeit ausgeschlafen hatte. Neuerdings schien Merles Schlafbedürfnis wieder zuzunehmen. Laura hielt das für ein gutes Zeichen. Dennoch klopfte sie ganz leise an die Zimmertür.

»Komm rein, Adrian!«, ertönte es hellwach von drinnen. »Wir können gleich los. Ich brauche bloß noch meinen Fahrradhelm. Der muss in der Garage sein.«

Die Tür wurde aufgerissen, und für einen Sekundenbruchteil blickte Laura in ein fröhlich lächelndes Gesicht. Es war nicht ganz so weiß geschminkt wie noch vor ein paar Wochen, und auch der schwarze Lidstrich wirkte um einiges dünner.

»Ich bin's«, sagte Laura überflüssigerweise. Fast hätte sie das Wörtchen »nur« hinzugefügt.

Schlagartig verdunkelte sich Merles Miene. »Wo ist Adrian? Pennt der etwa immer noch? Wir wollten doch eine Radtour machen.«

Laura lächelte. »Ich glaube, das wird sogar einem Sportler wie ihm heute zu viel. Du weißt selbst, dass er gestern erst sehr spät zurückgekommen ist.«

Merles Augen verengten sich zu Schlitzen. »Weil Tante Nina ihn in der Heide ausgesetzt hat.«

»Genau.«

Sie dachte daran, wie ihre Schwester stinkwütend am Abend vorgefahren war. Kein Wort hatte sie über Adrian verloren, außer dass er heute mal richtig laufen müsse. Dann war sie polternd nach oben in ihr Zimmer gestürmt und hatte die Tür hinter sich zugeknallt.

Laura hatte dann auf ihn gewartet. Theodora und Merle auch.

Als er schließlich völlig erschöpft die Einfahrt hochgetrabt kam, hatten ihm drei Generationen von Frauen in seltener Einträchtigkeit einen Vogel gezeigt.

»Warum hat Nina das bloß gemacht?«, verlangte Merle zu wissen.

Es war ihr deutlich anzumerken, dass sie ihrer Tante nicht so schnell verzeihen würde, wenn die geplante Fahrradtour tatsächlich ausfiel.

»Keine Ahnung«, entgegnete sie wahrheitsgemäß.

»Dann frag sie doch!«

»Geht nicht. Sie muss irgendwann heute früh weggefahren sein, mein Auto ist nicht da. Ich hab sie auch schon angerufen, aber nur die Mailbox erreicht.«

»Scheiße!«

»Merle!«

»Ist doch wahr!«

»Nur noch lange kein Grund für Kraftausdrücke.«

»Sch…« Merle verschluckte den Rest. »Okay«, meinte sie. »Dann gehe ich eben reiten.«

»Aber nicht auf Moonlady«, sagte Laura sofort. Die junge Hannoveranerstute von Wilhelm Hinrichs war kaum eingeritten und machte sich einen Spaß daraus, jeden abzuwerfen, der es wagte, sich auf ihren Rücken zu schwingen. Merle war eine ausgezeichnete Reiterin, trotzdem war dieses Pferd für sie tabu. Die Weide, auf der die Schimmelstute graste oder aufgeregt hin und her galoppierte, war nur durch einen Feldweg vom Garten von Schloss Bonin getrennt. Oft hörte Laura Moonlady laut wiehern, und sie zog es vor, nicht in die Nähe des Weidezauns zu kommen.

Angst hatte sie keine, redete sie sich selbst ein. Allerdings gehörigen Respekt.

»Wieso nicht?«, fragte Merle trotzig. »Opa Hinrichs sagt, ich bin die Einzige, die mit Moonlady fertigwird.«

Laura blieb hart. »Wir haben mehrfach darüber geredet. Nicht diese Stute. Du kannst gerne zum Reitstall rübergehen und Titus nehmen.«

Der fünfzehnjährige Wallach gehörte einer Hamburger Geschäftsfrau, die dankbar war, wenn Merle ihr Pferd bewegte, weil sie selbst nicht oft genug in die Heide kommen konnte. Titus war von ruhigem Charakter und im Gelände absolut trittsicher.

Merles Stirn umwölkte sich wieder. »Nee, der alte Zosse ist langweilig. Dann lasse ich es eben sein.«

»Wir beide könnten doch mal wieder was zusammen machen. Wie wär's? Wollen wir heute Nachmittag ein Eis essen gehen?«

Kurz wirkte ihre Tochter überrascht, dann schüttelte sie den Kopf. »Ich will lieber mit Adrian los, der wacht bestimmt bald auf.«

Es kostete Laura einige Mühe, ihre Enttäuschung zu verbergen. Sie hatte es für eine gute Idee gehalten, mal wieder etwas mit Merle zu unternehmen. In den letzten Wochen hatten sie es beide ziemlich schwer gehabt miteinander. Es war an der Zeit, fand sie, einen neuen Anfang zu wagen.

Nur Merle und sie.

Innerlich zerriss es ihr das Herz. Ihre Familie war zerstört. Ralf hatte sie zerstört.

Sie verdrängte den Gedanken sofort wieder. An diesem Morgen war Laura nämlich mit dem festen Willen aufgewacht, von nun an nach vorn zu blicken. Sie war selbst ein wenig überrascht gewesen, aber es hatte wohl nur genug Zeit ins Land gehen müssen, um sie so weit zu bringen. In den vergangenen Wochen hatte sie gegrübelt und gegrübelt. Vielleicht reichte es jetzt wieder.

Mochte sie selbst nie wieder glücklich sein können – als Mutter, so fand sie, war es ihre Pflicht, so zu tun, als könnte das Leben im Schloss wieder in Ordnung kommen.

»Wieso hat Adrian nicht angerufen, damit du ihn abholst?«, fragte Merle. »Wieso ist dieser Knallfrosch die zwanzig Kilometer oder so bis hierher gerannt?«

»Merle«, mahnte Laura.

»Knallfrosch! Knallfrosch! Knallfrosch!«

Sie gab es auf. »Er läuft eben gern.«

»Das ist voll krank.«

Dagegen konnte sie nicht viel einwenden.

Als ihre Tochter ihr Platz machte, betrat Laura die Kammer und setzte sich auf die Bettkante. Sie schnappte sich ein paar schwarze T-Shirts und begann sie sorgfältig zusammenzulegen. Dabei bemerkte sie, dass eines der Shirts lilafarben war, verkniff sich jedoch jeglichen Kommentar dazu.

Merle stellte sich mit hochgezogenen Schultern ans Fenster. »Tante Nina sagt auch, er ist nicht ganz dicht.«

»Und was glaubst du?«

Die hochgezogenen Schultern erreichten fast die Ohren des Mädchens. »Adrian ist voll okay. Irgendwie glaube ich nicht wirklich, dass er krank ist. Wenn er joggen geht, um sich besser zu fühlen, ist das doch nicht weiter schlimm, oder?«

»Das finde ich auch«, erwiderte Laura und lächelte wieder.

»Okay, dann nehme ich den Knallfrosch zurück.«

Sie grinsten sich an.

»Außerdem«, fuhr Merle fort, »ist er in den letzten Wochen immer seltener losgelaufen.«

Verwundert zerknüllte Laura ein Shirt zwischen den Händen.

»He!«, rief Merle und nahm es ihr weg. »Meine Klamotten brauche ich noch.«

»Entschuldigung.«

Laura knetete unbewusst die Finger. »Stimmt«, sagte sie dann. »Das hast du gut beobachtet. Mal abgesehen von der Laufstrecke gestern, ist Adrian schon viel ruhiger geworden.«

»Du nicht«, gab Merle zurück.

»Wie bitte?«

»Mensch, Mama! Checkst du das denn nicht? Bei dir hat man ständig das Gefühl, du bist ein Schnellkochtopf, der jeden Moment explodiert.«

Laura sprang auf, nur um sich gleich wieder aufs Bett fallen zu lassen. Dann fuhr sie wieder hoch. Sie wiederholte das Ganze noch ein paar Mal, bis sie schließlich verwirrt sitzen blieb.

Nina würde mich loben, dachte sie. Ich rede mit meiner Tochter. Ich höre ihr sogar zu, ohne gleich auszurasten. Selbst wenn ich dafür wie ein Jo-Jo auf und ab springen muss.

Es war aber auch verflixt schwer, ruhig zu bleiben.

»Vielleicht solltest du auch mit dem Joggen anfangen«,

schlug Merle vor. »Dann kannst du mit Adrian um die Wette rennen und bist nicht mehr so nervös.«

Laura spürte, wie ihr das Blut ins Gesicht schoss. Zum Glück war es in der Kammer zu düster, als dass Merle etwas bemerken konnte.

Ohne es zu wollen, stellte sie sich vor, wie sie an Adrians Seite über eine weite Heidefläche joggte, wie er langsamer wurde, wie er stehen blieb, wie er sie in die Arme nahm und zärtlich …

Wieder sprang Laura vom Bett hoch.

»Stopp!«, rief Merle. »Mein Zimmer ist doch kein Fitnessstudio.«

Laura musste lachen. Über sich selbst, über das Leben. Sie lachte, bis ihr die Tränen über die Wangen liefen.

Mein Mann ist weg, weil es ihm mit mir zu eng geworden ist. Zu langweilig wahrscheinlich auch. Wenn der wüsste, dass ich mich mit einem anderen im Heidekraut wälzen will!

»Drehst du jetzt durch?«, erkundigte sich Merle. Ihre Mundwinkel zuckten, obwohl sie sich offensichtlich alle Mühe gab, ernst zu bleiben.

»Lachen ist besser als weinen«, erklärte Laura und wurde schlagartig ernst.

Obwohl sie so durcheinander war, genoss sie diesen Augenblick mit ihrer Tochter. Es fühlte sich beinahe normal an, wie sie miteinander redeten.

Aber Merle hatte genug. Wahrscheinlich war es ihr nicht ganz geheuer, sich auf einmal gut mit ihrer Mutter zu verstehen.

»Ich gehe mal gucken, ob ich Adrian wach kriege. Wo schläft er noch mal?«

»Im Rosenzimmer. Aber lass ihn in Ruhe.«

Doch Merle war bereits aus der Kammer geflitzt und hüpfte die Holztreppe hinunter in den ersten Stock. Kurz darauf hörte Laura, wie sie an die Tür des Gästezimmers hämmerte.

»Aufstehen! Los, los!«

Erst nach fünf Minuten gab sie es auf und verschwand nach unten. Laura spähte aus dem Sprossenfenster und sah noch, wie Merle auf ihrem Fahrrad die Einfahrt entlangraste. Sei vorsichtig!, wollte sie ihr hinterherrufen, aber ihre Tochter hätte sie ohnehin nicht mehr gehört.

Dann stieg sie selbst die Stufen in den ersten Stock hinunter und klopfte leise an die Tür zum Rosenzimmer. Keine Antwort.

Auf einmal sorgte sie sich um Adrian. Ohne lange nachzudenken, drückte sie die Klinke herunter. Er hatte nicht abgeschlossen. Auf Zehenspitzen betrat sie das Zimmer und atmete den süßen Rosenduft ein, der nur leicht von einem Geruch nach Schweiß und Anstrengung überlagert wurde.

Laura rümpfte die Nase und blickte zum Bett, wo Adrian lang ausgestreckt lag.

»Du brauchst dringend eine Dusche«, flüsterte sie.

Er regte sich nicht.

Sie beugte sich über ihn, bis sie seinen Atem wahrnehmen konnte. Im Schlaf war er vollkommen friedlich. Keine Spur von seiner üblichen Ruhelosigkeit.

Eine Welle von Zärtlichkeit überflutete Laura, und sie konnte sich im letzten Moment zurückhalten, seine Wange zu berühren.

Als sie sich zurückziehen wollte, schlug er die Augen auf und schaute sie direkt an. Sie erschrak. Er sagte nichts, sondern schloss nur die Lider und schlief weiter.

Wie seltsam. Fast hätte sie glauben können, sich das eben nur eingebildet zu haben. Leise verließ sie das Zimmer, und dabei schien es ihr, als ruhte sein Blick noch immer auf ihr.

Im Salon stieß Laura auf ihre Großmutter. Gräfin Theodora saß steif auf dem roten Samtsofa und blickte ihr streng entgegen.

»Wo ist Adrian? Ich langweile mich.«

Laura trat näher und baute sich mit verschränkten Armen vor ihr auf. »Was habt ihr eigentlich alle mit dem Mann? Er ist bloß ein Freund von Nina, und sie mag ihn noch nicht mal besonders gern.«

»Aber ich«, erklärte Theodora. »Er ist ein feiner Kerl und viel zu gut für Nina. Für dich übrigens auch, falls du dir da irgendwas in den Kopf setzen solltest.«

Laura wich einen Schritt zurück. »Das ist absurd.«

»Ach ja?«

»Selbstverständlich. Adrian und ich haben uns in den letzten Wochen bloß ein paar Mal nett unterhalten. Das ist alles.«

»Was dich sicher nicht daran hindern würde, dir Hoffnungen auf ihn zu machen.«

Sie trat einen weiteren Schritt zurück. »Ich liebe einzig und allein Ralf.«

»Sei nicht albern. Du liebst ihn schon lange nicht mehr. Und lauf gefälligst nicht vor mir weg.«

Laura, die schon wieder den Fuß gehoben hatte, ließ ihn sinken und drückte den Rücken durch. »Wir haben eine sehr gute Ehe geführt, bis … bis er …«

Theodora winkte müde ab. »Das ist nicht dasselbe.«

»Und wenn schon. Ich werde mich niemals wieder verlieben. Weder in Adrian noch in irgendeinen anderen Mann.«

Der Blick der alten Augen wurde weich. »Unglücklicherweise kannst du das nicht so ohne Weiteres beschließen. Gefühle sind sehr viel schwerer zu sortieren als Handtücher.«

»Möchtest du etwas trinken?«, fragte Laura.

Die scharfsinnige Theodora wurde ihr langsam unheimlich.

Ihre Großmutter kicherte in sich hinein. »Du willst mich beschwipst machen, damit ich dir nicht mehr die Wahrheit sage?«

Korrekt.

»Natürlich nicht. Ich dachte nur, ein wenig Wacholdergeist hebt deine Stimmung, solange Adrian noch schläft.«

»Er wird sicher bald aufwachen.«

»Ja, aber er hat Merle eine Radtour versprochen.«

»Dann fahre ich eben mit.«

»Wie bitte?«

Die vielen tausend Fältchen in Theodoras Gesicht verzogen sich zu einem Grinsen. »Glaubst du, das bringe ich nicht fertig? Radfahren verlernt man nicht. Das ist wie mit dem …«

»Oma Theodora!« Zum zweiten Mal an diesem Morgen wurde Laura rot.

Ihre Großmutter lachte nur. Dann fragte sie: »Warum sind eigentlich keine Gäste da?«

Laura verschränkte die Arme hinter dem Rücken, um ihre zitternden Hände zu verbergen.

»Darüber solltest du dich mindestens so sehr freuen wie über Ralfs Verschwinden«, gab sie zurück. »Du machst mir doch seit Jahren die Hölle heiß wegen dem Scheidungshotel.«

Was sie wirklich dachte und empfand, behielt Laura für sich. Obwohl sie sich beim Aufwachen vorgenommen hatte, nur noch nach vorn zu schauen, nagten Wut und Verzweiflung weiterhin an ihr. Am schlimmsten war der Gedanke an diese Finca. Wie konnte Ralf sich ein Haus auf Mallorca leisten? Seit Jahren hatte er behauptet, seine Einnahmen wären nicht besonders hoch. Ständig hatte er Druck gemacht, weil das Hotel nicht genug abwarf. Und sie war darauf hereingefallen!

Laura stutzte. Dann begriff sie. Sie war nicht nur auf ihren Mann wütend, sondern hauptsächlich auf sich selbst. Sie war blauäugig gewesen, hatte die Herzen der Menschen mit Herzen aus Frottee gekittet und Herzen aus Stein gesammelt. Sie hatte die Familie zusammengehalten und war immer für alle da gewesen. Darüber hatte sie nicht mitbekommen, dass ihr Mann sie hinterging. Das war es, was so furchtbar schwer zu ertragen war.

Theodora hatte einen Moment geschwiegen, jetzt entgegnete sie: »Was deinen unnützen Ehemann betrifft, muss ich dir zustimmen. Dem weine ich keine einzige Träne nach. Das Hotel ist eine andere Sache, mein Kind. Wenn ich mich nicht irre, sind wir auf die Einnahmen mehr denn je angewiesen.«

»Wir werden schon nicht verhungern. Ralf ist so anständig und zahlt großzügig Unterhalt.«

Das wenigstens stimmte. Per Mail hatte Ralf ihr ein Angebot gemacht, das Laura sofort akzeptiert hatte. Für sie selbst und Merle war gut gesorgt, auch wenn es mit dem Hotel mal nicht so gut lief. Die Regelung half ihr, nicht völlig zu verzweifeln.

»Pfff«, machte Theodora, »Ralf Hinrichs und anständig. Das passt zusammen wie Wilhelm Hinrichs und liebenswert.«

»Oma Theodora!«

»Na, was denn?«

»Du solltest dich was schämen. Ralf ist nicht so schlecht, wie du immer behauptest. Er … er braucht eben mal ein bisschen Freiheit. Ich glaube, ich habe ihn zu sehr eingeengt.«

Laura schaute aus einem der Fenster, denn es kam ihr so vor, als wäre eine schwere graue Wolkenwand aufgezogen. Doch die Sonne strahlte hell vom Himmel. Sie rieb sich über die Augen.

»Grundgütiger«, stieß Theodora aus. »Wie um Gottes willen kommst du bloß auf so etwas?«

»Ralf schreibt mir manchmal«, gestand Laura. »Per E-Mail. Er hat mir ausführlich erklärt, dass meine Fürsorge ihn erdrückt hat und wie …«

»Aufhören! Ich will kein Wort mehr über diesen Mann hören.«

Laura zuckte zusammen. Noch nie hatte sie ihre Großmutter so energisch, so streng erlebt. Sie presste fest die Lippen aufeinander.

»Reden wir lieber über die fehlenden Gäste. Ich hätte nämlich gern ein wenig Gesellschaft. Das Schloss ist ja wie ausgestorben.«

»Ich bin da. Und Nina und Merle.«

»Ihr seid meine Familie, euch kenne ich in- und auswendig. Ich will neue Menschen treffen.«

»Tut mir leid. Für dieses Wochenende gibt es keine Reservierungen.«

»Für das letzte auch schon nicht.«

Und für das kommende ebenfalls nicht, hätte Laura antworten können.

»Sehr viele Leute sind derzeit im Urlaub«, sagte sie stattdessen.

Theodora machte eine wegwerfende Handbewegung. »Letzten Sommer waren wir durchgehend ausgebucht. Und im Jahr davor auch. Obwohl du gern die Liebesgöttin gespielt und Trennungen verhindert hast. Wie dem auch sei. Die machen keinen Urlaub. Niemand fliegt als glückliches Paar nach Mallorca, wenn er sich scheiden lassen will.«

Laura stockte der Atem. Wie erstarrt stand sie da und betete, dass sie sich verhört hatte.

Hatte sie nicht.

Theodora wirkte verlegen, was nicht viel half.

»Tut mir leid, Kind. Die Insel ist mir als Erstes in den Sinn gekommen.«

»Du … wie … wie kannst du nur!«, rief Laura aus. »Wie kannst du nur«, wiederholte sie hilflos.

»Jetzt sei nicht so empfindlich. Vergiss, was ich gesagt habe. Lass uns lieber darüber reden, warum das Hotel leer steht.«

Laura dachte gar nicht daran, ihrer Großmutter zu verraten, dass sie selbst gleich nach Ralfs Verschwinden mehrere Buchungen storniert hatte. Sie wäre nicht in der Lage gewesen, Gäste zu bewirten, und hatte die Absagen mit dringend nötigen Renovierungsarbeiten begründet. Es hatte einigen Ärger gegeben, Beschwerden waren eingegangen.

Sie hatte all das ignoriert. Allein die Vorstellung, erneut ein Paar zu beherbergen, das mit ihrer Hilfe wieder glücklich wurde, war mehr, als sie ertragen konnte. Ein Paar wie Miriam und Rainer Sievers zum Beispiel. Oder wie die Eheleute aus Berlin. Trotz des Durcheinanders am Wochenende von Ralfs Verschwinden, hatten Bettina und Oliver Thomsen beschlossen, es noch einmal miteinander zu versuchen.

Nina hatte behauptet, das sei diesmal ihr persönlicher Verdienst gewesen, weil sie so nett zu den Gästen gewesen war, während ihre große Schwester vorübergehend ihren klaren Kopf an der Rezeption abgegeben hatte.

Laura hatte bloß mit den Schultern gezuckt und Ralfs Kollegen Martin Spitzer informiert, dass einer der beiden Gerichtstermine gestrichen werden konnte. Die Thomsens waren unwichtig.

Alles war unwichtig.

Sie ahnte, sie müsste dringend Pläne schmieden, die Zukunft ihrer Familie gestalten, das Hotel voranbringen. Doch das alles erschien ihr momentan zu schwer, und so ging das nun schon seit Wochen. Laura spürte, wie der Anflug von Energie, den sie noch am Morgen verspürt hatte, nun verpuffte.

»Es geht sicher bald wieder aufwärts«, sagte sie vage zu ihrer Großmutter.

»Nicht, wenn du so weitermachst wie bisher. Mit deiner Leichenbittermiene und deinem ständigen Augenreiben würdest du sogar Zombies verjagen, die sich auf der Lüneburger Heide vergnügen wollen.«

»Zombies?«

Theodora hatte »Ssombies« gesagt, mit steifem S.

Laura hatte sie trotzdem verstanden, konnte es jedoch nicht glauben.

»Ganz genau. Untote. Ich kenne mich da aus. Wozu hat man eine fünfzehnjährige Urenkelin? Merle hat mir übrigens erklärt, dass ich aufpassen muss, nicht irgendwo in der Zwischenwelt gefangen zu bleiben, wenn ich … Na, du weißt schon.«

Eine Männerstimme meldete sich von der Diele. Für Sekunden hoffte Laura, sie gehöre Adrian. Wie bei ihrer ersten Begegnung. Auch damals hatte er einen Kommentar zu einer Bemerkung von Gräfin Theodora abgegeben.

Doch es war nicht seine Stimme.

»Das sind aber höchst unerfreuliche Gesprächsthemen an einem so schönen und sonnigen Sommermorgen«, sagte Martin Spitzer und kam herein, ohne die Aufforderung abzuwarten.

Laura sah, wie sich die Augen ihrer Großmutter zu schmalen Schlitzen verengten. Sie wirkte halb ängstlich, halb kampfbereit. Als wäre da wirklich eine Gruselgestalt vor ihr aufgetaucht.

Spitzer blieb stehen und blickte von einer Frau zur anderen. Er bemerkte jedoch nicht, wie die alte Gräfin ihrer Enkelin schnell zuzwinkerte.

»Ssombies sind nun mal schreckliche Wesen«, sagte sie zu dem Anwalt.

Der lächelte unsicher. »Sie nehmen mich auf den Arm, Frau Gräfin.«

»Nur keine Sorge. Ich fürchte, dafür reichen meine Kräfte nicht aus.«

Mit größter Selbstbeherrschung unterdrückte Laura ein Kichern.

Ralfs Anwaltskollege war über eins neunzig groß und wog locker hundertzwanzig Kilo, und das war keine reine Muskelmasse. Seit er häufiger zu Besuch kam, waren mit Sicherheit noch ein paar Pfund hinzugekommen, da er mit schöner Regelmäßigkeit zum Essen blieb.

Laura störte sich nicht an seiner Figur. Sie fand, dass er Sicherheit ausstrahlte, und manchmal ertappte sie sich bei dem Wunsch, sich an seine breite, weiche Brust zu kuscheln. Es musste wunderbar sein, in seinen starken Armen für einen Moment alles zu vergessen.

Natürlich tat sie es nie. Es wäre ihm gegenüber nicht fair gewesen und hätte in ihm womöglich falsche Hoffnungen geweckt. Dass Martin sie ins Herz geschlossen hatte, war ihr inzwischen klar geworden. Sie selbst dagegen hegte keine romantischen Gefühle für ihn.

Aber sie mochte ihn, und sie war ihm dankbar, weil er ihr mit den wenigen verbliebenen Klienten zur Seite stand. Außerdem ahnte sie, dass er mindestens so wütend auf Ralf war wie sie selbst. Nicht nur, weil ihr Mann ihn als seinen Partner mit der Kanzlei im Stich gelassen hatte, sondern weil er einer so wunderbaren Frau wie Laura Kummer bereitet hatte. Natürlich sprachen Laura und Martin nie über diese Dinge. Laura wäre es unangenehm gewesen, zu privat zu werden, und Martin respektierte ihre Grenzen.

Privat redete er hauptsächlich übers Essen.

»Deiner Kochkunst kann kein Mann widerstehen, liebste Laura«, sagte er gern und hielt ihr seinen Teller für eine weitere Portion Schweinebraten mit krosser Kruste hin.

Sein Blick jedoch sagte, dass er nicht nur ihre Kochkunst meinte, und er streifte oft wie zufällig ihren Arm oder ihre Hüfte. Auch war sie in kürzester Zeit aufgestiegen – von Frau Hinrichs über Laura zu liebste Laura.

Sie wusste nicht, wie sie sich verhalten sollte. In Martin Spitzer hatte sie stets nur den Kollegen ihres Mannes gesehen. Er war ein paar Jahre älter als Ralf und, wenn man mal von dem stolzen Bauchumfang absah, durchaus ein attraktiver Mann, auf den es einige Frauen abgesehen hatten.

Geschieden, gut situiert. So einen Fang gab es nicht alle Tage zu machen.

Seit einiger Zeit kam er mehrmals pro Woche auf Schloss Bonin vorbei, obwohl es derzeit keine scheidungswilligen Gäste zu betreuen gab.

»Hallo, Herr Spitzer«, sagte sie freundlich.

»Martin«, erwiderte er. »Wir waren uns doch einig, dass wir Laura und Martin sagen.«

»Ähm … ja. Hallo, Martin.«

»So ist es besser.«

Theodora gab ein würgendes Geräusch von sich, das der Anwalt zum Glück überhörte.

Weil er nichts weiter sagte, sondern Laura nur tief in die Augen schaute, fragte sie schließlich: »Was kann ich für dich tun?«

»Du wirst heute mal gar nichts tun. Ich werde dich entführen. Wir machen einen Ausflug und kehren danach noch irgendwo ein. Vielleicht im Forellenhof. Was sagst du dazu?«

»Oh. Das wäre … ähm … wundervoll.«

Sie lauschte angestrengt in sich hinein und stellte überrascht fest, dass ihr die Idee tatsächlich gut gefiel. Mal wieder rauskommen, übers Land fahren, spazieren gehen, nett essen, umsorgt werden, sich um nichts kümmern, nicht denken. Sie hatte schon den Mund geöffnet, um einzuwilligen, als Theodora ihr zuvorkam.

»Bedauerlicherweise kann ich meine Enkelin heute nicht entbehren. Ich fühle mich unwohl.« Das Würgegeräusch von eben verwandelte sich in ein trockenes Hüsteln. »Ich fürchte, mein letztes Stündlein hat geschlagen«, fuhr sie in röchelndem Tonfall fort. »Sie möchten gewiss nicht dafür verantwortlich sein, dass eine arme alte Frau ihrem Schöpfer mutterseelenallein gegenübertreten muss, mein lieber Herr Spitzer. Oder?«

»Das ging aber schnell«, sagte Martin. »Noch vor ein paar Minuten haben Sie einen ausgesprochen munteren Eindruck auf mich gemacht.«

»In meinem Alter ist das nun mal so«, erklärte Theodora ernsthaft. »Eben noch lebendig, im nächsten Moment mausetot.«

Der Anwalt musterte sie misstrauisch. »Diese Aussicht scheint Sie nicht weiter zu bekümmern.«

Niemand hatte ihn bisher über Theodoras Todessehnsucht informiert. Ralf, der sich für seine Schwieger-Großmutter schämte, hatte offenbar keinen Ton verlauten lassen, und auch Laura fand, dieser Umstand ginge niemanden außerhalb der Familie etwas an.

Adrian mal ausgenommen. Ach, Adrian …

Laura verscheuchte jeden Gedanken an den Mann, der noch immer oben im Rosenzimmer schlief, und wandte sich an Martin, bevor Theodora sich verraten konnte.

»Tut mir leid. Heute geht es wirklich nicht.«

Seine ganze Haltung drückte Enttäuschung aus. »Nun, ich verstehe natürlich, dass du dich um die liebe Frau Gräfin kümmern willst, liebste Laura …«

Theodoras Geräusche wechselten erneut, diesmal von röcheln zu stöhnen.

»Dann bleibe ich eben hier und leiste euch ein bisschen Gesellschaft«, schloss er.

»Junger Mann, das können wir unmöglich annehmen«, tönte es vom Sofa her. »Als schwer arbeitender Anwalt müssen Sie Ihren freien Sonntag genießen. Bitte haben Sie Verständnis dafür, dass eine Sterbende ihre letzten Stunden auf Erden im Kreise ihrer Liebsten verbringen möchte.«

Nur indem sie sich auf die Innenseite der Wangen biss, unterdrückte Laura einen Lachkrampf. Martin schien sich nicht recht entscheiden zu können, ob er amüsiert oder verärgert sein sollte. Am Ende entschloss er sich zur Kapitulation.

»Begleitest du mich noch hinaus? Ich möchte einen Moment mit dir reden.«

Laura überhörte das neuerliche Hüsteln, das sich zu einem heftigen Hustenanfall steigerte.

»Aber gern.«

Am Fuß der Freitreppe drehte sich Martin zu ihr um und nahm ihre Hände in seine. »Ich bin nicht dumm, liebste Laura. Die alte Dame mag mich nicht, aber du ...«

»Stopp«, sagte sie schnell. »Es ist zu früh. Ich ... Ralf ...« Sie stand zwei Stufen über ihm und konnte ihm direkt in die Augen schauen.

»Dieser Mann hatte dich nicht verdient.«

Laura entzog ihm ihre Hände und wandte sich ab. Er rief ihr eine Entschuldigung hinterher, aber sie tat, als hörte sie ihn nicht.

Als sie in den Salon kam, stand Theodora mit triumphierendem Gesichtsausdruck an der Glasvitrine und rüttelte am Schloss.

»Den sind wir los. Darauf stoßen wir an.«

»Nein«, erwiderte Laura.

»Jetzt auf einmal? Vorhin wolltest du mir noch freiwillig ein Gläschen einschenken.«

Laura ging nicht darauf ein. »Was hast du bloß gegen Martin? Er ist überaus nett und hilfsbereit. Und er mag mich sehr.«

»Kind, du bist zu naiv für diese Welt. Der Mann ist ein Erbschleicher.«

»Wie kommst du denn auf so was? Hier gibt es doch gar nichts zu erben.«

»Und ob! Wenn es nach mir geht, sogar schon bald. Dann schwebe ich über den Wolken, du bist geschieden, und der ganze Besitz gehört dir.«

Laura verlor langsam die Geduld. »Erstens stirbst du nicht, zweitens denke ich gar nicht daran, mich scheiden zu lassen, und drittens ist Nina ja wohl genauso erbberechtigt wie ich.«

Theodora gab es auf, die Vitrine ohne Schlüssel öffnen zu wollen, und winkte ab. »Alles nebensächlich. Glaub an meine Worte.«

»Davon abgesehen hat Martin selbst Geld genug.«

»Aber keine Ländereien und kein Jagdschloss.«

»Vielleicht hat er mich einfach nur gern. Vielleicht gibt es Männer, die sich für mich interessieren und die es nicht eilig haben, mich zu verlassen.« Mit Mühe hielt sie ein Schluchzen zurück.

»Ach, Lütte, du tust mir leid«, sagte Theodora. »Komm, geh rauf und wecke Adrian. Ich möchte mich mit einem vernünftigen Menschen unterhalten.«

Ich bringe sie um!, schwor sich Laura. Oder nein, den Gefallen werde ich ihr nicht tun. Ich werde sie mit Gewalt am Leben erhalten.

13

Schleuderware

Es war später Nachmittag, als Adrian wieder zu sich kam. Ein Blick auf sein Smartphone sagte ihm, dass er fast zwanzig Stunden am Stück durchgeschlafen hatte. War da gerade wieder ein Klopfen an seiner Zimmertür gewesen? Er setzte sich auf, atmete tief den Duft der Rosen ein und lauschte.

Stille.

Irgendetwas hatte ihn geweckt. Ein lauter Knall. Oder eher ein ferner, dumpfer Schlag.

Verschwommen erinnerte er sich daran, dass Merle vor Stunden nach ihm gerufen hatte. Und auch Laura hatte irgendwann später geklopft und leise seinen Namen genannt.

Zu dem Zeitpunkt war Adrian schon fast wieder munter gewesen und hatte sich gewünscht, Laura zu antworten, um dann …

»Ja, was dann, du Idiot?«, fragte er sich selbst. »Du wirst gar nichts mit Laura tun. Weder heute noch irgendwann sonst. Du solltest lieber zusehen, dass du von hier wegkommst.«

Adrian erschrak, weil er laut geredet hatte.

Normal war das nicht.

Aber es gab genügend Leute, die ihm ohnehin jeden

gesunden Menschenverstand absprachen. Weil er so viel joggte, weil er neuerdings seine komplette Freizeit in der Heide verbrachte, weil er hinter einer fünfundzwanzigjährigen Studentin her war, die nichts von ihm wissen wollte. Unter seinen Freunden im Lehrerkollegium herrschte die einhellige Meinung vor, Adrian habe sich in eine aussichtslose Liebesgeschichte verrannt.

Und zwar im wahrsten Sinne des Wortes.

Wie recht sie haben, dachte er.

Dabei war alles ganz anders.

Auch seine ältere Schwester Marianne rief ihn immer öfter an, um zu hören, was eigentlich mit ihm los sei. Sie mache sich Sorgen um ihn, behauptete sie. Es könne nicht gut für ihn sein, so viel Zeit unter rustikalen Heidjern zu verbringen.

Marianne verfügte über ein ausgeprägtes elitäres Bewusstsein. Adrian fand nie die richtigen Worte, um ihr etwas entgegenzuhalten. Wie hätte er ihr erklären sollen, dass er ausgerechnet hier in der Heide so glücklich war wie nie zuvor? Obwohl er zugleich so unglücklich war?

Das klang absurd, und er wusste es.

Dennoch spürte er, wie sein Herz leicht wurde, wenn er nach Lünetal kam, wie sein Innerstes zur Ruhe kam, wie er tiefer und freier atmen konnte. Obwohl Nina ihn immer wieder provozierte, obwohl Merle ganz schön anstrengend sein konnte und obwohl Theodora ihn derart mit Beschlag belegte. Sobald Laura in der Nähe war, unter demselben Dach, ein paar Armlängen entfernt, war alles gut.

Selbst dass er sich beruflich halb entzweireißen musste, um alles zu schaffen, machte ihm nichts aus. Den Schulunterricht vernachlässigte er nie, und für die Übersetzungen legte er so manche Nachtschicht ein. Er wusste, ewig konnte er so nicht weitermachen, aber noch hatte er genug Kraft.

Er schwang die Beine über die Bettkante und streckte sich.

Laura dachte er. Zärtlichkeit flutete in sein Herz. Laura, Laura, Laura.

Wann hatte er angefangen, Gefühle für sie zu entwickeln? Letzte Woche vielleicht, als er dem dringenden Wunsch widerstehen musste, ihre Hände in seine zu nehmen, damit sie endlich aufhörte, sich die Augen wund zu reiben? Oder schon damals, an jenem Tag im Juni auf Schloss Bonin, als er mit ihr auf der geheimen Bank unter dem Efeu gesessen hatte?

Vielleicht sogar, als er sie zum allerersten Mal im Salon gesehen hatte, wo sie mit ihrer Großmutter diskutierte und dabei so wunderschön und lebendig war, dass sie von innen heraus leuchtete.

Adrian stieß einen Seufzer aus und gleich darauf einen Fluch.

Nina hatte ihn durchschaut!

Auf den Kopf zugesagt hatte sie ihm gestern Abend, dass er in ihre große Schwester verliebt war. In eine verheiratete Frau.

In eine verlassene Frau, korrigierte er sich sofort.

Nichtsdestotrotz verheiratet. Ein paar Jahre älter als er war sie auch. Und nicht im Geringsten an ihm interessiert.

Kein einziges Mal in diesem vergangenen Monat hatte sie ihm auch nur mit einer winzigen Geste oder einem kurzen Blick zu verstehen gegeben, dass er sich Hoffnungen machen dürfe.

»Idiot!«, schimpfte er wieder mit sich selbst. »Laura hat wahrhaftig andere Probleme als dein dummes, liebeskrankes Herz.«

Adrian verspürte den unbändigen Wunsch, seine Laufklamotten überzustreifen und loszurennen. Weit, weit weg.

Einzig die Tatsache, dass er sich vollkommen ausgelaugt fühlte, hielt ihn davon ab. Gestern hatte er locker einen Marathon absolviert.

Seine Beinmuskeln zitterten, als er aufstand.

Nina, dieses kleine Miststück!

Auf einmal musste er lächeln, und eine halbe Sekunde später grinste er breit. Sie hatte ihn einfach in der Heide ausgesetzt.

Der Schäfer mit dem speckigen Lederhut auf dem Kopf hatte ihm ausgerichtet, er dürfe nach Hause traben. Aber das mache ihm bestimmt nichts aus, weil er ja anscheinend gar nicht anders könne, als den ganzen Tag durch die Gegend zu laufen. Dazu hatte er ein tiefes, kehliges Lachen erklingen lassen und etwas gesagt, das wie »Dummbüdel« klang und mit Sicherheit kein Kompliment war.

Adrian war einen Moment lang ratlos gewesen. Seine Wertsachen und sein Smartphone lagen noch bei Nina im Auto. Als er dem Schäfer davon erzählte, lachte der nur noch mehr, meinte dann aber, vom Parkplatz aus führen auch Busse, und irgendwie würde er schon von hier wegkommen.

»Wir Heidjer sind ja keine Unmenschen. Wenn Sie dem Busfahrer Ihre Notlage vertellen, nimmt der Sie schon mit. Sagen Sie einfach, Ihr Schätzchen hat Sie sitzen gelassen, weil Sie nicht küssen können, und richten Sie ihm einen schönen Gruß vom Heiner aus. Das bin ich.«

Noch nie in seinem Leben war Adrian von einem Menschen so ausgelacht worden wie von diesem Schäfer mit dem wetterzerfurchten Gesicht. Einerseits hätte er am liebsten mitgelacht, andererseits schämte er sich entsetzlich.

Also sprintete er wieder los, ließ den Mann mit seiner Heidschnuckenherde und dem braun-weiß gefleckten Hütehund hinter sich und erreichte kurz darauf den Parkplatz. Dort hielt er jedoch nicht an, sondern joggte weiter … an Häusern vorbei, in denen er hätte telefonieren können, an Leuten vorbei, die er kurz um ihr Handy hätte bitten können.

Er merkte, wie gut es ihm tat, Kilometer um Kilometer abzureißen. Er musste nicht mehr an Nina denken und daran, wie sie ihn geküsst hatte. Er musste auch nicht überlegen, was er als Nächstes tun sollte. Er musste einfach nur einen Fuß vor den anderen setzen.

Das war gestern gewesen. Als er jetzt schnell duschen ging, kamen die Fragen wieder hoch, die er verdrängt hatte, und sein Grinsen erlosch.

Was sollte er nur tun?

Laura seine Gefühle gestehen?

Ausgeschlossen.

Für immer aus dem Jagdschloss verschwinden?

Ja!

Nein!

Noch heute!

Niemals!

Mann, war das schwer!

Die beiden Schwestern machten ihn noch ganz verrückt. Adrian ließ kaltes Wasser über seinen Körper prasseln. Es half nicht viel, um den Durchblick zu bekommen.

Frauen hatten in seinem Leben nie eine große Rolle gespielt. Bis er Nina kennenlernte, die ihn nicht wollte, bis er sich in Laura verliebt hatte, die ihn ebenfalls verschmähte. Laura, die noch dazu seit Wochen von einem anderen Mann angeflirtet wurde, der ungefähr dreimal so viel wie Adrian auf die Waage brachte. Ein gestandener Hüne mit breiten Schultern, ein erfolgreicher Anwalt dazu, also alles in allem ein Mann, bei dem Laura sich bestens anlehnen konnte.

Sofern sie das wünschte.

Nötig hätte sie es nicht, fand Adrian. Laura war viel stärker, als sie selbst derzeit glaubte. Trotzdem konnte sie sich jederzeit für den anderen entscheiden. Dieser Martin Spitzer, der ungefähr das Doppelte wog wie er, würde mit Sicherheit das Rennen machen. Er selbst hatte keine Chance.

Adrian stand auf.

In dieser Sekunde hörte er wieder ein seltsames Geräusch. Diesmal war es kein Schlag oder Aufprall, eher ein … ein Rufen?

Er ging zur Tür, öffnete sie und lauschte in den Flur.

Da! Da war es wieder. Ziemlich leise, aber nicht zu überhören.

Wer rief denn da um Hilfe?

Erneut herrschte Stille.

»Hallo?«, rief Adrian laut. »Ist da jemand? Wo sind Sie? Melden Sie sich!«

Einen hoffnungsvollen Augenblick lang erwartete er, Laura möge aus einem der Zimmer kommen. Vergnügt lachend und mit einem zärtlichen Ausdruck in den Augen, wenn sie ihn sah.

Alles blieb ruhig.

»Vollidiot«, sagte er. Vielleicht half das mehr als der einfache Idiot.

Fast hätte er wieder gegrinst, da ertönte erneut ein schwaches Rufen. Es kam von oben, eindeutig.

Indem er zwei Stufen auf einmal nahm, rannte er die Treppe hoch, klopfte an alle Zimmertüren und öffnete sie, als er keine Antwort erhielt. Doch wider Erwarten fand er niemanden. Erst als er schon aufgeben wollte, machte er ganz hinten im Flur eine Entdeckung.

Die Falltür zum Dachboden war offen, jemand musste die Klappleiter herabgelassen haben. Er sah einen langen Stock mit einem Haken am oberen Ende an der Wand lehnen.

»Hilfe!«, rief jemand.

Diesmal erkannte Adrian die Stimme.

Mit zwei, drei langen Sätzen war er bei der Leiter, stürmte die Sprossen nach oben, sprang auf den Dachboden und knallte mit dem Kopf gegen einen Deckenbalken.

Er jaulte auf.

»Sie Holzkopp!«, rief Theodora. »Wie wollen Sie mich retten, wenn Sie sich selbst den Schädel brechen? Dabei habe ich Sie bisher für einen ganz vernünftigen jungen Mann gehalten. So kann man sich täuschen.«

Adrian, der nur noch Sternchen sah, hockte sich auf die staubigen Dielenbretter und stöhnte. Er hatte nicht erwartet, dass die Balken hier oben so tief hingen.

Nachdenken wäre hilfreich gewesen.

»Sterben Sie jetzt? Wenn ja, könnten Sie mir vorher vielleicht noch mal vormachen, wie das geht?«

»Frau Gräfin«, sagte er schwach, »haben Sie Erbarmen mit mir.«

»Warum sollte ich? Ich bin hier gefangen, und niemand kommt, um mich zu befreien. Dann stürmen Sie hier herein wie ein Flitzebogen und schlagen sich selbst k.o. Habe ich das verdient? Nein, habe ich nicht! Aber mir bleibt eben nichts erspart.«

Die Sternchen verblassten, und Adrian konnte wieder einigermaßen klar sehen. Den hämmernden Schmerz zwischen seinen Schläfen ignorierte er.

Etwa vier Meter von ihm entfernt, dort wo der Dachboden am höchsten war, lag Gräfin Theodora und sah aus wie … wie … ein im Netz gefangener Fisch?

Was?

»Ich glaube, ich habe einen Dachschaden«, sagte er und schaute genauer hin.

Doch, er hatte sich nicht vertan. Theodora war in einen langen hellblauen Strick gewickelt, der mit etwas Fantasie als Fischernetz durchgehen konnte.

»Dabei ist die Nordsee doch ziemlich weit weg. Und die Ostsee auch.«

»Adrian Sadler! Was reden Sie da für einen Unsinn? Nordsee? Ostsee? Gucken Sie mal aus der Dachluke da vorne, und dann helfen Sie mir endlich hier raus.«

Er rappelte sich auf und tat wie geheißen. In sein Blickfeld gerieten ein Stück von dem schrägen Satteldach, eine Ecke des Gartens und Wald. Viel Wald.

»Alles klar«, sagte er und drehte sich um. »Sie sind kein Fisch, und das hier ist auch kein Netz.«

»Guter Junge. Würden Sie jetzt bitte …«

»Nur was ist es dann? Und warum liegen Sie hier oben herum?«

»Ich liege hier, weil anscheinend meine gesamte Familie weg ist und der einzige Mann im Haus den Schlaf eines Toten schläft.«

»Ich bin doch wach«, erwiderte Adrian.

Sein Schädel brummte immer noch, und er hatte Schwierigkeiten, die Situation richtig einzuschätzen. Ein paar Schrauben in seinem Kopf waren definitiv noch nicht wieder an ihrem angestammten Platz.

Immerhin war er schon so weit wiederhergestellt, um Theodoras Ausweichmanöver zu durchschauen.

»Das erklärt nicht, warum Sie hier oben eingewickelt wie ein Rollmops liegen.« Er machte einen Schritt von der Dachluke weg auf sie zu.

»Den Rollmops werden Sie mir büßen«, knurrte Theodora.

»Ich höre«, sagte er nur und setzte vorsichtig einen Fuß vor den anderen. Die Dielenbretter schwankten einen Moment lang wie Schiffsplanken im Sturm, dann kamen sie zur Ruhe.

»Das Seil taugt nichts. Hätte ich wissen müssen«, erklärte die Gräfin. »Wenn ich den unnützen Schwiegervater meiner Enkeltochter zum Baumarkt schicke, kommt der natürlich mit dem billigsten Teil an. Die letzte Schleuderware! Das Ding ist gleich beim ersten Versuch gerissen, und dann habe ich mich darin vertüdelt. Also, in dem restlichen Seil, das ich nicht gebraucht habe und das hier rumlag. Der brüchige Stuhl von einem unserer vielen Vorfahren war übrigens auch keine große Hilfe.«

Schlagartig wurde Adrian klar, was Theodora vorgehabt hatte. Sein Verstand funktionierte schon wieder besser, und er entdeckte direkt neben der Gräfin einen antiken Stuhl mit zwei gebrochenen Beinen.

»Der muss wirklich morsch sein«, sagte er langsam. »Sie wiegen ja kaum etwas. Vielleicht hätten Sie sich ein paar Gewichte anhängen sollen. Wie die Jockeys beim Pferderennen.«

Er rieb sich über die Stirn. So viel zum funktionierenden Verstand.

»Holzkopp!«, schimpfte die Gräfin wieder. »Wenn ich schwerer gewesen wäre, wäre der Strick noch schneller gerissen, und der Stuhl wäre noch schneller zusammengebrochen. Jetzt besorgen Sie sich endlich eine Schere oder ein Messer und befreien Sie mich. Mit bloßen Händen kriegen Sie mich hier nicht raus, ich bin viel zu fest eingewickelt. Und das bloß, weil ich ein paarmal versucht habe, mich aufzusetzen, und mich dabei hin und her gerollt habe. Außerdem tut meine schlimme Hüfte höllisch weh. Auf die bin ich nämlich draufgefallen.«

»Oh Gott! Ja, natürlich.«

Er sah jetzt, dass ein Teil des Seils ziemlich eng an ihrem Hals anlag. Es war die abgerissene Schlinge, die sich bei Theodoras Befreiungsversuchen irgendwo hinter ihrem Rücken straffgezogen hatte und sich nun fest um ihre Kehle schloss. »Nicht dass Sie noch ersticken.«

»Was? Moment mal. Verschwinden Sie und vergessen Sie mich.«

»Das könnte Ihnen so passen!«

Schon war er an der Falltür und stieg rasch die Leiter hinunter. Er hörte Theodora noch etwas rufen, das er jedoch nicht ganz verstand.

Sollte er sich das Genick brechen, damit er nicht mehr zurückkommen konnte? Oder noch einmal den Kopf stoßen und so lange ohnmächtig bleiben, bis sie da oben das Zeitliche gesegnet hatte?

Adrian beschloss, dass er es nicht so genau wissen wollte. Er mochte die alte Gräfin, aber diese Macke, dass sie unbedingt sterben wollte, musste er ihr schnellstens austreiben.

»Könnte schwierig werden, wenn du das Jagdschloss für

immer verlassen willst«, murmelte er vor sich hin, während er vom zweiten Stock in den ersten und dann weiter ins Parterre rannte.

In der Küche riss er ein paar Schubladen auf, bevor er fand, was er suchte. Ein Messer mit einer scharfen, einseitigen glatten Klinge, mit dem er das Seil an ein paar Stellen durchschneiden konnte, ohne die Gräfin zu verletzen.

Zurück auf dem Dachboden, zog er diesmal rechtzeitig den Kopf ein, was Theodora mit einem enttäuschten Blick quittierte.

Adrian fand, ihre Lippen waren ein klein wenig blau angelaufen, aber er verzichtete darauf, sie darüber zu informieren. Am Ende brachte sie es noch fertig, die Luft anzuhalten, bis sie den ersehnten Erstickungstod herbeigeführt hatte.

»Gehen Sie weg«, sagte Theodora mit kratziger Stimme.

»Erst, wenn ich Sie befreit habe.«

Sie verlegte sich aufs Bitten. »Lassen Sie Gnade walten, lieber Adrian. Ich bin eine alte Frau, die anderen nur noch zur Last fällt.«

»Das ist Blödsinn. Ihre Familie braucht Sie. Merle, Nina und ganz besonders Laura. Ohne Sie wären die drei aufgeschmissen.«

Während er sprach, säbelte er den Strick an ihren Beinen durch und arbeitete sich langsam aufwärts. Schon ließ der Druck auf ihrer Kehle nach, und die bläuliche Farbe verschwand von ihren Lippen. Nur noch eine Stelle am Bauch, am schmalen Brustkorb, und Theodora war wieder frei.

Erstaunlich, dachte Adrian, wie sie es geschafft hat, sich

dermaßen gründlich zu verheddern. Er war nur froh, dass sie bei ihren übrigen Aktivitäten weit weniger erfolgreich war.

Eine Weile schwieg die alte Dame nachdenklich. »Sie irren sich, junger Mann«, sagte sie endlich. »Niemand braucht mich mehr.«

Adrian hätte ihr gern gesagt, wie falsch sie seiner Meinung nach mit dieser Einschätzung lag, und dass sie sich nur ein wenig ändern müsste, um diejenige zu sein, die in der Familie von Bonin alles zusammenhielt.

Er war davon überzeugt, sie könnte es schaffen, denn unter der Maske der lebensmüden, meschuggen Gräfin hatte er in langen Gesprächen einige von den Charakterzügen wiedergefunden, die er an Laura schätzte. Geradlinigkeit zum Beispiel, ebenso die Fähigkeit, Streitigkeiten mit wenigen Worten zu schlichten. Laura besaß echte Führungsqualitäten, gepaart mit einem großen Herzen, das schnell bereit war, anderen ihre Fehler zu verzeihen. Das hatte sie eindeutig von ihrer Großmutter geerbt, und nun, da sie selbst Hilfe brauchte, hätte die alte Gräfin für sie da sein müssen.

Aber wer war er schon, um Theodora die Meinung zu sagen?

Niemand!

Nur ein dahergelaufener Verehrer von Nina, der sich in ihre Schwester verliebt hatte. Ein Vollidiot, der sich lächerlich machte mit seiner Liebe, während ein anderer Mann ihm Laura vor der Nase wegschnappte.

Holzkopp passte auch.

»Nicht grübeln, sondern aufhelfen«, sagte Theodora. »Wenn Sie mich schon unbedingt retten mussten, dann können Sie mich auch wieder nach unten bringen.«

Er tat wie befohlen und half ihr zunächst in eine sitzende Position.

»Tut Ihnen etwas weh?«

»Außer der Hüfte nur meine unsterbliche Seele, die einfach nicht in den Himmel entschwinden darf.«

»Sie hatten Glück, dass Sie sich bei dem Sturz von dem Stuhl nichts gebrochen haben.«

»Das Wort Glück würde ich in diesem Zusammenhang vermeiden.«

Adrian ging nicht darauf ein, sondern fragte: »Wie haben Sie es überhaupt geschafft, hier raufzukommen?«

Theodora wischte sich ein paar weiße Strähnen aus dem Gesicht. »Kleinigkeit. Die Falltür habe ich ganz leicht mit dem Haken aufbekommen und die Klappleiter genauso. Beim Hochsteigen habe ich mir Zeit gelassen. Etwa eine Stunde. Oder zwei. Ich musste ja auch noch das Seil schleppen.«

»Mein Gott!«

»Wenn ich mir etwas vornehme, dann tue ich es auch. Ganz gleich, wie lange ich dafür brauche.«

Zu schade, dass sie diese Energie nicht für ihre Familie nutzt, dachte Adrian.

»Und niemand hat Sie in der Zeit vermisst?«

Die Gräfin stieß ein Schnauben aus. »Nein. Ich sagte doch, ich bin zu nichts mehr nütze.«

»Vielleicht war einfach nur keiner da.«

»Ja, und wo sind die alle ohne mich? Nina? Wahrscheinlich mit dem Auto ihrer Schwester nach Hamburg durchgebrannt, um sich zu amüsieren. Laura? Schätzungsweise doch mit dem schleimigen Martin Spitzer zu diesem albernen romantischen Ausflug unterwegs, obwohl ich ihn heute Mittag weggeschickt habe. Und Merle? Die habe ich den ganzen Tag noch nicht gesehen. Vielleicht feiert sie eine schwarze Party in einem Kohlenkeller. Mich arme alte Frau haben sie alle vergessen. Meine Familie! Pah!«

Adrian hörte nur mit halbem Ohr zu.

Martin Spitzer. Der schon wieder!

Es half ihm kein bisschen, dass die Gräfin den Anwalt auch nicht mochte. Plötzlich wünschte er sich, er hätte das Seil nicht zerschnitten. Vielleicht wäre es noch zu gebrauchen gewesen, etwa für einen fleischigen Männerhals.

Schluss damit!, befahl er sich im Stillen. Er war noch nie der eifersüchtige Typ gewesen.

Na ja. Er war auch noch nie in eine verheiratete, verlassene Frau mit einer unreifen Schwester, einer lebensmüden Großmutter und einer Grufti-Tochter verliebt gewesen.

»Das Seil«, sagte er, weil es noch immer in seinem Kopf herumgeisterte. Gleichzeitig legte er eine Hand auf Theodoras Schulter und drückte sie sanft nieder. Sie wollte nämlich schon aufstehen, während er der Meinung war, dass sie noch einen Moment brauchte, bis ihr Kreislauf wieder in Schwung kam. »Wer, sagten Sie, hat es Ihnen noch gleich besorgt?«

»Wilhelm Hinrichs, der alte Geizkragen.«

Lauras Schwiegervater.

Adrian runzelte die Stirn. Der Mann wusste doch genauso gut wie alle anderen, was Theodora plante. War da nicht eine Art Jagdunfall passiert, an dem Tag, als er zum ersten Mal ins Schloss gekommen war?

Ja, genau. Jetzt fiel es ihm wieder ein. Die alte Gräfin hatte sich in die Schusslinie des Jägers geworfen. Wie konnte der Mann nur auf die Idee kommen, ihr ein Seil zu besorgen?

Bevor er ihr die Frage stellen konnte, sagte Theodora:

»Gott sei Dank ist der alte Wilhelm nicht nur geizig, sondern auch strohdoof. Ich habe ihm erklärt, dass wir damit seine Köter an die Leine legen wollen, die immer wieder bei uns angelaufen kommen.«

»Dann hätte er Ihnen doch ein paar Hundeleinen besorgen können.«

»Ein Seil, das sich mehrfach durchschneiden lässt, ist aber viel billiger als ein halbes Dutzend Leinen. War nicht sonderlich schwer, ihn davon zu überzeugen.«

»Verstehe. Sie sind eine ziemlich gerissene alte Dame, Frau Gräfin.«

Theodora wirkte geschmeichelt.

Er musste daran denken, dass Nina ihm gestern ebenfalls vorgeworfen hatte, geizig zu sein. Die Bemerkung hatte ihn verletzt, aber inzwischen entlockte ihm die Erinnerung nur noch ein schmales Lächeln.

Nina war nicht mehr wichtig.

»Ich bin sogar so gerissen, dass ich Ihnen heute den schleimigen Martin Spitzer vom Hals geschafft habe. Nur wissen Sie die Gunst der Stunde offenbar nicht zu nutzen. Sie verschlafen Ihre Chancen wohl lieber.«

Adrian bemühte sich krampfhaft um einen neutralen Gesichtsausdruck. »Wovon reden Sie da?«

»Kein Grund, gleich nervöse Zuckungen zu bekommen. Ich habe Sie schon lange durchschaut, mein Bester. Sie sind in meine Enkelin verliebt.«

»Nina und ich …«

Theodora hob die Hand. »Verkaufen Sie mich nicht für dumm. Sie lieben Laura, das weiß ich schon lange.«

»Himmel! Sie auch?«

»Wer denn noch?«

»Nina.«

»Interessant«, erwiderte Theodora. »So viel Durchblick hätte ich meiner jüngsten Enkelin gar nicht zugetraut.«

»Glauben Sie, Laura ahnt etwas?«

»Natürlich nicht. Sie ist in dieser Beziehung leider mit Blindheit geschlagen, obwohl sie sich sonst sehr gut mit Menschen auskennt.«

»Was soll ich Ihrer Meinung nach tun?«

Wenn er sich schon lächerlich machte, dann richtig, fand Adrian. Dann fragte er eben eine lebensmüde alte Frau um Rat in Liebesdingen.

»Nicht den ganzen Sonntag verschlafen wäre schon mal ein Anfang.«

»Aber ich habe doch gar keine Chance bei ihr. Laura nimmt mich nicht mal richtig wahr.«

»Herrgott!«, rief Theodora aus. »Zu meiner Zeit waren die jungen Männer aus einem anderen Holz geschnitzt. Wenn Sie so ein Waschlappen sind, dann haben Sie meine Enkelin nicht verdient. So, genug jetzt. Darf ich endlich aufstehen?«

Adrian war froh, dass sie von dem Thema abließ. Er ließ sich nicht gern als Waschlappen bezeichnen. Wer tat das schon. War schlimmer als Holzkopp, fand er.

»In Ordnung«, sagte er, »aber halten Sie sich gut an mir fest.«

Es dauerte eine gute halbe Stunde, bis er die alte Gräfin heil nach unten gebracht hatte.

Schließlich lag sie auf ihrem geliebten roten Sofa und verkündete: »Auf den Schrecken brauche ich dringend was zu trinken.«

»Sie erwarten ja wohl nicht von mir, dass ich die Vitrine einschlage.«

»Doch, genau das tue ich, junger Mann.«

»Nein.«

»Doch.«

»Nein.«

Das wäre vermutlich noch eine Weile so weitergegangen, wenn nicht Merle in den Salon gestürmt wäre.

»Mensch, Adrian! Das war voll daneben, dass du den ganzen Tag gepennt hast. Wir wollten doch eine Radtour machen.«

»Bei der ich mitfahren wollte«, warf Theodora ein.

»Du?«, fragte Merle mit großen Augen.

»Aber deine Uroma hatte dann auf dem Dachboden zu tun«, bemerkte Adrian.

Merle trat näher ans Sofa. »Echt? Mit wem warst du denn da oben?«

»Alleine. Was soll die dumme Frage?«

»Bist du sicher?«

»Wenn ich es dir sage.«

Merle wies auf ihre Urgroßmutter. »Von wem hast du dann die Knutschflecke am Hals?«

»Die … was?«

Adrian musste sich ein Grinsen verkneifen. »Lass gut sein, Merle. Die Gräfin braucht dringend Ruhe. Wollen wir noch eine kleine Tour machen, bevor ich zurückfahre?«

»Wieso musst du überhaupt wieder nach Hamburg? Es sind doch Schulferien.«

»Ja, aber meine zweite Arbeit wartet.«

»Na und? Die Übersetzungen könntest du genauso gut hier machen.«

»Der Meinung bin ich ebenfalls«, erklärte Theodora, während sie eilig den Kragen ihrer altmodischen Bluse hochklappte, damit er die Striemen verdeckte, die das Seil hinterlassen hatte.

Adrian fühlte sich in die Ecke gedrängt, gleichzeitig hätte er am liebsten gesagt: Ja, warum nicht?

Stattdessen wiederholte er seine Frage an Merle.

»Nee, keine Lust mehr«, gab sie zurück. »Ich war mit Mama Eis essen, und jetzt bin ich viel zu voll für Sport.«

Theodora seufzte tief. »Warum hat mich niemand gefragt, ob ich mitkommen möchte?«

»Es gibt kein Eis mit Wacholderschnaps.«

»Jetzt werd mal nicht frech, junges Fräulein!«

Ich wäre auch gern mitgegangen, dachte Adrian, sagte aber natürlich nichts.

Laura rief von draußen nach Merle, kam dann herein und schaute in die Runde. Sie wirkte zum ersten Mal seit Wochen entspannt.

Adrian entdeckte einen winzigen Rest Schokoladeneis auf ihrer Wange. Bezaubernd. Er wünschte, er dürfte es wegwischen … oder sanft fortküssen.

»Uroma hat auf dem Dachboden geknutscht«, informierte Merle ihre Mutter.

»Wie bitte?«

»Habe ich nicht!«, rief Theodora.

»Hat sie nicht«, sagte Adrian.

Er fing Lauras erschrockenen Blick auf und hoffte, sein Lächeln werde sie beruhigen.

»Aber sie hat Knutschflecke«, beharrte Merle.

»Überleg doch mal«, sagte Adrian zu ihr. »Wenn deine Urgroßmutter jemanden küssen wollte, könnte sie das ohne Weiteres auch hier unten im Salon machen.«

»Stimmt. Warst du das?«

»Nein.«

»Vielleicht Opa Hinrichs?«

»Merle, es reicht«, sagte Laura.

»Jetzt weiß ich, was los war«, rief das Mädchen triumphierend aus. »Uroma wollte sich aufhängen. Davon hat sie die roten Flecken.«

Geistesgegenwärtig fing Adrian Laura auf, als sie auf den Afghanen sank. Denselben, auf dem er auch schon gelegen hatte.

14

Laura greift durch

»Geht's wieder?«, fragte Adrian leise und schaute Laura tief in die Augen.

Sie waren von einem dunkleren Blau als Ninas. Wie der Lünebach, wenn sich der strahlende Sommerhimmel darin spiegelte.

Endlich wusste er, warum er bei seinen Besuchen in der Heide so gern an dessen Ufer entlanglief. Er konnte gar nicht mehr aufhören zu gucken.

»Ich bin in Ordnung.«

»Aber du bist furchtbar blass.«

»Es ist okay.«

»Bleib noch einen Moment liegen.«

Merkte sie, dass er einfach zum Du übergegangen war? Bisher hatte er es nie gewagt, aber nun lagen seine Hände an ihren Wangen, und auch ihr Blick ließ den seinen nicht los. Ihn überkam das Gefühl, dass Laura ihn zum ersten Mal, seit sie einander kannten, richtig wahrnahm. Es war ein Wunder.

Oder auch nur die Folge ihrer Ohnmacht. Wahrscheinlich war sie einfach verwirrt.

Plötzlich erinnerte er sich an etwas. Er hatte geschlafen, und sie hatte sich über ihn gebeugt. Ganz ähnlich, wie er sich jetzt über sie beugte. Dann hatte er die Augen aufgeschlagen und sie angeschaut.

Oder?

Hatte er den Moment etwa nur geträumt?

Er konnte es nicht mit Bestimmtheit sagen.

Weil sie nichts mehr erwiderte, hob er sie vorsichtig vom Teppich hoch und machte zwei Schritte auf das Sofa zu.

Ein schneller Blick zu Merle, die sofort verstand. Ohne auf deren Proteste zu achten, zwang sie ihre Urgroßmutter, ihren Lieblingsplatz zu räumen.

Adrian setzte sich hin, mit Laura im Arm, und sorgte dafür, dass sie sich lang ausstreckte, obwohl die Farbe bereits in ihr Gesicht zurückgekehrt war. Ihren Kopf bettete er in seinen Schoß.

»Wirklich, es geht mir gut«, beteuerte sie.

Sie wollte sich aufrichten, doch er hielt sie zurück.

»Warte noch einen Moment. Ich will mir ganz sicher sein, dass du wieder okay bist.«

Endlich gab Laura nach und blieb wo sie war.

Theodora meldete sich zu Wort. »Ein Schnäpschen bringt sie wieder auf Zack. Und mich auch.« Sie saß im Ohrensessel, in dem sie unruhig hin und her rutschte. »Es ist mir unbegreiflich, wie mein lieber Dankward sechzig Jahre lang in diesem Ding sitzen und es auch noch bequem finden konnte. Mir tut schon nach zwei Minuten meine schlimme Hüfte weh.« Sehnsüchtig blickte sie zum Sofa. »Glaub an die Wunderwirkung der Wacholderbeeren, Laura-Schatz. Ein Schluck, und du bist wieder auf den Beinen.«

Adrian schüttelte streng den Kopf. »Auf keinen Fall. Alkohol wäre jetzt gar nicht gut.«

Laura schwieg dazu. Sie schaute ihn weiterhin an, so intensiv, dass ihm heiß wurde.

»Etwas Eis vielleicht«, fügte er hinzu.

»Eis?«, fragte Laura. Ihre Mundwinkel zuckten.

Er hätte schwören können, sie machte sich lustig über ihn.

»Merle!«, rief Theodora. »Wo bist du? Ich will, dass du deiner Mutter den Schlüssel abnimmst und mir die Flasche mit dem Wacholder aus der Vitrine holst.«

Keine Antwort.

Jetzt erst löste Laura den Blickkontakt. Adrian empfand es wie einen Verlust.

»Wo ist Merle?«, fragte Laura. »Sie hat es doch hoffentlich nicht mit der Angst bekommen?«

»Vielleicht musste sie nur mal an die frische Luft«, gab er zurück.

»Meine Urenkelin ist aber auch zu nichts zu gebrauchen«, schimpfte Theodora. »Erst verpfeift sie mich, dann verjagt sie mich von meinem Sofa, und schließlich verschwindet sie sang- und klanglos.«

Laura richtete sich auf.

Adrian fühlte sich seltsam allein, obwohl sie neben ihm sitzen blieb. Sie berührten sich jedoch nicht mehr.

»Du wolltest dich wirklich aufhängen?«, fragte Laura ihre Großmutter.

»Nun ja, ich …«

Lauras Finger begannen zu zittern.

Adrian handelte, ohne nachzudenken, und legte seine Hände auf ihre. Es fühlte sich an, als hätte er einen Vogel eingefangen, der aufgeregt flatterte, um wieder freizukommen.

Dann holte Laura tief Luft, und er konnte spüren, wie sie ruhig wurde. Eine neue Stärke hatte von ihr Besitz ergriffen. Sie mochte das Ergebnis der vergangenen Wochen sein, in denen sie so hart darum gekämpft hatte, ihr Leben wieder in den Griff zu bekommen. Laura, das erkannte Adrian jetzt, hatte sich verändert. Sie war kein Opfer mehr, sondern eine Frau, die nach vorne sah. Dies bedeutete auch, auf andere Art mit jenen Menschen umzugehen, die ihr am Herzen lagen.

»Schluss damit, Oma Theodora«, sagte sie fest. »Noch ein einziger Selbstmordversuch, und ich stecke dich in ein Pflegeheim für geistig verwirrte Menschen.«

»Was erlaubst du dir!«

»Das hätte ich schon längst tun sollen. Du raubst mir noch den letzten Nerv.«

Adrian spürte, wie schwer es Laura fiel, ihrer Großmutter ein solches Ultimatum zu stellen. Sie war von Natur aus weder gemein noch ungerecht. Aber er verstand sie. Die Gräfin ließ ihr keine Wahl.

»Laura-Schatz. Nur weil ich Gevatter Tod …«

»Basta!«, befahl sie. »Ich warne dich zum ersten und letzten Mal. Noch ein einziger Vorfall, und du verlässt für immer dieses Schloss.«

»Das wagst du nicht.«

»Lassen wir es darauf ankommen.«

»Dies ist mein Zuhause«, empörte sich Theodora. »Hier habe ich mit meinem Dankward gelebt. Hier habe ich meinen Sohn großgezogen und später dich und deine Schwester aufgenommen. Hier …«

Laura ließ sie nicht ausreden. »Wenn dir wirklich so viel daran liegt, hier zu leben, dann musst du ja nicht so eilig sterben.«

Wie ertappt zog die alte Gräfin den Kopf ein. Sie schwieg eine Weile, während ihre Enkelin sie unerbittlich anstarrte.

Adrian hätte sich gern eingebildet, dass er es war, der

Laura die Kraft vermittelte, so zu reden. Er ahnte jedoch, sie war es ganz allein. Dann bemerkte er, wie sie den Rücken durchdrückte und wie ihre Hände sich unter seinen zu Fäusten ballten.

In der nächsten Sekunde stand Laura auf, ging zum Ohrensessel hinüber und beugte sich tief über ihre Großmutter. »Hast du verstanden, was ich da gerade gesagt habe?«

Auf einmal sorgte Adrian sich um die Gräfin. Diesmal war *sie* ganz bleich geworden.

Gleich trifft sie der Schlag, dachte er. Was sie sicherlich begrüßen würde.

»Ich bin zwar alt, aber nicht taub«, entgegnete Theodora scharf.

»Gut, dann sind wir uns ja einig. Du benimmst dich ab sofort normal.«

»Normal«, wiederholte die Gräfin leise und offensichtlich ratlos. »Ich bin mir nicht ganz sicher, ob ich weiß, wie das geht.«

»Oma Theodora, bitte.« Lauras Tonfall hatte sich verändert, genau wie ihre Haltung. Als hätte ihr Aufbegehren sie erschöpft, sprach sie jetzt flehentlich, wich einen Schritt zurück und legte den Kopf schief. »Ich halte das nicht mehr aus. Ich kann nicht allein gegen alle kämpfen. Es ist zu schwer.«

»Also gut, ich überlege es mir.«

»Das reicht mir nicht. Du musst es mir versprechen.«

»Ja doch, Kind, ich verspreche es dir.«

»Danke.«

Adrian fing den Blick der alten Gräfin auf.

Vielleicht sind Sie ja doch kein Holzkopp, schien sie ihm stumm zu sagen. Vielleicht hatten Sie recht. Meine Familie braucht mich. Laura mit Sicherheit, und was mit den anderen ist, werden wir sehen. Vorerst bleibe ich jedenfalls schön lebendig.

Vielleicht bildete er sich alles auch nur ein, aber er war sich ziemlich sicher, dass er sie richtig verstanden hatte.

»Sehr lobenswert«, sagte er.

Laura drehte sich zu ihm um. »Was denn?«

»Ach, nichts.« Er stand ebenfalls auf. »Ich denke, ich sollte mich langsam verabschieden. Es ist höchste Zeit, nach Hause zu fahren.«

Doch bevor er gehen konnte, war Merle wieder da.

»Ich habe etwas gefunden«, sagte sie. »Oder vielmehr jemanden.«

Erst nach zwei Sekunden bemerkte sie, dass ihre Mutter wieder auf den Beinen war.

»Alles fit?«, fragte sie.

Laura nickte und setzte sich auf die Armlehne des Ohrensessels. Dann legte sie Theodora einen Arm um die hageren Schultern, obwohl diese versuchte, ihn abzuschütteln.

»Cool«, meinte Merle. »Ihr habt euch lieb, und Adrian ist der Held des Tages. War Mama nicht ein bisschen zu schwer für dich?«

Er hob die Brauen. Anscheinend zürnte ihm Merle immer noch wegen der verpatzten Radtour und rächte sich nun auf diese Weise.

Kurz schaute er zu Laura hinüber. Eine feine Röte überzog ihre Wangen, und sie senkte rasch die Lider.

Nein!, hätte er gerne zu Merle gesagt. Nein, deine Mutter war ganz leicht in meinen Armen, und ich hätte sie am liebsten nie wieder losgelassen.

Stattdessen erwiderte er: »Du bist ganz schön frech.«

Sie grinste nur.

Theodora, die ihre neue Rolle als Lauras Beschützerin offenbar ernst nahm, mischte sich ein. »Was hast du denn draußen gefunden?«

»Wen, nicht was.«

»Also wen?«

»Den da.« Sie pfiff durch die Zähne. Ein Junge kam herein und stellte sich neben sie.

»Er behauptet, er kennt dich, Adrian.«

Der schlaksige Besucher besaß dichtes, wuscheliges Haar und sanfte braune Augen. Merle tat, als sei sie vollkommen unbeeindruckt. Nur Adrian bemerkte, wie sie ihn heimlich von der Seite anschmachtete.

»Aber ich schätze mal«, fuhr Merle fort, »er will bloß das Schloss auskundschaften und heute Nacht mit seiner Bande wiederkommen.«

»Mit welcher Bande?«, erkundigte sich Theodora interessiert.

»Na, mit seiner Diebesbande.«

»Hören Sie mal, junger Mann«, wandte sich die Gräfin persönlich an den Neuankömmling. »Sie wollen uns ausrauben? Pfui!«

»Aber ich …«

»Bei uns gibt es sowieso nicht viel zu holen«, tröstete ihn Merle. »Es sei denn, ihr seid irgendwie krass drauf und wollt euch ein paar Geweihe an die Wand hängen. Auf eins davon hat mein Opa neulich erst geschossen. Das war, als meine Uroma mit dem Ding auf dem Kopf durch den Wald gehüpft ist.«

»Hä?«, machte der Junge. Dann wandte er sich an Adrian. »Boah! Ich wollt's echt nicht glauben, aber es stimmt, was Mama sagt. Die sind alle bekloppt hier draußen. Ich soll dich retten.«

»Chris«, sagte Adrian und bemühte sich um Gelassenheit. »Was machst du denn hier?«

Nicht die intelligenteste Frage, zugegeben, aber für ein paar Sekunden war er aufs Äußerste verwirrt. Nur langsam erholte er sich von der Überraschung.

Sein Neffe hob die Arme und setzte eine unschuldige Miene auf. »Dich retten, hab ich doch schon gesagt. Mama macht sich Sorgen.«

Typisch, dachte Adrian. Seine ältere Schwester Marianne konnte es nicht lassen. Er musste sich schwer beherrschen, um seinen Ärger nicht an dem Jungen auszulassen.

»Und du bist ganz allein hierhergefahren?«

Chris grinste breit. »Ja, Onkel Adrian. Stell dir vor, ich bin sechzehn und weiß schon, wie man in einen Zug steigt und nach Lüneburg fährt. Bloß hat mir keiner gesagt, dass die Busse am Sonntag nur einmal alle drei Stunden in dieses Kaff hier fahren. Das ist voll öde.«

Merle giggelte vor sich hin. »Okay«, sagte sie dann, »das mit dem Einbrecher nehme ich zurück. Ihr könnt schlecht eine Ladung Geweihe mit Bus und Bahn transportieren.«

Chris rückte einen guten Meter von ihr ab. »Du bist ja komplett irre!«

Adrian war mit seinem Neffen nicht immer einer Meinung, aber diesmal konnte er ihn gut verstehen.

Dieses schwarz gekleidete Mädchen mit dem weiß angemalten Antlitz, das noch dazu seltsame Sachen von sich gab, konnte bei der ersten Begegnung durchaus bizarr wirken.

Er selbst mochte Merle inzwischen sehr gern, aber als Lehrer war er es natürlich gewohnt, mit Jugendlichen in den verschiedenen Phasen der Pubertät umzugehen. Möglicherweise hatte seine Zuneigung auch mit seinen Gefühlen für Laura zu tun.

Aber nicht nur.

Im Grunde war Merle sehr liebenswert. Jedenfalls wenn sie nicht gerade schlechte Laune hatte, was bei ihr ziemlich oft vorkam.

Er hatte den Gedanken gerade zu Ende gedacht, als Merle mit dem Fuß ausholte und Chris gegen das Schienbein trat. Da sie auch im Sommer ihre übliche Grufti-Kluft mit den schwarzen Stiefeln trug, war es eine äußerst schmerzhafte Angelegenheit.

Chris jedenfalls, ein zäher und sportlicher Junge, schrie vor Schmerz auf und hüpfte auf einem Bein durch den Salon. Dabei stolperte er über die Teppichkante und landete der Länge nach auf dem Afghanen.

Dieses Ding schon wieder, dachte Adrian. Der Teppich schien über magische Anziehungskräfte zu verfügen.

Merle kreischte vor Lachen, Laura kicherte, blickte jedoch schuldbewusst in die andere Richtung, die alte Gräfin schaute mehrmals zwischen dem am Boden liegenden Jungen und ihrer Urenkelin hin und her.

»Das mit dem Kaff nehmen Sie sofort zurück«, sagte sie streng.

»Sorry«, stöhnte Chris und setzte sich auf. »Können wir jetzt fahren, Onkel Adrian?«

»Gleich«, versprach er.

Merle wirkte enttäuscht. Kaum hatte sie ihre Aggressionen wieder unter Kontrolle, verschlang sie Chris geradezu mit Blicken. Der reagierte erst verstört, wirkte dann aber ganz geschmeichelt. Daraufhin huschte ein Strahlen über Merles Gesicht. Es ließ ahnen, was für ein hübsches Mädchen sich unter der dicken Schminkschicht verbarg.

Adrian sah es, und Theodora sah es auch. Sie zwinkerten einander zu.

»Ich hole etwas Eis für dein Schienbein«, sagte Laura und stand von der Sessellehne auf.

Adrian folgte ihr in die Küche.

»Tut mir leid, das Ganze ist mir höchst unangenehm«, beteuerte er.

»Muss es nicht«, gab sie gelassen zurück, drehte ihm den Rücken zu und holte eine Schale mit Eiswürfeln aus dem Tiefkühlfach. »Auf Außenstehende wirkt meine Familie eben seltsam.«

»Meine Schwester kann jedenfalls was erleben«, schimpfte Adrian. »Schickt mir einfach den Jungen hinterher.«

Laura breitete ein Küchenhandtuch auf dem Tisch aus, ließ die Eiswürfel hineingleiten und band das Handtuch sorgfältig zu. »Das wird helfen.«

»Warte.« Adrian hielt es keine Sekunde länger aus. Er fasste sie bei den Schultern, drehte sie zu sich um und schaute erneut tief in ihre kobaltblauen Augen. »Ich ... muss dir etwas gestehen.«

»Tu es nicht«, bat sie leise.

Aber er hörte nicht zu.

»Laura ...«

»Sei still!«

So kam er nicht weiter.

Vielleicht brauchte sie mehr Zeit?

Adrian war bereit, sie ihr zu geben. So viel sie nur wollte. Hauptsache, sie schaute ihn hin und wieder so an wie vorhin. Warm, liebevoll. Nicht abwehrend und kühl wie jetzt.

Aber eines, eines musste er wenigstens wissen.

»Bitte versprich mir, dass du nichts mit Martin Spitzer anfangen wirst«, sagte er.

Das Handtuch mit den Eiswürfeln in ihrer Hand gab

leise knirschende Geräusche von sich. Oder waren es ihre Zähne?

War sie etwa wütend auf ihn? So wütend, dass sie die Zähne zusammenbeißen musste?

Nein, versuchte er sich selbst zu beruhigen. Er hatte doch nur eine harmlose Bitte ausgesprochen. Daran war sicher nichts Schlimmes.

»Wie bitte?« Es kam sehr leise und unnatürlich ruhig.

»Ich finde … ähm … Der ist irgendwie zu groß und zu breit für dich.« Adrian hätte sich selbst k.o. schlagen können, so idiotisch hatte er sich ausgedrückt.

»Verschwinde«, sagte sie.

»Aber …«

Mist! Sie war doch wütend. Und wie.

»Oder warte, beantworte mir eine Frage.«

»Ja?«

»Wie kommt es, dass Kerle wie Martin Spitzer und du glauben, ich sei Freiwild, bloß weil mein Mann mich verlassen hat?«

Es waren die Zähne gewesen. Definitiv.

Jetzt hörte er es wieder.

Oh Mann!

Gräfin Theodora hat recht, dachte er. Ich bin ein Holzkopp. Statt mich wie ein erwachsener Mann zu benehmen, falle ich einfach so mit der Tür ins Haus.

»Du verstehst das völlig falsch, Laura. Ich meine etwas ganz anderes.«

»Das ist mir egal.«

Ihr Blick flackerte für einen kurzen Moment, und er schöpfte Hoffnung. Aber dann funkelte sie ihn wieder wütend an.

»Ich will, dass du gehst. Sofort.«

»Bist du dir sicher?«, fragte er und hörte selbst, wie dumm das klang.

»Absolut.«

Es brach ihm das Herz.

Ihm blieb nichts anderes übrig, als Chris einzusammeln und zu verschwinden.

Je länger die Fahrt nach Hamburg dauerte, desto zorniger wurde Adrian. Er schwor sich, nie wieder auch nur einen Fuß in dieses Schloss zu setzen.

III

15

Wie das duftet!

An einem strahlenden Samstagvormittag Mitte August stand Laura in der Küche und rührte in einer Pilzrahmsuppe. Ein Junge aus dem Ort hatte ihr einen großen Korb mit frischen Pfifferlingen gebracht. Laura hatte anstandslos einen bescheidenen Betrag dafür gezahlt, obwohl die Pilze mit Sicherheit aus ihrem eigenen Wald stammten. Nur dort wuchsen sie jetzt so reichlich, das wusste sie aus langjähriger Erfahrung.

Doch niemand aus ihrer Familie hatte dieses Jahr Zeit oder Lust, in die Pilze zu gehen. Daher war es in Ordnung, wenn die Leute aus Lünetal sich an den Schätzen der Natur bedienten.

»Aber nächstes Mal fragst du vorher«, hatte sie dem Jungen mit auf den Weg gegeben. »Besonders wenn bald die Steinpilze reif sind.«

Der eifrige Sammler war mit einem Satz aus der Küche in den Garten gesprungen und so schnell verschwunden, dass Laura laut gelacht hatte.

Jetzt ließ sie die Suppe auf dem Kachelherd sanft vor sich hin köcheln, nahm einen Salatkopf und zerrupfte ihn unter fließend kaltem Wasser. Anschließend viertelte sie Tomaten, schnitt zwei Gurken klein und richtete alle Zutaten in einer großen hölzernen Schüssel an. Auf einem

Schneidebrett wartete ein pfundschwerer Laib ofenwarmes Roggenbrot darauf, in Scheiben geschnitten zu werden.

»Hmmm, lecker!«

Nina kam schnuppernd herein, nahm sich einen Löffel und tauchte ihn in die Suppe. Dann pustete sie, schlürfte und schnitt eine verzückte Grimasse.

»Köstlich. Zu dumm, dass ich nicht zum Mittagessen bleiben kann.«

Laura hob nur kurz die Schultern und zerhackte frischen Schnittlauch, den sie kurz vor Ende der Garzeit in den Topf geben wollte. »Vergiss nicht, mir Benzingeld hinzulegen«, sagte sie freundlich.

Sie war inzwischen daran gewöhnt, dass Nina sich nur noch selten im Schloss aufhielt. Dass ihr Auto genauso selten da war und wenn, dann nur mit leerem Tank, gefiel ihr allerdings weniger.

Nina wickelte sich eine Locke um den Finger und grinste schuldbewusst. »Sorry, große Schwester, aber heute geht es leider nicht. Ich bin momentan ein bisschen knapp bei Kasse.«

»Welch Neuigkeit.«

»Nun sei nicht so. Ich habe dir doch gesagt, dass ich Aussichten auf einen Job in Hamburg habe. Nachher ist das Vorstellungsgespräch.«

»An einem Samstag?«

»Ja, klar. Ist doch ein Restaurant. Vornehme Hütte, direkt an der Alster. Wenn die mich nehmen, bekomme ich ein ziemlich gutes Grundgehalt und dazu massenhaft Trinkgelder. Dann habe ich bald genug gespart, um nach London zu gehen.«

Sie drückte Laura einen schnellen Kuss auf die Wange, schnappte sich die Autoschlüssel vom Küchentisch und verschwand ebenfalls durch die Hintertür, genau wie vorhin der kleine Pilzsammler.

Laura wusste, Nina schlich lieber durch den Garten zum Parkplatz, um bloß nicht Großmutter Theodora zu begegnen. Die war auf ihre jüngste Enkelin seit einiger Zeit nämlich nicht gut zu sprechen. Ähnlich wie früher Ralf, erklärte sie Laura bei jeder Gelegenheit, sie lasse sich von Nina ausnutzen.

»Höchste Zeit, dass die Deern erwachsen wird. Die läuft ja bloß noch irgendwelchen Hirngespinsten nach. London? Pah! Als ob die Stadt auf sie warten würde.«

Ja, dachte Laura. Ja, ja!

Sie war derselben Meinung, bloß war es schwer, mit Nina ernsthaft zu reden. Praktisch unmöglich.

Mit Worten konnte ihre kleine Schwester nämlich zehnmal besser umgehen als sie selbst. Immer stand ein Job in Aussicht, immer winkte eine leuchtende Zukunft. Zweieinhalb Monate war es jetzt her, dass Nina auf Schloss Bonin untergekrochen war. Seitdem hatte sie mindestens ein halbes Dutzend Vorstellungsgespräche absolviert.

Leider erfolglos.

Laura wusste nicht mehr weiter. Sie liebte Nina und hatte sie gern um sich. Ihre Schwester brachte eine gewisse Leichtigkeit ins Schloss, ein Gefühl von Freiheit und Abenteuer. Als sei alles möglich im Leben, wenn man es nur nicht zu ernst nahm.

Allerdings hatte diese Einstellung mit der Realität nur wenig zu tun, und Laura wünschte ihr, sie möge bald ihren Platz in der Welt finden.

Wie ihre Schwester zu ihr stand, begriff sie auch nicht so ganz. Eine Zeit lang hatte es ausgesehen, als sei Nina sauer auf sie, aber das schien sich gelegt zu haben. Wenn

Laura doch mal vorsichtig nachfragte, was eigentlich los war, schwieg Nina sich aus.

Schon seltsam, überlegte sie jetzt. Ich habe ihr doch nichts getan?

Wenn sie sich recht erinnerte, hatte die Nina-hasst-Laura-Phase am ersten Juliwochenende begonnen und sich bis ungefähr Mitte des Monats hingezogen. Es musste einen Streit zwischen Nina und Adrian gegeben haben, so viel war Laura klar, aber das hatte doch nichts mit ihr zu tun, oder?

»Nein!«, sagte sie laut.

Allein die Vorstellung, Nina könnte eifersüchtig auf ihre große Schwester sein, war lächerlich. Außerdem war gar nichts zwischen Adrian und ihr.

Absolut nichts!

Vielleicht, so überlegte sie weiter, ging es Nina gar nicht um Adrian. Ihre kleine Schwester konnte schlicht nicht damit umgehen, an zweiter Stelle zu kommen, so unsinnig das auch sein mochte.

Früher hätte Laura mit Ralf über solche Dinge geredet, obwohl er keine hohe Meinung von Nina hatte. Heute dagegen machte sie es mit sich selbst aus. Ihr Mann war weit weg.

Oft, wenn ihre Gedanken bei Ralf hängen blieben, hielt Laura in dem, was sie gerade tat, inne, und horchte in sich hinein. So auch jetzt.

Mehr als zwei Monate war er nun schon fort, und sein Bild verblasste zunehmend. Aus anfänglicher Verzweiflung war bei Laura bald Zorn geworden. Inzwischen fragte sie sich, ob sie überhaupt noch etwas für ihn empfand, und das machte ihr Angst. Es konnte doch nicht sein, dass sie siebzehn gemeinsame Jahre so einfach aus ihrem Herzen löschte? Sie hatte Ralf doch geliebt! Stellte sie nicht ihr gesamtes Leben als Erwachsene in Frage, wenn sie sich jetzt so leicht von ihm löste?

Zugleich genoss sie den süßen Geschmack der Freiheit, und das machte sie froh. Und stark.

»Die ersten Pfifferlinge!«

Theodora kam herein, auch sie angelockt von dem kräftigen Duft. Der hatte inzwischen wohl den Salon erreicht, wo sie auf ihrem Lieblingssofa geruht hatte. Beinahe leichtfüßig durchquerte sie die Küche und setzte sich auf einen Stuhl. Seit sie nicht mehr durch den Wald lief oder auf den Dachboden stieg, brauchte sie den Rollator nur noch selten.

Laura schmunzelte. Es tat ihrer Großmutter gut, dass sie nicht mehr lebensmüde war. Sie wirkte wie neugeboren. So ganz traute sie dem Frieden zwar noch nicht, aber bisher hatte sich die Gräfin an ihr Versprechen gehalten. Manchmal beschlich Laura der Verdacht, dass sie es nicht allein gewesen war, die Theodora von dem selbstzerstörerischen Verhalten abgebracht hatte. Es kam ihr einfach zu unwahrscheinlich vor.

Irgendjemand musste ebenfalls auf sie eingewirkt haben.

Aber wer?

Adrian etwa?

Sie wusste noch genau, wie gern er bei der Gräfin gewesen war, sofern sie ihn mit ihrem Schnaps verschonte.

Plötzlich musste Laura schlucken, so trocken war ihr Hals. Es tat ihr nicht gut, an Adrian Sadler zu denken. Vor allem nicht so häufig. Es konnte dann nämlich passieren, dass sie ihn vor sich sah, lebensecht. Und dann wollte sie ihn berühren, dann wollte sie ihn küssen, ihn umarmen und ihm sagen, wie leid ihr alles tue. Wie dumm sie gewesen sei. Wie sehr sie sich nach ihm sehnte.

Aber das war natürlich ausgeschlossen.

Adrian hatte sie damals überfallen mit seinen Gefühlen. Es war zu früh gewesen, viel zu früh. Er war zu ungeduldig gewesen.

Was hatte er denn erwartet? Dass sie vor ihm auf die Knie fallen würde, dankbar, weil er sich ihrer erbarmte? Glücklich, weil überhaupt jemand bereit war, sich mit ihr abzugeben? Wen glaubte er denn, mit dieser Mitleidsnummer überzeugen zu können?

Vielleicht hatte er ja auch gedacht, wenn er die eine Schwester nicht haben konnte, dann nahm er eben die andere. Selbst wenn sie weniger schön, weniger jung und weniger lebensfroh war.

So oder so. Ein Mann mit ein wenig Einfühlungsvermögen hätte doch erkennen müssen, dass sie Zeit brauchte.

Ein Mann wie Martin zum Beispiel.

Nachdem sie dem Anwalt deutlich ihre Grenzen aufgezeigt hatte, überschritt er sie nie mehr. Zwar kam er nach wie vor regelmäßig zu Besuch, doch er drängte sie zu nichts, entführte sie nur manchmal für eine Stunde oder zwei auf einen Ausflug. In seiner Gesellschaft fühlte sie sich wohl und entspannt. Sie konnte mit ihm reden, mit ihm lachen oder auch nur einvernehmlich schweigen. Er nahm sich keine Frechheiten heraus, er war einfach da, wie ein guter Freund.

Genau das ist dein Problem, flüsterte eine Stimme in ihrem Innern. Es war diese leise Stimme, die sie schon ein paar Mal gehört hatte, seit sie Adrian kannte. *Martin ist für dich nichts weiter als ein Freund*, sagte sie, *aber nach Adrian verzehrst du dich.*

»Ich verzehre mich nach niemandem«, sagte Laura, ohne es zu bemerken.

»Fein«, erwiderte Theodora. »Können wir trotzdem bald essen? Ich sterbe vor Hunger.«

Laura grinste schief. »Entschuldigung, ich habe nur laut gedacht.«

»Das war mir schon bewusst.«

Ihr Hals war immer noch trocken. Sie ließ sich ein Glas Wasser einlaufen und trank es in wenigen Zügen aus. Martin ist echt in Ordnung, überlegte sie wieder. Außerdem ist er ganz sicher nicht hinter dem Schloss und den Ländereien her, wie Großmutter immer behauptet. So gut glaubte sie ihn inzwischen zu kennen. Martin war einfach nett, und er bemühte sich um sie.

Ziemlich dick ist er auch, flüsterte die Stimme, *und riesengroß.*

Laura wischte sie beiseite.

»Wo ist übrigens deine unnütze Schwester?«, fragte Theodora. »Wird sie dir heute mal mit den Gästezimmern helfen?«

»Eher nicht. Sie fährt gerade weg. Außerdem bin ich damit längst fertig.«

»Dieses faule Stück«, ereiferte sich Theodora. »Anstatt sich in Hamburg rumzutreiben, sollte sie dir mehr zur Seite stehen. Sie gibt dein Geld aus und rührt keinen Finger. Nina saugt dich aus wie ein Parasit.«

»Das hast du jetzt aber nicht nett gesagt, Omilein.« Nina kam durch den Garten herein und drohte ihrer Großmutter spielerisch mit dem Zeigefinger. »Ich bin eine liebenswerte junge Frau, die hart an ihrer Zukunft arbeitet.«

»Soso.«

»Fährst du doch nicht weg?«, fragte Laura.

»Schon. Hab bloß was vergessen. Ist mein grünes Top gebügelt?«

Laura nickte nur.

Theodora schimpfte leise vor sich hin, während Nina nach oben flitzte und gleich darauf noch einmal hereinschaute, um tschüss zu sagen.

»Lässt sich von vorn bis hinten bedienen, die feine Dame. Der Parasit.«

Nina war kein Stück beleidigt, sondern warf den beiden eine Kusshand zu. »Bis morgen, spätestens übermorgen. Carpe diem!«

»Karpfen was?«, fragte Theodora, als draußen der Motor von Lauras Wagen laut aufheulte.

»Ist nur so ein Sprichwort«, erklärte sie und gab sich alle Mühe, ernst zu bleiben.

»Und was soll das heißen?«

»Nutze den Tag.«

Theodora tippte sich gegen die Schläfe. »So einen Unsinn habe ich ja noch nie gehört. Aber genug von Nina. Wo sind die Gäste? Ich habe den ganzen Vormittag niemanden gefunden, der mir die Zeit vertreibt. Einsam und verlassen sitze ich auf meinem Sofa und warte darauf, dass die Stunden vorübergehen.« Es war wohl ironisch gemeint, doch es klang traurig.

»Ist dir so langweilig, seit du keine Selbstmordpläne mehr schmiedest?«

»Wohl wahr.«

»Merle könnte dir Gesellschaft leisten.«

»Meine Urenkelin hat Besseres zu tun.«

»Was denn?«

»Zum Beispiel ist sie damit beschäftigt, sich in ein normales Mädchen zurückzuverwandeln.«

Laura nickte. »Stimmt.«

Sie hätte sich gern eingebildet, dies sei ihr Verdienst, immerhin kam sie mit ihrer Tochter immer besser aus. Wahrscheinlicher war jedoch die Erklärung, dass ein Junge im Spiel war. Hoffentlich nicht Adrians Neffe, dachte sie. Diese Familie bringt uns kein Glück. Augenblicklich machte sie sich neue Sorgen um Merle. Die paar Male, als die beiden Teenager zusammengetroffen waren, hatte Laura das Knistern zwischen den beiden deutlich wahrgenommen.

Sie beschloss, bei nächster Gelegenheit mit ihrer Tochter zu sprechen. Innerlich seufzte sie. Ziemlich viel Redebedarf in dieser Familie.

Es hörte eben nie auf. Auf die eine oder andere Weise wurde Laura von allen gebraucht, selbst wenn diejenigen es nicht wahrhaben wollten. Nina nicht und Merle schon gar nicht. Und Oma Theodora?

Sie musterte ihre Großmutter. Die alte Gräfin gab sich neuerdings wirklich sehr vernünftig, doch hinter der Fassade entdeckte Laura manchmal eine sehr einsame Frau.

Ich werde mir mehr Zeit für sie nehmen, versprach sie im Stillen und schickte dem ersten einen zweiten stummen Seufzer hinterher.

»Also?«, hakte Theodora nach. »Wo sind die Gäste?«

Laura lehnte sich gegen die Küchenspüle. »Allesamt unterwegs.«

Schloss Bonin war derzeit voll belegt, doch nur das ältere Paar aus dem Rosenzimmer war hier, um sich tatsächlich scheiden zu lassen. Sabine und Robert Witt zeigten sich immun gegen den Charme des Hotels und seiner Managerin.

Die anderen Gäste waren zur Heideblüte hergekommen und erinnerten sich mit einem leisen Schaudern daran, wie es gewesen war, als sie noch auf Schloss Bonin genächtigt hatten, um sich für immer zu trennen.

Bettina und Oliver Thomsen zum Beispiel wurden nicht

müde, den anderen zu erzählen, wie versteinert sie gewesen waren, als sie für ihre Scheidung nach Lünetal gekommen waren.

»Ja, versteinert«, hatte Bettina gestern erst betont und Laura zugezwinkert, die gerade eine frische Kanne Kaffee gebracht hatte. »Aber unsere sympathische Wirtin, das wunderschöne Schloss und die zauberhafte Landschaft haben unsere Seelen wieder weich gemacht.«

Bei den anderen beiden Paaren war sie damit auf offene Ohren gestoßen, aber die Witts verließen in so einem Moment den gemeinsamen Frühstückstisch im Garten und zogen, jeder für sich alleine, von dannen.

Es war eben nicht allen zu helfen. Dennoch war Laura froh, wie sich die Dinge entwickelten. Die Zeit des leerstehenden Hotels war vorbei, und ihre Energie kehrte jeden Tag ein bisschen mehr zurück. Finanziell hatte sie die schwachen Wochen dank ihrer bescheidenen Rücklagen und auch dank Ralfs großzügiger Unterstützung überstanden.

An Ralf dachte sie nur noch selten. Und wenn doch, dann fühlte sie keinen scharfen Schmerz mehr wie in den Tagen und Wochen nach seinem Verschwinden. Lediglich ein unangenehmes Ziehen. So als wäre in ihrem Innern noch etwas unerledigt. Vorher, so glaubte sie, würde sie keinen Frieden finden.

»Die Thomsens wollen vielleicht zum Mittagessen wieder da sein«, informierte sie ihre Großmutter und setzte sich zu ihr an den Küchentisch.

»Gut, dann besteht für mich arme alte Frau ja noch Hoffnung.« Wieder lag Spott in ihrer Stimme, wieder klang es falsch.

Laura lächelte. »Ich werde im Garten eindecken. Es ist

so ein schöner Tag. Schau nur, wie grün alles ist. Und der Himmel so blau, und …«

»Laura?«, erkundigte sich Theodora spitz. »Ist alles in Ordnung mit dir?«

»Ja, warum?«

»Der Garten ist immer grün, und der Himmel ist schon seit einer Woche blau. Seit dem letzten Regen, um genau zu sein. Warst du etwa eine Weile farbenblind?«

Laura schwieg, dann schaute sie noch einmal nach draußen und begriff, was geschehen war. Nichts um sie herum war noch grau, schon seit geraumer Zeit nicht mehr, aber erst jetzt fiel es ihr auf. Dann blickte sie auf ihre Hände. Sie lagen locker und entspannt auf der Tischplatte. Keine Spur mehr von einem Zittern.

Ich heile, dachte sie. Ich heile mich selbst. Ihr Lächeln wurde tief und weit.

»Manchmal kann man die Schönheit der Farben gar nicht genug bewundern.«

Theodora ließ sie nicht aus den Augen. »Bist du etwa verliebt? Doch hoffentlich nicht in diesen Erbschleicher-Anwalt?«

»He, Martin ist ein anständiger Mann«, gab Laura scharf zurück.

Etwas in ihrem Tonfall schien Theodora zu entspannen. »Gott sei Dank, du liebst ihn nicht.«

»Omilein!«

»Was denn? Ich stelle nur Tatsachen fest.«

»Und ich finde es unheimlich, wie du hier über mein Gefühlsleben entscheidest.«

Jetzt war es Theodora, die lächelte und dabei das Gesicht in unzählige Falten legte. »Ich kümmere mich eben um dich.«

»Seit wann?«

»Seit …« Die alte Gräfin brach ab und wurde wieder ernst. »Aber so langsam glaube ich, du brauchst mich nicht mehr«, fügte sie nach einem Moment des Schweigens hinzu.

»Wie meinst du das? Du willst doch nicht etwa …«

»Was? In die Grube fahren? Nein, keine Sorge. Das habe ich dir doch versprochen. Aber vielleicht wirklich irgendwo hinfahren, ich meine, auf dieser schönen Welt. Das wäre nett. Nur wohin? Und mit wem?« Sie verfiel erneut in Schweigen.

Gute Idee, dachte Laura. Ein Tapetenwechsel würde Großmutter bestimmt guttun.

»Nun denn«, meinte Theodora schließlich. »Dazu wird mir schon noch das Richtige einfallen. Aber jetzt hör mir mal gut zu, Laura-Schatz. Ich muss dir etwas beichten. Hätte ich fast vergessen.«

Augenblicklich war Laura auf das Höchste alarmiert.

16

Mordgelüste

Vor ihr auf dem Küchentisch lagen ein großes Brotmesser und ein Nudelholz. Laura überlegte angestrengt, welches von beiden sich besser als Mordwaffe eignete. Dann faltete sie die Hände und verschränkte die Finger ineinander, aus Angst, sie könnte wirklich gleich zustechen oder zuschlagen.

»Sag, dass es nicht wahr ist.«

Theodora zog den Kopf ein wie eine hundertjährige Schildkröte. Wahrscheinlich bedauerte sie, dass sie sich nicht ganz in einen Panzer verkriechen konnte.

»Was ist denn so schlimm daran?«

»Alles!«

»Kind, du übertreibst.«

»Von diesen Leuten geht nichts Gutes aus.«

»Jetzt redest du Unsinn.«

»Tu ich das?« Ihr Blick glitt wieder zwischen Nudelholz und Brotmesser hin und her.

Theodoras Kopf hob sich ein paar Zentimeter über ihre schmalen Schultern. »Natürlich. Es geht doch lediglich darum, einen netten Jungen für eine Woche unterzubringen.«

»Dieser Junge ist zufällig der Neffe von Adrian Sadler, und der …« Sie brach ab, wusste nicht weiter.

»Ja?«

»Ach, nichts. Du hättest das nicht alleine entscheiden dürfen.«

»Aber der liebe Adrian hat mich um Hilfe gebeten, und ich kann ihm nichts abschlagen. Er ist so ein reizender junger Mann.«

»Wann hat er überhaupt angerufen?«

»Gestern Nachmittag. Da warst du mit dem Erbschleicher im Dorf einen Kaffee trinken.«

»Nenn ihn nicht so.«

»Wen, den Erbschleicher?«

»Oma Theodora!«

Die Gräfin hatte den Kopf schon wieder stolz erhoben. »Ach, ist jetzt nicht so wichtig. Ich habe es Adrian versprochen, und ich halte grundsätzlich meine Versprechen. Stimmt's?«

Laura nickte schwach.

»Außerdem habe ich es gar nicht allein entschieden. Nina war zufällig da und hat alles mit angehört. Sie ist auch dafür.«

»Nina …«

In ihrem Innern herrschte Gefühlschaos. Laura wollte Adrian wiedersehen, und zugleich wollte sie ihm nie wieder unter die Augen treten. Sie war eifersüchtig auf Nina, und zugleich wünschte sie, ihre Schwester würde endlich den Richtigen finden. Aber nicht Adrian. Den nicht mehr. Den hatte sie immerhin schon verschmäht. Sie wollte ihn doch nicht etwa wiederhaben?

Uff! Das war so was von anstrengend.

»Mach nicht so eine Trauermiene. Deine Schwester hat keinerlei Interesse an dem schönen Adrian. Um den geht es hier auch gar nicht.«

»Das ist mir gleich. Ich bin dagegen.«

An Theodoras Miene erkannte sie, dass ihre Großmutter sich ernstlich Sorgen machte. Die neue starke Laura war jemand, an den sich die Gräfin erst noch gewöhnen musste.

»Warum denn nur?«

»Diese Familie bringt zu viel Unruhe ins Schloss.«

Sie merkte selbst, wie lahm das klang.

»Papperlapapp!«, rief Theodora, die nun offenbar wieder Oberwasser bekam. »Es wäre unhöflich, jetzt noch abzusagen. Und unter unserer Würde.«

Laura schwieg lange. Schließlich fügte sie sich ins Unvermeidliche.

»Also gut. Aber schwöre mir, dass du nie wieder etwas über meinen Kopf hinweg entscheidest.«

»Versprochen. Du bist der Boss.«

Gnädig gestimmt nickte Laura. Ihr war selbst klar, dass eine Absage einem Eingeständnis gleichkommen würde. Sie würde damit signalisieren, dass sie noch immer nicht über Adrian hinweg war.

Oder über Ralf?

Oder über Männer im Allgemeinen?

Auf einmal sehnte sie sich nach Martin, nach seiner ruhigen Präsenz, nach seiner gemütlichen Art. Je mehr Wochen vergingen, desto mehr schätzte sie diesen Mann. Dann besann sie sich auf die praktischen Probleme.

»Und wo soll der Junge bitte schön wohnen? Wir sind voll ausgebucht.«

»Nina überlässt ihm ihre Kammer. Wenn sie doch mal hier übernachtet, kann sie bei dir schlafen. So wie früher. Weißt du noch? Es hat Jahre gedauert, bis die Kleine bereit war, ein eigenes Zimmer zu beziehen. So sehr hat sie an dir gehangen.«

Theodora wollte ablenken, doch Laura fiel nicht darauf herein. Nur kurz warf sie einen Blick zurück in die Kindheit, und sofort verspürte sie den alten hilflosen Zorn auf ihre Eltern, ebenso ihre unendlich große Liebe für ihre kleine Schwester.

Dann schaute sie ihre Großmutter fest an. »Wie kommt Chris hierher? Mit Bus und Bahn?«

»Oh, das weiß ich nicht genau.«

»Du lügst.«

»Was erlaubst du dir!«

»Ich sehe es dir an, du schielst dann.«

»Wie bitte?«

»Du guckst ganz konzentriert auf deine Nasenspitze. Das war schon immer so. Nina hat das mal herausgefunden. Ist aber schon lange her.«

»So?« Theodora senkte den Blick.

»Ja, es war damals, als du behauptet hast, der Weihnachtsmann sei auf keinen Fall Opa Dankward, obwohl er nach seinem Pfeifentabak gerochen und genauso heiser gelacht hat wie er.«

»Kluges Kind.«

Wieder driftete das Gespräch in die Vergangenheit. Laura holte es schnell zurück.

»Wer bringt Chris zu uns?«

»Adrian«, flüsterte Theodora.

Laura spürte, wie ihr kalt wurde. Dann heiß. Sie ärgerte sich maßlos über Nina, die wieder einmal mit ihrem Auto unterwegs war.

Wie sollte sie jetzt sehr schnell sehr weit von hier wegkommen?

Seit Adrians unseligem Auftritt sechs Wochen zuvor in dieser Küche hatte sie ihn kaum noch gesehen. Während seines letzten Besuchs, zusammen mit der ganzen Familie, als seine Schwester Marianne darauf bestanden hatte, dass er sich entschuldigte, hatte Laura nur darauf hingewiesen, dass es ihre Familie sei, die um Verzeihung bitten müsse. Schließlich habe Merle ihrem Sohn einen Tritt verpasst. Anschließend war sie aus dem Salon nach oben in ihr Zimmer geflüchtet und hatte abgewartet, bis alle wieder abgefahren waren.

Als Merle ihr später erzählte, Adrian sei drei Sekunden nach ihr in Laufklamotten im Wald verschwunden, hatte sie so getan, als interessiere sie das nicht.

Schon eine Woche darauf war er wieder zu Besuch gekommen, diesmal nur mit seinem Neffen. Erneut waren sie einander erfolgreich aus dem Weg gegangen.

Wir führen uns auf wie kleine Kinder, dachte Laura plötzlich. Damit war ab sofort Schluss. Sie nahm sich vor, ihn diesmal freundlich zu begrüßen, wenn er ankam. Freundlich und distanziert.

»Hast du dich beruhigt?«, fragte Theodora.

Laura nickte. »Warum soll ich mich überhaupt aufregen? Adrian bringt doch bloß seinen Neffen vorbei. Das ist alles.«

Im nächsten Moment zuckte sie zusammen. Draußen fuhr ein Auto vor. Wieder durchlebte sie ein Wechselbad der Gefühle. Sie fröstelte, fächelte sich dann mit der flachen Hand etwas Luft zu.

Aber es waren nur die Thomsens.

Zwei Minuten später stürmte Bettina in die Küche, eine kleine, quirlige Frau mit freundlichen Augen und einer Stupsnase. Sie umarmte erst Gräfin Theodora und dann Laura.

»Hallo, meine Lieben, da sind wir wieder. Oliver springt

noch kurz unter die Dusche, so lange kann ich beim Tischdecken helfen. Draußen?«

Laura nickte.

»Oh ja, wundervoll. Hoffentlich sind die beiden Spaßbremsen aus dem Rosenzimmer nicht da. Mir ist heute fast das Frühstück im Hals stecken geblieben. Oh, wie lecker das duftet! Du hast dich wieder mal selbst übertroffen, Laura.«

Ihre gute Laune war ansteckend. Theodora strahlte, Laura lächelte.

Bettina war ihr inzwischen eine gute Freundin geworden, und sie ahnte bereits, wie sehr sie ihr fehlen würde, wenn das Paar wieder abreiste.

Während Bettina Teller und Gläser in den Garten brachte, schnitt Laura das Roggenbrot in dicke Scheiben, machte den Salat an und rührte ein letztes Mal die Suppe um. Theodora schwieg nachdenklich vor sich hin. Als Bettina zurückkehrte, um Besteck und Papierservietten zu holen, kam Merle herein und fragte, wann Adrian und Chris endlich ankommen würden.

»Du weißt es also auch schon«, stellte Laura fest und bemerkte überrascht die natürliche Gesichtsfarbe ihrer Tochter. Keine Spur mehr von zentimeterdicker weißer Schminke. Entzückend.

»Klar. Uroma hat mir gleich gestern gesteckt, dass die beiden vorbeikommen.«

Laura schaute zu Theodora, die erneut den Blick gesenkt hielt. Davon, dass Chris eine ganze Woche auf Schloss Bonin bleiben würde, schien sie Merle aber nichts erzählt zu haben.

Olle Geheimniskrämerin, dachte sie.

Bevor noch jemand etwas sagen konnte, hörten sie erneut ein Auto in die Einfahrt rollen.

»Das müssen sie sein!«, rief Merle.

Sie lief hinaus und kehrte drei Minuten später mit Adrian und Chris im Schlepptau zurück. Die Schlossküche war groß, aber langsam wurde es voll.

»Hört mal«, sagte Merle. »Chris und ich gehen lieber einen Hamburger essen. Vielleicht fahren wir danach noch irgendwohin. Ciao, man sieht sich.«

Weg waren sie.

Jetzt schien es plötzlich zu leer zu sein in der Küche. Adrian stand an der Tür zum Garten.

Gleich rennt er los, dachte Laura.

Feigling.

Sie blickte ihn an.

Er blickte zurück.

Die Zeit blieb stehen.

»Da ist ja auch schon Oliver«, flötete Bettina und lief ihrem Mann entgegen, als hätte sie ihn seit Jahren nicht gesehen.

Nicht bloß seit einer Viertelstunde.

Die Zeit trottete wieder los.

Laura wandte sich ab, rührte in der Suppe, die nicht mehr umgerührt werden musste, und sagte über die Schulter zu Adrian: »Wenn Sie möchten, können Sie zum Essen bleiben.«

Es sollte so etwas wie ein Friedensangebot sein, doch sie hörte selbst, wie spröde ihre Stimme klang. Als könnte sie jeden Moment brechen wie ein abgestorbener Wacholderzweig. Und dazu dieses Sie. Es fühlte sich irgendwie falsch an, ihn wieder zu siezen.

Sie rührte und rührte und drehte sich erst um, als Theodora sagte: »Bravo Laura. Den schönen Adrian hast du erfolgreich vertrieben.«

Jetzt, dachte sie, jetzt ist die Küche wirklich leer.

Obwohl Theodora noch am Tisch saß, obwohl Bettina und Oliver neben dem Büfett standen und einen ratlosen Blick wechselten.

»Nun? Worauf warten wir?«, fragte sie bemüht munter. »Lasst uns essen.«

Selbst die sonst so übersprudelnde Bettina löffelte still ihre Suppe.

Lauras eisernes Schweigen ließ keine Worte zu. Sogar die Vögel waren verstummt, nur die Blätter der stolzen Birke raschelten im sanften Sommerwind.

Theodora zog sich bald zurück, Oliver folgte ihr auf dem Fuße. Er wollte einen Verdauungsspaziergang im Wald machen. Nur Bettina blieb am Gartentisch sitzen und musterte Laura mit einem langen, forschenden Blick.

»Raus mit der Sprache. Was ist los?«

Laura zerkrümelte einen Rest Roggenbrot zwischen den Fingern. »Nichts, wieso?«

»Komm schon. Ich kenn dich jetzt auch schon eine Weile. Irgendwas stimmt nicht mit dir. Heute Morgen warst du noch supergut drauf. Jetzt bist du furchtbar wütend. Auf wen denn nur?«

»Auf mich selbst«, gestand Laura.

Bettina zog die Stupsnase kraus. »Interessant. Und warum?«

»Nur so.«

»Nee! Damit kommst du mir nicht davon. Hat es vielleicht etwas mit dem bombastisch gut aussehenden Mann von vorhin zu tun?«

»Bombastisch?«

»Aber hallo! Topfigur, vielleicht einen Tick zu dünn.

Schöne Haare und dazu diese Wahnsinnsaugen. Gold gesprenkelt, richtig?«

Laura schwieg.

Bettina grinste breit. »He, keine Sorge. Ich liebe nur meinen Oliver, aber dieser Typ ist der Hammer.«

Laura wischte die Krümel vom Tisch. Ein paar Spatzen wagten sich vor und pickten daran. Dann flogen sie auf und zwitscherten wieder. Die Stimmung im Garten war leichter geworden.

»Da läuft nichts zwischen Adrian und mir. Er ist … war … der Freund meiner Schwester. Sie wollte aber nichts von ihm wissen. Ich ärgere mich bloß, weil ich mich so kindisch aufgeführt habe.«

»Weil du ihn zum Essen eingeladen hast?«, fragte Bettina irritiert.

»Weil ich ihn gesiezt habe. Das war albern.«

Bettina stand auf und schnappte sich den leeren Suppentopf. »Du bleibst hier sitzen. Ich koche uns einen Kaffee und komme gleich wieder. Dann will ich die ganze Geschichte hören. Von Anfang an.«

»Da gibt es nicht viel zu erzählen«, begann Laura zwanzig Minuten später.

Bettina hatte außer einer Kanne Kaffee auch noch frischen Heidesand mitgebracht, ein Gebäck aus Butter, Zucker, Mehl und Milch, das Laura am Morgen zubereitet hatte. Jetzt knabberte sie an einem Plätzchen und wartete gespannt.

»Wir haben bisher nur wenig Zeit miteinander verbracht«, fügte Laura hinzu.

»Erzähl mir keinen vom Pferd. Liebst du ihn?«

»Was?«

»Sorry. Von vorne, bitte.«

Also berichtete Laura, wie sie Adrian kennengelernt hatte und was danach geschehen war. Sie merkte, wie gut es ihr tat, mit einer gleichaltrigen Freundin darüber zu reden. Es war ein bisschen wie früher mit Annette, und sie wurde immer freier in ihrem Bericht.

Nachdem sie geendet hatte, schwieg Bettina sehr lange.

Laura wurde unruhig. Sie musste dringend noch ins Büro, die Buchungen für die kommende Woche durchgehen und Rechnungen schreiben. Außerdem wollte sie noch im Salon Staub wischen, und bald wurde es auch Zeit, mit den Vorbereitungen für das Abendessen zu beginnen. Die Gäste würden hungrig von ihren Ausflügen zurückkommen. Jene, die zusammenblieben, ebenso wie jene, die sich scheiden ließen. In der frischen Luft der Heide hatten sie alle Appetit.

Als Bettina endlich sprach, wünschte Laura, sie hätte doch noch etwas länger geschwiegen.

»Ein klarer Fall von unglücklicher Liebe.«

»Du irrst dich. Ich liebe niemanden. Weder Adrian noch Martin noch Ralf.«

Bettina hob die Brauen. »Redest du etwa von deinem Mann auf Mallorca?«

»Ganz genau«, sagte Laura. »Mir ist bewusst geworden, dass ich Ralf nicht mehr liebe. Also, ziemlich klar jedenfalls. Ich glaube, ich habe mir jahrelang selbst was vorgemacht, weil ich unbedingt das Bild unserer heilen Familie erhalten wollte.«

»Das tut mir leid«, sagte Bettina leise.

»Muss es nicht. Als Ralf mich verlassen hat, dachte ich eine Zeit lang, meine Welt würde zusammenbrechen. Irgendwann habe ich dann gemerkt, dass es nicht stimmte. Meine Welt ist ganz in Ordnung, auch ohne ihn. Und das

Bild unserer Familie … Na ja, das hat wohl schon lange nur noch in meinem Kopf existiert.«

Bettina warf ihr einen teilnahmsvollen Blick zu. »Verstehe. Ich habe aber gar nicht von dir gesprochen, sondern von Adrian. Er liebt nämlich dich.«

»Tut er nicht!«

Sie erschrak, weil ihre Stimme so laut durch den Garten schallte. Bis hinein ins Schloss, wo ein Mann an den Fenstern vorbeilief. Vermutlich Oliver. Obwohl, derjenige schien etwas größer zu sein als Bettinas Ehemann. Adrian? Nein. Wer sonst?

Laura kniff die Augen zusammen, starrte zum Schloss hinüber und wartete, dass die Person sich noch einmal zeigte.

»Hör mal«, sagte Bettina. »Ich kenne die Männer ein wenig. Oliver ist nicht mein Erster. Vielleicht wird er mein Letzter sein, aber das tut jetzt nichts zur Sache. Also, so wie dieser Adrian sich benimmt, lässt es einfach nur einen Schluss zu. Er liebt dich. Kann gut sein, dass er vorher in Nina verschossen war, aber das ist vorbei. Der Mann will dich, Laura.«

»Oh ja, er nimmt eben die ältere langweilige Schwester mit den Augenfältchen und den Speckröllchen, weil er die schöne, junge und schlanke nicht haben kann. Wenn überhaupt, dann bin ich nichts weiter als ein Notnagel für ihn.«

»Du bist ja so dumm! Als ob es auf ein paar Augenfältchen und Speckröllchen ankommen würde. Du bist schön und klug und stark. Hat dir das etwa noch keiner gesagt?«

»Nein«, erwiderte Laura leise.

Bettina lachte. »Dann wird's Zeit. Also, wenn dieser attraktive Mann deine Nähe sucht, dann nur aus einem einzigen Grund.«

»Weil er mich liebt?«

»Genau.«

»Das glaube ich nicht«, beharrte Laura. »Denn wenn es stimmt, dann …« Sie brach ab.

»Dann musst du einsehen, dass du ihn ziemlich mies behandelt hast.«

»Hm.«

Bettina knabberte am nächsten Plätzchen, sagte dann mit vollem Mund: »Jetzt musst du nur noch feststellen, was du wirklich für ihn empfindest. Alles Weitere findet sich schon. Wenn er dich wirklich aufrichtig liebt, wird er dir dein schlechtes Benehmen verzeihen.«

»Ich war nicht unhöflich«, protestierte Laura.

»Dafür warmherzig wie eine Eisscholle auf der Elbe im Januar«, konterte Bettina. Dann lachte sie, steckte Laura damit an und tätschelte ihr die Hand. »Von der Geschichte mal abgesehen, verbreitest du hier so unendlich viel Liebe und Herzlichkeit. Du verdienst es, glücklich zu sein.«

Lauras Lachen verebbte. »Seit wann bekommt man im Leben, was man verdient?«

Bettina war in ihrem Optimismus nicht zu erschüttern. »Bei den vielen Herzen, die in diesem Schloss so rumliegen, wird auch das deine den richtigen Weg finden. Wo kommen die eigentlich alle her?«

»Einige davon habe ich gefunden«, gestand Laura. »Ich kann sie unmöglich wegwerfen.«

»Auf keinen Fall. Das ist ein echtes Talent. Bei mir sehen Steine oder Strandgut im besten Fall aus wie krumme Gurken oder geplatzte Fahrradreifen.«

»Merle hat damit angefangen, und ich habe irgendwann weitergemacht.«

»Echt schön. Übrigens wollte ich dich noch was fragen. Ist aber vielleicht ein schlechter Moment.«

»Quatsch, frag schon.«

Bettina strahlte sie an. »Oliver und ich, wir haben uns überlegt, dass wir unser Ehegelübde erneuern wollen. Am liebsten in der süßen gotischen Backsteinkirche von Lünetal.«

»Du meinst Sankt Michael.«

»Eben die. Weißt du, dieser Ort hier hat uns so viel Glück gebracht. Du hast uns Glück gebracht. Wir haben an Ende September gedacht. Können wir dafür schon mal die Zimmer reservieren? Wir würden nämlich gerne ein paar Leute einladen. Nur für einen kleine Empfang.«

»Ich sehe nachher gleich nach«, versprach Laura. »Es geht bestimmt.«

Bettina klatschte in die Hände. »Super.«

»Das ist eine wundervolle Idee«, fügte Laura hinzu.

Etwas fühlte sich auf einmal genau richtig an, sie wusste bloß noch nicht, was es war.

Bettina stand auf. »So, ich mache mich dann mal auf die Suche nach meinem Oliver. Nicht dass er sich noch im Wald verirrt.«

»Ich glaube, er ist schon wieder zurück«, erwiderte Laura. »Im Schloss ist jemand hinter den Fenstern vorbeigegangen.«

In dieser Sekunde trat der Mann durch die Küchentür und kam durch den Garten auf sie zu.

»Ralf«, krächzte Laura.

»Heilige Scheiße«, sagte Bettina.

17

Liebe? Echt?

Die Heide stand in voller Blüte. Überall im Naturpark betonte das kräftige Lila der vielen Millionen Blüten das Grün der Wacholderbäume und das silbrige Weiß der Birken. Es herrschte Hochsaison, und die Touristen schwärmten scharenweise aus, um sich dieses einmalige Schauspiel anzusehen.

Der Himmel meinte es gut mit den Leuten und schickte warme Sonnenstrahlen auf die Erde. In der Luft lag der würzige Duft des Heidekrauts, und an vielen Orten war das Summen der Honigbienen zu hören, die reiche Ernte hielten. Übertönt wurde es nur vom Trappeln der Pferdehufe und dem Rattern der Kutschenräder, ebenso vom Blöken der Heidschnucken und dem Bellen der Hütehunde.

An diesem Samstagnachmittag gesellten sich Wochenendausflügler zu den Feriengästen. Sie spazierten über die weitläufigen Wege, ließen sich gemächlich durch die Landschaft kutschieren oder traten in die Pedale ihrer Fahrräder.

»Voll idyllisch«, sagte Chris in leicht hochnäsigem Tonfall. »Aber können wir jetzt wieder los? Ist eher was für Rentner hier, oder?«

Merle hätte sich sonst wohin beißen können. Wie hatten sie nur glauben können, die hügelige Landschaft würde ihm irgendwie imponieren?

Der Typ kam aus Hamburg. Er mochte Rockmusik und ging in angesagte Clubs auf dem Kiez.

So ganz nahm sie es ihm nicht ab, dass er nachts viel unterwegs war. Soweit sie von Adrian wusste, hatte Chris ziemlich strenge Eltern, und er war erst sechzehn.

Trotzdem. Eine Radtour in der Heide war so ungefähr das Uncoolste, was sie sich hatte ausdenken können. Ihr war nur leider nichts Besseres eingefallen.

Na ja, sie hätten vielleicht mit dem Zug nach Lüneburg fahren können, aber da war erst ab zehn Uhr abends richtig was los, und um die Zeit durfte Merle nicht mehr unterwegs sein. Wie megabescheuert! Es war echt scheiße, so jung zu sein.

Einen Augenblick lang zupfte sie an ihrem dunkelblauen T-Shirt herum, bevor sie das Fahrrad wendete. Ob ihm überhaupt aufgefallen war, dass sie ihren Style verändert hatte? Dass sie auf die weiße Schminke verzichtete und auch die Augen nicht mehr schwarz umrandete? Sogar einen blonden Haaransatz hatte sie neuerdings. Allerdings verbarg sie ihn vorerst unter einer Kappe, weil sie sich mit ihrer Naturfarbe noch nicht wieder hatte anfreunden können.

Merle hatte nicht vergessen, wie Chris sie damals angeglotzt hatte, als er zum ersten Mal auf Schloss Bonin erschienen war.

»Ein Goth in der lieblichen Lüneburger Heide?«, hatte er gefragt und sich vor Lachen kaum wieder eingekriegt. »Bombe!«

Er hatte es nicht nett gemeint, das hatte sie ihm angesehen. Der Tritt gegen das Schienbein später im Salon war dann auch für den gemeinen Spruch gewesen. Na ja und zugleich eine Vorsichtsmaßnahme, um sich von Anfang an bloß nicht in diesen dahergelaufenen Jungen zu verknallen.

Zu blöd, dass er genau ihr Typ war. Braunes Wuschelhaar und Schoko-Augen. Dazu groß und sportlich, aber kein Muskelprotz.

Merle hatte sich ganz schön angestrengt, um standhaft zu bleiben. Jedes Mal, wenn sie in den Tagen danach an Chris denken musste, hatte sie sich mit einer Stecknadel in den Handrücken gepikst. Bis Uroma Theodora irgendwann gefragt hatte, warum sie neuerdings nicht nur wie der schwarze Tod auf Beinen, sondern auch noch wie ein Nadelkissen aussehe.

Daraufhin hatte sie es sein lassen. War sowieso sinnlos gewesen.

Bei dem einen kurzen Besuch hatte sich Chris mit voller Wucht in ihrem Herzen breitgemacht, und sie bekam ihn da einfach nicht mehr heraus.

Wenig hilfreich war die Tatsache, dass sie ihn mit ihrem Smartphone heimlich fotografiert hatte, als er auf dem Teppich lag. Ein bisschen sah er auf den Bildern aus, als hätte ihn gerade ein Bus angefahren, trotzdem konnte sich Merle nicht daran sattsehen.

Etwa zu dem Zeitpunkt, es war Mitte Juli gewesen, waren die letzten roten Punkte auf ihrem Handrücken verschwunden, dafür war seitdem ihr Seelenleben im Eimer. Außerdem hasste sie alle Leute auf Schloss Bonin. Mama, weil sie Adrian vergrault hatte, Tante Nina, weil sie nicht dafür sorgte, dass er wiederkam, und Adrian sowieso, weil er sich nicht mehr nach Lünetal traute und dabei eventuell seinen Neffen mitbrachte.

Erwachsene! Zum Kotzen!

Einzig Uroma Theodora war von Merles großem Hass ausgenommen gewesen. Abgesehen von der Bemerkung mit dem Nadelkissen, hatte sie sich nämlich ganz okay benommen. Als Merle ihr einmal gestand, wie süß sie Chris fand, da hatte Theodora nichts gesagt von wegen: »Für den bist du doch bloß ein Landei«, oder: »Der hat dich sicher längst vergessen.«

Genau das hatte Merle nämlich von zwei Tussis im Ort zu hören bekommen. Von Silke und Mareile, die mal ihre Freundinnen gewesen waren.

Jetzt nicht mehr. Eifersüchtige Kühe!

Chris' Ankunft in Lünetal war damals nicht unbemerkt geblieben, und kein Mädchen weit und breit gönnte Merle die Bekanntschaft mit ihm. Vielleicht waren sie nicht wirklich fies drauf, aber so einen süßen Jungen hätten einige von ihnen gerne für sich selbst gehabt. Als er danach für längere Zeit nicht mehr auftauchte, hatten sie ihre Schadenfreude ziemlich offen gezeigt.

»Hey du«, sagte Chris. »Jetzt sei nicht gleich eingeschnappt, nur weil ich mich an der blühenden Erika nicht ergötzen kann.«

Er grinste sie an, und Merle fiel erst jetzt auf, dass sie ihr Gesicht zu einer wütenden Grimasse verzogen hatte.

Kein Wunder – wenn sie an Silke, Mareile und die anderen denken musste, konnte sie gar nicht anders. Das war schon seit Längerem so. Bereits das ganze Jahr, um genau zu sein. Keines von den anderen Mädchen hatte verstanden, warum Merle sich so sehr veränderte. Keines konnte mit der Gothic-Szene etwas anfangen, keines verspürte das Bedürfnis, sich so extrem von der eigenen Familie und der Umwelt abzugrenzen.

Klar, die anderen lebten ja auch nicht in einer komischen Scheinwelt, in der die Eltern nur so taten, als wären sie happy, und fremde Leute anreisten, um sich übers Wochenende scheiden zu lassen.

Egal, inzwischen war einiges anders geworden, und Merle hatte eigentlich gar keine Lust mehr, als Goth durch die Welt zu laufen. Ihr Vater hatte sich zwar nach Mallorca verkrümelt, aber er rief in letzter Zeit immer öfter an und hatte sie sogar schon eingeladen, ihn doch mal zu besuchen.

Sie war sich nicht ganz sicher, ob sie das doof oder cool finden sollte. Auf der einen Seite war sie stinksauer auf ihn, weil er einfach abgehauen war. Auf der anderen Seite war sie unendlich erleichtert, weil er sich anscheinend daran erinnerte, eine Tochter zu haben. Und – hey! – niemand, den sie kannte, hatte einen Papa mit einer Finca auf Mallorca. Nicht mal Chris, der sich immer so weltgewandt gab.

Merle wollte unbedingt hinfliegen, vielleicht noch in den Sommerferien.

Mama war auch endlich wieder besser drauf. Irgendwie energischer. Und fröhlicher. Sie rieb sich nicht mehr ständig über die Augen, ihre Hände zitterten nicht mehr, und manchmal wirkte sie beinahe jung.

Oft war sie noch traurig, klar. Wegen Papa. Dennoch ging es bergauf mit ihr. So hatte es jedenfalls Tante Nina ausgedrückt, als Merle sie auf ihre Mutter angesprochen hatte.

Gäste gab es auch wieder, und alles in allem ließ sich die Luft auf Schloss Bonin neuerdings besser atmen. Merle hatte kaum noch ständig das Gefühl zu ersticken, so wie noch vor ein paar Monaten.

Das größte Wunder aber war Uroma Theodora. Die hatte seit dem Tag, als Merle zum ersten Mal Chris begegnet war, kein einziges Mal mehr versucht, sich selbst um die Ecke zu bringen.

Wahnsinn!

Wie das plötzlich kam, wusste sie nicht. Vielleicht hatte ja Adrian was damit zu tun. Oder Mama. Egal. Hauptsache, es gab nicht mehr so viel Stress im Schloss.

Also konnte Merle wieder heller werden.

Na ja, wenn sie ehrlich war, dann hatte sie schon lange kapiert, dass sie nicht der geborene Goth war. Sie verspürte gar nicht dieses dringende Bedürfnis, sich von der Welt abzugrenzen. Ihre Welt war nämlich gar nicht so übel. Besonders seit Chris darin wohnte.

Was er natürlich auf keinen Fall wissen durfte.

Außerdem war das Styling echt aufwendig, und sie hatte es satt, dass sich die Leute vor ihr erschreckten, wenn sie zum Beispiel im Hofladen von Oma Gerda aushalf.

Allerdings musste sie auch ihr Gesicht wahren. So von einem Tag auf den anderen damit aufzuhören ging gar nicht. Damit hätte sie sich bloß lächerlich gemacht. Merle stand zu ihrem Aussehen und ihrem Verhalten der letzten Zeit, aber sie wusste auch, dass sie es nicht mehr brauchte. Also hatte sie sich zu einer schrittweisen Rückumwandlung entschieden.

Nicht dass sich jemand noch einbildete, es sei sein Verdienst, wenn sie wieder normal aussah.

Mama zum Beispiel, mit der sie immer besser klarkam. Oder Tante Nina, die sich voll erwachsen gab, wenn sie mal nicht in Hamburg oder Lüneburg auf der Piste war. Oder etwa Chris!

Der als Allerletzter!

Chris durfte maximal feststellen, wie hübsch sie eigentlich war, aber daraus keinerlei Rückschlüsse auf seine Person ziehen.

Never!

Mit dem Fingerknöchel klopfte er leicht gegen ihre Stirn. »Hallo? Jemand da?«

»Ergötzen?«, fragte sie zurück. »Hast du eben wirklich ergötzen gesagt?«

»Ziemlich schräg, ich weiß. Schätze, die Landschaft färbt auf mich ab. Weißt du, meine Oma steht auf Heimatfilme. Rudolf Prack und *Grün ist die Heide* und so 'n Zeug. Als Kind habe ich immer mitgeguckt. In den Streifen haben alle so geredet.«

»Wenn du das sagst, klingt es aber dämlich.«

»Du bist grausam.« Dann lachte er, und als sie vor sich hin grinste, fügte er hinzu: »Na, geht doch.«

Merle gönnte ihm keine Antwort, sondern packte ihr Rad fest am Lenker und schob es neben sich her.

»Warum steigen wir nicht auf?«, fragte Chris.

Sie bedachte ihn mit einem überheblichen Blick. »Der Sand ist zu tief, das sieht doch ein Blinder. Da bleiben wir sofort stecken.«

»Ach so, klar.«

»Wir müssen bis zum Hauptweg schieben. Genauso sind wir auch hergekommen.«

»Okay.«

Er schien abgelenkt zu sein. Sie spürte, wie er sie von der Seite ansah, und freute sich insgeheim. Das Naturschauspiel war ihm egal, ihre Gesellschaft nicht. Trotzdem fand sie, es könne nicht schaden, ein bisschen mit ihrem Wissen über ihre Heimat anzugeben.

Sie blieb stehen und wies mit ausgestrecktem Arm zu ein paar langen, schmalen Erhebungen neben einem Wacholderwäldchen. »Das da drüben sind Hügelgräber aus der Bronzezeit.«

»Cool«, murmelte er und hörte nicht auf, sie anzuschauen. »Ich finde lebendige Leute aber viel spannender als welche, die schon ewig tot sind.«

War das jetzt eine Anmache?

Merle spürte, wie sie rot wurde, und vermisste brennend ihre dicke weiße Schminke. Sie wandte sich schnell ab und schob ihr Rad mit Gewalt weiter.

»Warte, ich helfe dir.«

»Hältst du mich etwa für einen Schwächling?«, fragte sie giftig.

»Nein. Ich wollte bloß nett sein. Warum bist du gleich so sauer?«

Sie schämte sich augenblicklich und übte sich in einem lieblichen Lächeln.

Chris schaute irritiert.

Okay, vielleicht musste sie noch ein bisschen üben. Am besten alleine zu Hause vor dem Spiegel. Sie hatte eben keine Erfahrung mit so etwas. Lieblich zu lächeln war in ihrem Leben lange kein Thema gewesen.

Am Hauptweg angekommen stiegen sie auf und radelten eine Weile schweigend nebeneinanderher.

Merle überlegte krampfhaft, wie sie die verfahrene Situation bloß entspannen könnte. Sie hatte sich so sehr auf diesen Ausflug gefreut.

Und jetzt? Voll der Reinfall!

Am besten, sie redete über irgendwas anderes. »Wann fängt eigentlich in Hamburg die Schule wieder an?«

Oh Gott, das klang entsetzlich langweilig. Zum Glück schien Chris es nicht zu bemerken.

»In acht Tagen«, gab er Auskunft. »Und bei euch?«

»Ich habe noch zwei Wochen Ferien.«

»Cool, dann können wir die ganze nächste Woche zusammen verbringen.«

Merle fiel vom Rad.

Na ja, fast.

Sie hielt so plötzlich an, dass ihr halber Oberkörper schon über dem Lenker hing, bevor sie schnell einen Fuß vom Pedal nahm und festen Stand fand.

»Was?«

Chris, der ein Stück weitergefahren war, kam zurück, hielt an und zeigte ein besonders breites Grinsen. Sie bildete sich sogar ein, dass seine Schoko-Augen ein klitzekleines bisschen aufleuchteten.

»Hab ich's dir noch gar nicht erzählt? Meine Eltern sind für eine Woche in New York, und weil sie mir allein in Hamburg nur wilde Partys und Drogen zutrauen, haben sie mich mit Onkel Adrians Hilfe hier einquartiert.«

»Ist ja 'n Ding!«

Merle verspürte etwas, das sie nur als jubelnde Freude bezeichnen konnte, auch wenn das furchtbar kitschig klang. Gleichzeitig überfiel sie ein akuter Anfall von Panik.

Chris auf Schloss Bonin?

Eine ganze Woche lang?

Wie sollte sie das bloß überleben?

Es war schon echt schwierig gewesen, Haltung zu bewahren, als er zwei Wochen nach dem Afghanen-Vorfall plötzlich wieder aufgetaucht war. In Begleitung seiner Eltern und Adrian.

Ein Höflichkeitsbesuch, hatte es geheißen, vielleicht auch eine Bitte um Entschuldigung, weil zwei Mitglieder der Familie offenbar für Unmut in der Heide gesorgt hatten.

Unmut. Genauso hatte Chris' Mutter es gesagt.

Adrian war damals losgerannt, kaum dass die Höflichkeit es erlaubte, und Merle hatte ihn nur ganz kurz gesehen. Sie war erstaunt gewesen, weil sowohl Adrian als auch ihre Mutter es so eilig hatten zu verschwinden. Der eine raus in den Wald, die andere in die oberen Stockwerke. Sie selbst hatte es allerdings auch nicht lange mit den Erwachsenen ausgehalten.

Chris war ihr in den Garten nachgegangen. »Um von den Alten wegzukommen«, hatte er behauptet, sich zu ihr ins Gras gelegt und von irgendwelchen Bands erzählt, die er mochte.

Merle hatte kein Wort von dem verstanden, was er sagte. Sie war viel zu sehr damit beschäftigt gewesen, sich in Grund und Boden zu schämen, weil sie bloß ein löchriges schwarzes T-Shirt und halb zerfetzte Shorts trug.

Wie peinlich!

Sie hatte damals gehofft, er würde niemals wiederkommen. Trotzdem betete sie natürlich jeden Abend dafür, dass er bald wieder auftauchte.

Genau das tat er. Nur eine Woche später hatte Chris wieder vor der Tür gestanden. Diesmal nur in Gesellschaft seines Onkels.

Adrian absolvierte an dem Tag wieder einen Halbmarathon, aber später sah Merle ihn noch mit Uroma Theodora plaudern. Sie hörte sogar, wie die alte Gräfin zu ihm sagte: »Wenn Sie meine Enkelin erobern wollen, müssen Sie sich eben ein bisschen mehr anstrengen, junger Mann.«

Merle begriff nicht, was das sollte. Tante Nina hatte ihr doch höchstpersönlich erzählt, dass sie von Adrian nichts mehr wissen wollte. So blöd konnte er doch nicht sein, dass er einfach nicht aufgeben wollte?

Ach, egal. So sehr interessierte sich Merle nun auch wieder nicht für das Liebesleben der Erwachsenen. Sie hatte genug mit ihrem eigenen zu tun.

Also … ähm … mit ihrer Freundschaft zu Chris.

Von Liebe konnte keine Rede sein. Sie hatten sich ja noch nicht mal berührt. Jedenfalls wenn man von dem Schienbeintritt absah und seinem Klopfen eben gegen ihre Stirn.

»Findest du das so furchtbar, wenn ich eine Woche bei euch bleibe?«, fragte Chris jetzt.

Okay, anscheinend hatte sie schon wieder viel zu finster geguckt.

Ein paar Spaziergänger schimpften, weil sie mit ihren Rädern den Weg versperrten, aber weder Merle noch Chris achteten auf sie.

»Ich kann sonst auch woandershin.«

»Nein!«

Ups! Das war ziemlich laut gewesen.

Die Schoko-Augen leuchteten schon wieder auf.

Der Typ sollte sich bloß nichts einbilden!

»Es ist okay, wenn du dableibst«, sagte sie so cool wie irgend möglich. »Aber ich werde nicht viel Zeit für dich haben.«

»Warum nicht?«

»Ich helfe bei den Vorbereitungen für das Heideblütenfest am nächsten Wochenende. Da müssen alle mitmachen, weißt du?«

»Wow!«

Lachte er sie jetzt etwa wieder aus? Sie, das Landei?

Und wenn schon!, dachte sie grimmig.

Sein Lachen würde an ihr abprallen wie Regen an einem dichten Heidschnuckenfell.

Chris klang jedoch eher verwundert und nicht spöttisch, als er feststellte: »Lünetal liegt doch gar nicht direkt im Naturpark.«

Die Bemerkung traf Merles Heimatstolz, von dessen Existenz sie bislang keine Ahnung gehabt hatte.

»Irrtum. Das hier ist nur das berühmte Zentrum. Der Naturpark wurde schon vor zehn Jahren erweitert, und offiziell gehören wir seitdem dazu, auch wenn wir dort bei uns nur ein paar kleine Heideflächen haben. Genau wie etliche andere größere und kleine Dörfer. Nimm nur mal Amelinghausen. Da wird eines der größten Feste veranstaltet, und es ist auch nicht um die Ecke.«

Chris' Mienenspiel verriet deutlich, dass er im Leben noch nichts von einem Ort namens Amelinghausen gehört hatte.

»Wirst du dann die Heidekönigin?«, fragte er schnell, vermutlich, um seine Bildungslücke zu überspielen. »So was gibt es doch, oder?«

»Nein. Ja.« Ihr Tonfall war immer noch sehr grimmig.

»Was denn nun?«

»Natürlich gibt es die Wahl zur Heidekönigin, aber ich nehme nicht daran teil. Dafür muss man schon achtzehn sein.«

Und hübsch, hätte sie beinahe noch hinzugefügt, konnte sich aber in letzter Sekunde auf die Zunge beißen.

»Aua!«

»Was ist?«, fragte Chris.

»Nichts, alles gut. Lass uns weiterfahren.« Zornig war sie jetzt nicht mehr.

Er nickte. »Wie du willst. Aber ich find's echt schade. Du würdest bestimmt gewinnen. Und ich würde dich ganz bestimmt wählen.«

Merle war verflixt froh, dass sie vorneweg radelte und Chris nicht sehen konnte, wie sie schon wieder dunkelrot wurde. Ihr Gesicht brannte jedenfalls wie Feuer, und das kam ganz sicher nicht vom Fahrtwind.

»Wo schläfst du eigentlich?«, fragte sie über die Schulter. »Wir haben doch ein volles Haus.«

»Deine Tante Nina überlässt mir ihre Kammer«, kam es fröhlich zurück. »Sie hat behauptet, dass sie sowieso fast nie da ist und zur Not auch bei deiner Mutter unterkommen kann.«

Es gelang Merle nur mit äußerster Konzentration, nicht doch noch zu stürzen. Sie umklammerte das Lenkrad mit aller Kraft und zwang ihre Füße, regelmäßig in die Pedale zu treten.

Oh! Mein! Gott!

Chris würde in der Kammer direkt neben ihr liegen.

Nur durch eine Wand getrennt.

Hilfe!

Sie hatte keinen Schimmer, wie sie unter diesen Bedingungen schlafen sollte.

Für den Rest der Fahrt schwieg sie eisern.

Eine halbe Stunde später gaben sie die Räder beim Fahrradverleih wieder ab und setzten sich auf eine Bank, um auf den Bus zu warten. Als Chris sich zurücklehnte und wie zufällig den Arm um ihre Schultern legte, erstarrte Merle vor Angst.

Oder vor Glück.

Wahrscheinlich vor beidem.

Der Bus kam natürlich pünktlich. Sie hätte sich mindestens eine Stunde Verspätung gewünscht. Aber dann legte Chris den Arm während der Fahrt wieder um ihre Schultern, und diesmal hoffte sie sehnlichst, sie würden niemals in Lünetal ankommen.

Kamen sie doch.

Leider.

Auf dem Weg von der Bushaltestellte nach Hause trafen sie auf Silke, Mareile und ein paar andere Mädchen. Die Gruppe saß draußen vor der Eisdiele und glotzte sie mit großen Augen an.

Merle lächelte, Chris nickte den Mädchen zu. Dabei nahm er Merles Hand und ließ sie nicht mehr los, bis sie die Freitreppe von Schloss Bonin erreicht hatten.

Wenn's nach ihr gegangen wäre, dann wären sie ewig so weitergewandert.

Bis ans Ende der Welt.

Es ging bloß nicht.

In der Haustür stand ein Mann und sagte: »Hallo, Prinzessin, da bin ich wieder. Und wer sind Sie, junger Mann?«

18

Männer ohne cojones

Ungefähr zehn Minuten zuvor war Laura mindestens genauso überrascht gewesen wie ihre Tochter, als ihr Mann urplötzlich im Garten aufgetaucht war.

Eine Ewigkeit lang konnte sie ihn bloß mit offenem Mund anstarren.

Ralf Hinrichs war sonnengebräunt, durchtrainiert und bestens gelaunt. Er sah aus, als habe er die vergangenen zweieinhalb Monate damit verbracht, eigenhändig einen Olivenhain anzulegen.

»Hallo Laura, da bin ich wieder.«

Sie sagte nichts.

»Ich habe einen … nun ja … etwas längeren Urlaub gemacht. Aber jetzt kehre ich zu dir zurück.« Sein Ton war ausgesprochen gönnerhaft.

Sie schwieg immer noch.

»Das wird kompliziert«, meinte Bettina nur.

Ralf blieb vor dem Gartentisch stehen. »Darf ich fragen, wer Sie sind?«

»Bettina Thomsen, Tach auch. Ehemals scheidungs-, inzwischen liebeswillig.«

»Wie bitte?«

»Nicht so wichtig. Mein Oliver und ich waren im Juni schon mal hier. Aber ich weiß nicht mehr, ob wir uns da begegnet sind. Wenn ich mich recht erinnere, waren Sie gerade damit beschäftigt, das Weite zu suchen. Na, egal. Ich glaube, ich lasse euch zwei dann mal allein.«

Bettina verschwand, nicht ohne Laura noch einen warnenden Blick zuzuwerfen.

Sie verstand nicht, was das heißen sollte.

Nimm ihn zurück.

Oder: Wirf ihn raus.

Oder: Kill ihn.

Oder: Sorry, aber ich weiß echt nicht, was ich dir raten soll.

Oder: Adrian ist sicher noch irgendwo in der Nähe.

Huch, wirklich?

Laura sprang auf und sah sich panisch um.

Nichts zu sehen.

»Was ist denn?«, fragte Ralf. »Freust du dich etwa nicht, dass ich wieder da bin?«

Immer noch dieser gönnerhafte Ton. Vielleicht mit einem winzigen Hauch Unsicherheit darin.

Sie verschränkte die Arme vor der Brust, musterte ihn genau.

Doch, er sah gut aus, viel besser als vor seinem Abenteuer. Nur in seinem Blick lag etwas Gehetztes.

»Warum bist du zurückgekommen?«

»Das habe ich doch gerade gesagt.«

»Hast du nicht.«

Auf einmal war sie müde, regelrecht erschöpft. Zu viele Gefühle, zu viele Überraschungen in diesen wenigen Stunden.

»Ich habe jetzt keine Zeit für dich«, sagte Laura knapp, ging um ihn herum und lief auf das Schloss zu.

In der Küche lag das Nudelholz immer noch auf dem

Tisch, direkt daneben das Brotmesser, inzwischen voller Krümel.

Ich könnte ihn umbringen!, dachte sie.

War ihr Leben nicht schon kompliziert genug? Was sollte sie jetzt auch noch mit ihrem Ehemann anfangen, den sie nicht mehr liebte?

Sicher nicht?

Nur eines war ihr absolut klar: Sie brauchte Zeit, um ihre widerspenstigen Gefühle irgendwie auf die Reihe zu bekommen.

Am Sonntagabend herrschte Frieden auf Schloss Bonin, allerdings war es ein trügerischer Frieden. Die Familienmitglieder gingen mehr oder weniger höflich miteinander um. Weniger galt für Gräfin Theodora, die den heimgekehrten Ralf als »Pseudo-Spanier ohne Eier« bezeichnet hatte. Nina hatte sie schlagfertig korrigiert und erklärt, das heiße auf Spanisch *cojones.*

Sie war, von Merle alarmiert, am späten Samstagnachmittag herbeigeeilt, um ihrer großen Schwester beizustehen, wie sie behauptete. Tatsächlich war, was Laura jedoch erst viel später erfahren sollte, das Vorstellungsgespräch nicht so gut gelaufen wie erhofft, und Nina hatte Sehnsucht nach der Sicherheit im Schoße der Familie gehabt.

Dank der *cojones*, oder vielmehr deren Fehlen, wechselte Ralf mit seiner Schwieger-Großmutter kein Wort mehr und teilte seiner Schwägerin mehrfach mit, dass für sie kein Platz in seinem Haus sei. Woraufhin Laura ihn hinauswarf und er bei seinen Eltern wohnen musste. Gerda Hinrichs verriet Laura hinterher am Telefon, dass ihr Wilhelm seinen erwachsenen Sohn am liebsten übers Knie gelegt hätte. Nur reichten seine Kräfte dafür leider nicht.

»Wir lieben unseren Ralf, aber er hat sich euch gegenüber wie ein Idiot aufgeführt.« Sie fügte hinzu, wie dankbar sie sei, dass Laura ihr weiterhin eine so gute Schwiegertochter war.

Hilfe im Laden brauchte Gerda inzwischen zwar keine mehr, dennoch hing sie an Laura wie an einer eigenen Tochter.

Laura erklärte ihr daraufhin mit fester Stimme, dass sich an ihrem guten Verhältnis niemals etwas ändern werde.

Im Jagdschloss war die Luft bereinigt, nachdem Ralf auf den Hinrichshof gezogen war. Nur an den Mahlzeiten durfte er teilnehmen. Ein Zugeständnis, das Laura jedoch sofort bereute, denn ihr verging in seiner Anwesenheit der Appetit. Trotzdem glaubte sie, ihrer Familie zuliebe so handeln zu müssen. Wenigstens wurde bei Tisch höflich über Belanglosigkeiten geplaudert. Abgesehen von dem Schweigen zwischen Theodora und Ralf.

Merle war ebenfalls ungewöhnlich still. Laura hatte sie während des Abendessens beobachtet. Das Kind stand doch hoffentlich nicht unter Schock, weil sein Vater so unverhofft wieder aufgetaucht war?

Nein, stellte sie erleichtert fest. Merle schien ausschließlich Augen für Chris zu haben, der neben ihr saß und unter dem Tisch ihre Hand hielt. Beide hatten jedenfalls nur eine Hand frei zum Essen.

Gut, hatte Laura gedacht. Sehr gut.

Es reichte ja schon, dass sie selbst so gründlich durcheinander war. Ihrer Tochter zuliebe war sie bereit, von ihrer Überzeugung abzurücken, dass von Adrians Familie nichts Gutes ausging. Denn sie sah, wie fröhlich Merle war, so fröhlich wie seit Monaten nicht.

Dieser Junge tat ihrer Tochter gut.

Theodora hatte über Merle ebenfalls ihre Meinung … »Meine wilde schwarze Urenkelin hat sich in ein sanftes Heidschnuckenlämmchen verwandelt.«

Treffender hätte es Laura nicht ausdrücken können. Dennoch machte sie sich weiterhin Sorgen um Merle. Und um Nina. Um Theodora sowieso, deren neuem Lebensmut sie einfach nicht traute.

Schwer lastete das Gewicht der Verantwortung auf ihren zarten Schultern. Manchmal fühlte sie sich schon ganz krumm.

Das Paar aus dem Rosenzimmer war dem Abendessen ferngeblieben. Die beiden hatten lediglich auf einem zweiten Zimmer bestanden, damit sie getrennt schlafen konnten. Da alle anderen Gäste abgereist waren und sie vor Dienstag keine neuen erwarteten, hatte Laura ihnen den Wunsch erfüllen können.

Gleich nach dem Essen war sie aus dem Haus geschlüpft und saß nun auf ihrer Lieblingsbank unter dem dichten Efeudach.

Sie dachte an Bettina, die sie zum Abschied fest umarmt hatte.

»Hör auf dein Herz, Laura. Dann kannst du nichts falsch machen.«

Wenn das so einfach wäre, dachte sie jetzt. Mein Herz ist definitiv überfordert.

Kein Wunder. In den vergangenen zweieinhalb Monaten war mehr passiert als in den zwanzig Jahren davor. Vielleicht hätte sie sich geschmeichelt fühlen sollen, weil gleich drei Männer um sie warben.

Schwierig.

Sie war eben nicht Nina, die schneller Eroberungen machte, als die einheimischen Frauen duftende Heidekränze flochten. Sie war bloß Laura, die vernünftige ältere Schwester.

Verwundert sann sie über die drei Männer nach.

Ralf – plötzlich wieder in ihrer Nähe und bereit, ihr gemeinsames Leben an dem Punkt wieder aufzunehmen, an dem er es selbst unterbrochen hatte. Als habe er sie nie verlassen, als sei er nur auf einer längeren Reise gewesen. Obwohl sie so ihre Zweifel hegte, was seine wahren Absichten betraf.

Martin – mit kummervollem Blick früh am Morgen aufgetaucht, weil ihn sein ehemaliger Kanzleipartner über seine Rückkehr informiert hatte. Er war ihr ein richtig guter Freund geworden. Sie schätzte ihn, sie mochte ihn sogar sehr gern. An seiner Seite, so glaubte Laura, könnte sie ein Leben führen, das Bestand hatte, das keine unliebsamen Überraschungen bereithielt. Es schien ihr sehr verlockend.

Adrian – tja, Adrian. Sie hatte ihn gestern nicht mehr gesehen. Nachdem sie in der Küche so abweisend zu ihm gewesen war, hatte er sich sofort auf den Heimweg nach Hamburg gemacht.

Adrian. Ach, Adrian!

Laura schloss die Augen und versuchte, Bettinas Rat zu befolgen. Doch ihr Herz sendete keine klaren Signale aus. Es schlug vielleicht ein bisschen schneller, wenn sie an Adrian dachte, und ein bisschen langsamer, wenn ihr Martin in den Sinn kam. Bei Ralf schien es sogar für einen Moment zu stocken.

Doch daraus gewann sie keinerlei Erkenntnisse.

Bloß neue Verwirrung.

Fast ohne es zu wollen, wandte sie sich in ihrem Denken und Fühlen wieder Adrian zu.

Sie zuckte zusammen, als er plötzlich vor ihr stand. Für ein paar Sekunden dachte Laura, ihre Fantasie spiele ihr einen Streich. Sie glaubte, sie habe so intensiv an ihn gedacht, dass sie ihn nun vor sich sehen konnte.

Seine Augen waren dunkler als sonst, erdiger, ganz ohne die goldenen Sprenkel. Um seine linke Schulter wand sich eine Efeuranke.

Wenn sie lange genug reglos sitzen blieb, würde er vielleicht für immer dort bleiben, als Teil ihres geheimen Lieblingsplatzes.

Sie kam erst wieder zur Vernunft, als er sie ansprach.

»Wie ich höre, ist die glückliche Familie wieder beisammen. Meine herzliche Gratulation.«

Laura fuhr gleich noch einmal zusammen. Sie kannte den Winter in seiner Stimme nicht.

Er schob den Efeu von seiner Schulter. Es war eine ungewohnt grobe Bewegung, fast schon ein Schlag gegen die unschuldige Kletterpflanze.

Laura fand es überflüssig, ihn zu fragen, wer ihn informiert hatte. Chris, Merle, Nina, Theodora – jeder von ihnen konnte ihn angerufen haben. Vielleicht hatten sie ihn auch alle vier benachrichtigt, unabhängig voneinander. Mindestens einer von ihnen hatte ihn offenbar herzitiert.

Oder alle.

Adrian Sadler war beliebt auf Schloss Bonin.

Es schien Laura, als habe er Wurzeln getrieben und sich auf ihrem Grund und Boden ausgebreitet, als sie nicht richtig aufgepasst hatte.

Wie der Efeu.

Schluss damit, befahl sie sich selbst. Adrian ist ein Mann aus Fleisch und Blut. Ein Mann mit Gefühlen. Ein junger Mann. Ein überaus attraktiver Mann. Ein …

»Warum sagst du nichts?«, fragte er verwundert – und viel weniger eisig.

Da stand sie auch schon auf, trat an ihn heran, ganz dicht, schaute ihm in die Augen, entdeckte ein zögerndes goldenes Glitzern darin und küsste ihn auf den Mund.

Seine Lippen waren weich und zugleich fest geschlossen. Laura schmeckte Überraschung, Ablehnung, Wut, Ungeduld.

Erst als er die Arme um sie schlang, als er sie zurückküsste, anfangs sanft, dann heftig, schließlich leidenschaftlich; erst da fühlte es sich richtig an.

Laura schmeckte noch etwas Wohlbekanntes, etwas, das sie amüsiert hätte, wären die anderen Gefühle nicht stärker gewesen.

Sie gingen aus der Welt, so wie sie es schon einmal an diesem Ort getan hatten. Damals jedoch noch ohne sich zu berühren.

Laura fuhr mit den Händen über Adrians sehnigen Rücken und fühlte, wie er liebevoll die Fettpölsterchen an ihren Hüften berührte. Sie lösten sich voneinander, lächelten sich an, und sie wusste, ihre Lachfältchen störten ihn nicht.

»Du bist wunderschön«, flüsterte er.

Laura hielt sich an seinen Worten fest, suchte nach eigenen, ebenso ehrlich gemeinten. Doch ihr fiel nichts weiter ein als: »Du bist in den Efeu reingewachsen.«

Adrian bog den Kopf zurück und lachte schallend. Sein Brustkorb vibrierte und lud sie ein mitzulachen.

»Sag mal«, fragte sie nach einem Moment, »hast du Wacholderschnaps intus?«

Er setzte eine reumütige Miene auf. »Die Gräfin ist schuld. Sie hat mich dazu gezwungen. Ich sollte mir Mut antrinken, bevor ich dir gegenübertrete. Und ich darf dir natürlich unter keinen Umständen verraten, dass sie einen kleinen Geheimvorrat besitzt.«

»Genau das hast du aber gerade getan.«

»Weil du mir den Kopf verdreht hast.«

Laura bemühte sich vergeblich darum, wieder ernst zu werden. »Du hast mich also nur geküsst, weil du betrunken bist?«

»Erstens«, sagte Adrian, »hast du mich geküsst. Das wollen wir doch mal festhalten.«

»Und zweitens?«

»Zweitens habe ich an dem Glas nur genippt und den Rest unauffällig in den Topf von diesem mannshohen Gummibaum im Salon gekippt. Wenn das Ding demnächst eingeht, weißt du, warum.«

Während sie so dastanden und lachten, die eine im Arm des anderen, der andere im Herzen der einen, kam Ralf auf sie zu.

»Was fällt Ihnen ein! Lassen Sie auf der Stelle meine Frau los!«, bellte er.

Vor Schreck machten sie alle beide einen Schritt zurück. Laura stieß mit den Kniekehlen gegen die Steinbank, Adrian landete wieder im Efeu. Eine Minute verstrich, vielleicht waren es auch zehn. Keiner der drei schien zu wissen, wie es nun weitergehen sollte.

Ralf, völlig perplex von dem, was er da gerade beobachtet hatte, fuhr sich wieder und wieder durch das von der spanischen Sonne ausgebleichte Haar.

Adrian stand stocksteif da, während Laura versuchte, ihren rasenden Puls zu beruhigen.

»Was … machst du hier?«, fragte sie endlich ihren Mann, weil ihr wieder nichts Vernünftiges einfiel.

»Ich wollte gerade zu meinen Eltern rübergehen, aber

euer albernes Gekicher hört man ja bis nach Wilsede. Sag du mir lieber, was du hier treibst! Wer ist der Kerl? Ist er überhaupt schon volljährig?«

Jedes Wort ein Fausthieb in Lauras Magengrube.

Sie schaute zu Adrian hinüber, der vollkommen unbeeindruckt wirkte. So als habe er die Fähigkeit zu hören verloren.

Sein Blick versank in ihrem.

Was denn?, fragte sich Laura. Was erwartet er von mir? Soll ich ihn verteidigen? Meinen Mann zum Teufel schicken? Erklären, dass er jetzt die große Liebe meines Lebens ist? Wieso tut er denn nichts? Warum kann er kein ganzer Kerl sein? Er ist eben doch zu jung für mich. Ich kann mich nicht auch noch um ihn kümmern. Das wird mir zu viel. Warum sagt er denn nichts? Warum ist er so stumm, so reglos?

Ein winziges trauriges Lächeln stahl sich in Adrians Mundwinkel.

Laura hätte schwören können, dass er ihre Gedanken gelesen hatte. Oder die plötzliche Dunkelheit in ihren Augen reichte ihm.

»Ist schon gut«, sagte er leise. »Ich muss sowieso wieder los.«

Damit ging er, und Laura sah ihn nur noch für einen kurzen Moment durch das Geflecht der Efeuranken, ehe er verschwunden war.

Enttäuschung machte sich in ihr breit.

»Na«, sagte Ralf, »groß kann die Liebe aber nicht sein, wenn er so schnell das Weite sucht.«

Ihr Noch-Ehemann sprach aus, was sie dachte, und allein dafür hätte sie ihn hassen können.

»Ich an seiner Stelle hätte um dich gekämpft, Laura.«

Sie wollte nichts mehr hören, nicht an diesem Ort.

Also schlängelte sie sich an ihm vorbei, rannte in den Garten und strebte auf den Wald zu, blieb aber bei der einsamen Birke stehen.

Flucht war keine Lösung.

Sie musste sich den Dingen stellen. Sie musste sich Ralf stellen. Sie war nicht wie er, das wurde ihr in diesem Moment klar. Er war nach Mallorca abgehauen. Sie dagegen war an Ort und Stelle geblieben und hatte die Anforderungen des Lebens angepackt. Zum ersten Mal in all ihren gemeinsamen Jahren kam ihr der Gedanke, dass sie stärker war als ihr Mann. Selbst wenn sie sich im Augenblick nicht besonders stark fühlte – sie würde einfach so tun als ob.

Also blieb sie, wo sie war, wartete auf ihn und ignorierte das leise Zittern in ihrem Innern. Er holte sie ein, als sie die Hände an den rauen weißgefleckten Stamm legte, so als könne sie dort Halt finden.

»Laura«, sagte Ralf.

Dann nichts, lange Zeit nichts.

Sie sah sich um. Der Garten, der Himmel – wurden sie grau? Ralfs Augen – verloren sie alle Farbe?

Nein, stellte Laura erstaunt fest. Ihre Welt blieb bunt.

Diese Erkenntnis machte sie froh, aber schon in der nächsten Sekunde stieg eine unbändige Wut in ihr auf.

»Wie kannst du es wagen!«, schrie sie. So laut, dass diesmal Ralf einen Schritt zurückfuhr. »Wie kannst du es wagen, hier einfach wieder aufzutauchen, nachdem du uns über Nacht verlassen hast. Als wäre nichts geschehen. Als hättest du uns nicht das Herz gebrochen.«

»Aber Liebling, ich habe dir doch erklärt …«

»Gar nichts hast du!«, fuhr sie dazwischen.

Wenn er noch einmal »Liebling« zu ihr sagte, würde sie ihm eine knallen.

Laura merkte, wie er unter seiner Sonnenbräune blass wurde, aber sie dachte gar nicht daran, ihren Ton zu dämpfen. Ihre Wut auf ihn war zu groß. Die Wut über seinen Verrat an der Familie. Die Wut darüber, dass er ihr vor Augen geführt hatte, wie schwach Adrian war. Wie wenig er bereit war, zu ihr zu stehen.

Vielleicht, dachte sie, würde Großmutter Theodora ihrem ach so geschätzten Adrian jetzt auch die *cojones* absprechen.

Sie ließ den Birkenstamm los, ballte die Hände zu Fäusten und stemmte sie in die Hüften.

»Aber du kannst es mir jetzt erklären.« Ihr Tonfall war nun leiser, dafür eisig.

»Warum bist du zurückgekommen? Und fang bloß nicht wieder an, von einem längeren Urlaub zu schwafeln. Wir wissen beide, dass du im Juni für immer weggegangen bist. Oder soll ich sagen weggelaufen? Du hattest ja nicht mal den Mut für eine offene Aussprache. Das war so was von feige von dir.«

Seine Schultern sackten herab.

Fast hätte er ihr leidgetan.

Das war also Ralf, der Mann, mit dem sie seit siebzehn Jahren verheiratet war. Der Mann, den sie einst geliebt hatte. Der Vater ihrer Tochter.

Etwas regte sich in ihrem Innern, ein längst vergessen geglaubtes Gefühl. Sie schob es mit aller Kraft beiseite.

»Ich warte.«

Endlich straffte er sich, und in seinen Blick kehrte der selbstgerechte Ausdruck zurück, den er schon seit seiner Ankunft zur Schau trug.

»Weißt du, Laura, das Leben auf Mallorca ist wirklich sehr schön. Meine Finca ist ein Traum, das Wetter könnte nicht besser sein, und der Ausblick aufs Meer wird jeden Tag besser. Du müsstest mal mit mir auf der Terrasse sitzen und den Sonnenuntergang betrachten. Oder frühmorgens einen Spaziergang durch den Olivenhain machen, wenn der Tau noch …«

»Komm zur Sache.«

Er lächelte schmal. »Ein wenig spanische Gelassenheit würde dir guttun, meine Liebe.«

»Ungefähr die Art von Gelassenheit, die du vorhin zur Schau gestellt hast?«

Jetzt verengten sich seine Augen zu Schlitzen. »Ich finde es unerhört, dass meine Frau andere Männer abküsst, kaum dass ich ihr den Rücken kehre.«

Immerhin. Auf einmal war Adrian in seinen Augen ein Mann und kein Minderjähriger mehr.

»Deine von dir getrennt lebende Frau«, korrigierte ihn Laura. »Das ist ein gewaltiger Unterschied.«

Irgendwo über ihr rauschte der Abendwind durch das Geäst der Birke.

Plötzlich fröstelte Laura und wünschte, sie könne sich schnell einen Pulli aus dem Schloss holen. Doch sie ließ sich nichts anmerken.

Keinen Zentimeter würde sie weichen, bis sie eine Antwort von Ralf bekommen hatte.

Er räusperte sich, setzte zum Reden an und verfiel wieder in Schweigen.

Sie verlor die Geduld. »Nun? Was hat dich aus deinem Paradies vertrieben? Doch nicht etwa die Sehnsucht nach deiner geliebten Familie? Das nehme ich dir nämlich nicht ab.«

»Du hast dich verändert«, stellte Ralf fest.

»Inwiefern?«

Er musterte sie lange, bevor er antwortete. »Früher warst du nicht so hart.«

Auch wenn es sie traf, tat sie unbeeindruckt.

Trotzdem schien Ralf vor ihren Augen stärker zu werden. Als er zum Reden ansetzte, ahnte sie jedoch nicht, was als Nächstes kommen würde.

»Nun gut. Du willst die ganze Wahrheit wissen? Bitte schön. Die Frauen auf Mallorca sind schuld. Ich habe nicht gewusst, dass Spanierinnen so besitzergreifend sind, so anspruchsvoll.« Er grinste schief. »Die fressen dich als Mann mit Haut und Haaren.«

Laura tippte ihm gegen die Brust. »Habe ich das richtig verstanden? Mich willst du fertigmachen, weil ich einen einzigen unschuldigen Kuss getauscht habe, während du vor deinem mediterranen Harem fliehen musstest, weil dir die *señoritas* zu sehr zugesetzt haben?«

Er wischte ihren Finger weg, reckte das Kinn vor. »Übertreib es nicht, Laura. Meine Geduld mit dir ist nicht unendlich, obwohl ich mir redlich Mühe gebe. Unschuldiger Kuss? Ha! Wer weiß, was du während meiner Abwesenheit noch alles getrieben hast.«

Auf eine verrückte Art fühlte sie sich geschmeichelt. Ralf traute ihr zu, dass sie sich einen Liebhaber genommen hatte. Oder sogar mehr als einen.

Grandios, dachte sie.

Offenbar war er noch nicht fertig. »Martin zum Beispiel. Täusche ich mich, oder ist mein geschätzter Herr Kollege ganz krank vor Liebe zu dir? Ich hatte den Eindruck, er wollte mich am liebsten mit einem Fußtritt zurück auf die Insel befördern.«

»Martin ist ein guter Mensch. Er würde mich niemals verlassen.«

Ralfs Grinsen wurde einen Hauch breiter. »Schon möglich. Ich glaube, er hatte schon lange ein Auge auf dich geworfen. Anscheinend bin ich gerade noch rechtzeitig zurückgekommen.«

»Von wem willst du mich eigentlich fernhalten? Von Adrian oder von Martin?«

»Am besten von allen beiden. Obwohl ich glaube, dass Martin die härtere Nuss ist. Der gibt nicht so leicht auf wie dein jugendlicher Freund.«

»Adrian ist zweiunddreißig.«

»Tatsächlich? Er sieht deutlich jünger aus.«

Es war alles andere als freundlich gemeint, und Laura wusste es.

Dennoch zog sie es vor, nicht darauf einzugehen, sondern fragte: »Was ist denn nun mit den heißblütigen Spanierinnen?«

Sie wartete auf ein Gefühl der Eifersucht, doch es kam nicht.

Sehr aufschlussreich, fand sie.

Ralf stieß einen langen Seufzer aus. »Eigentlich geht es nur um eine. Consuelo. Sie ist … sehr temperament…«. Er brach ab, als ihm offenbar auffiel, dass seine Frau nicht der richtige Ansprechpartner für die Beschreibung einer rassigen Mallorquinerin war.

Laura zog trotzdem die richtigen Schlüsse. »Aha, weil dir diese Consuelo zu anstrengend geworden ist, hast du dir gedacht, du flüchtest erst mal zu der guten, alten, ruhigen Laura.«

»Ganz so ist es nicht.«

»Ach, Ralf.« Sie schaute ihn an, traurig fast.

»Laura.« Seine Stimme klang weich, zärtlich. »Laura, wir könnten … Denk doch auch mal an Merle.«

Sie hörte deutlich den falschen Unterton heraus, dennoch musste sie gegen die plötzlich aufsteigenden Tränen ankämpfen.

»Merle geht es gut.«

»Ein bisschen zu gut, wie mir scheint. Seit wann hat sie einen Freund? Wer ist der Kerl überhaupt? Bisher hat sich noch niemand dazu herabgelassen, mich über den Jungen aufzuklären.«

Weil es dich nichts mehr angeht, hätte sie fast gesagt, meinte dann aber nur: »Chris ist in Ordnung.«

»Chris also. Und weiter? Wo kommt er her? Wer sind seine Eltern?«

Laura hütete sich, Ralf über die genauen Familienverhältnisse aufzuklären.

»Lassen wir das. Chris ist jetzt nicht das Thema. Und was Merle betrifft: Natürlich braucht sie ihren Vater, aber das ist noch lange kein Grund, um uns wieder zusammenzutun. Sei doch mal ehrlich zu dir selbst, Ralf. Du liebst mich nicht mehr.«

Es war hart, die Worte auszusprechen, aber es fühlte sich auch an wie eine Befreiung.

Ralf hingegen blieb uneinsichtig. »Du irrst dich. Ich habe viel nachgedacht. Du fehlst mir. Ihr fehlt mir.«

»Nein, Ralf, das glaube ich nicht. Dir fehlt bloß dein bequemes Leben hier. Dir fehlt die Frau, die alles für dich tut, die dir den Rücken freihält und dich ansonsten in Ruhe lässt. Du kannst nicht einfach die Zeit um zweieinhalb Monate zurückdrehen und hoffen, dass auf Kommando alles wie früher ist.«

»Aber Consuelo hat …« Wieder brach er ab.

Hellhörig geworden hakte Laura nach. »Was hat sie getan?«

»Getan? Noch nichts. Dafür hat sie mir gedroht. Dass sie mich umbringt, wenn ich sie nicht heirate.«

Laura erinnerte sich an ihre eigenen Mordgelüste, die erst einen Tag her waren, und verspürte Solidarität mit der fremden Spanierin. Dann dachte sie einen Moment nach und zog prompt die richtigen Schlüsse.

»Also hast du ihr versprochen, du fliegst kurz nach Deutschland und reichst die Scheidung ein.«

Ralf riss die Augen auf. »Woher weißt du das?«

»Ich habe bloß eins und eins zusammengezählt. In Wirklichkeit willst du hier unterkriechen und hoffst, dass der südliche Wirbelsturm an dir vorbeizieht.«

»So ungefähr«, gestand er. »Aber ich möchte wirklich, dass wir es noch einmal miteinander versuchen.«

Wieder dieser falsche Ton.

Laura fragte sich, ob er nur ihr oder auch sich selbst etwas vormachte.

Sie hob die Hand. »Lass es gut sein, Ralf. Ich gehe jetzt schlafen.«

»Darf ich dich begleiten?«, fragte er mit einem kaum wahrnehmbaren Funkeln im Blick.

»Du kannst direkt nach Hause gehen«, gab sie zurück und wies in Richtung seines Elternhauses.

Ralf stieß einen weiteren Seufzer aus, fügte sich jedoch in sein Schicksal.

19

Ihr letztes Stündlein?

Als Laura früh am nächsten Morgen aus tiefem Schlaf erwachte, wunderte sie sich über das Glücksgefühl, das sie von innen heraus ganz ausfüllte. Schon einen Wimpernschlag später verschwand es jedoch, ließ sie leer und einsam zurück.

Adrian.

Warum hatte er sich so leicht vertreiben lassen? War sie ihm so wenig wert?

Schnell sprang Laura aus dem Bett. Am liebsten hätte sie Adrian auf der Stelle vergessen, aber das war schwierig. Er lauerte in jedem Gedanken.

Als sie zehn Minuten später die Treppe hinunterstieg, hoffte sie auf ein paar ruhige Stunden. Niemand außer ihr schien bisher wach zu sein.

Gut so.

In der Küche brühte sie eine Kanne Kaffee auf, bestrich zwei Scheiben Toast mit Butter und Honig und nahm das Frühstück mit ins Büro. In der ehemaligen Stiefelkammer roch es noch immer nach altem Leder und Schuhcreme. Nun gesellte sich der Duft frischen Kaffees hinzu.

Laura aß einen Toast und vertiefte sich dann in die Arbeit, die sie schon am Samstag hatte erledigen wollen.

Nach einer guten Stunde lehnte sie sich zurück. Alle Buchungen für die kommenden zwei Wochen waren erledigt, alle Rechnungen geschrieben.

Bettina Thomsen fiel ihr ein und deren Wunsch nach einem Fest Ende September. Laura beugte sich wieder vor und arbeitete zehn Minuten lang konzentriert am PC.

Geschafft, dachte sie schließlich. Es klappte. Das einzige scheidungswillige Paar, das bisher genau für jenes Wochenende gebucht hatte, musste eben eine Woche warten. Laura schrieb umgehend eine Mail. Anschließend rief sie Bettina an.

»Moin!«

»Wie spät ist es?«, kam es gähnend zurück.

Laura warf einen Blick auf die altmodische Kuckucksuhr an der Wand, die einer ihrer Vorfahren in die Stiefelkammer verbannt hatte. »Kurz vor acht.«

»Was hier in Berlin mitten in der Nacht bedeutet.«

»Sorry. Soll ich später noch mal anrufen?«

»Nö, jetzt bin ich ja wach. Erzähl mir alles vom bombastischen Adrian.«

Laura musste schlucken. »Deswegen rufe ich nicht an«, gab sie gepresst zurück.

»Zu schade. Willst du nicht darüber reden?«

»Nicht jetzt. Es ist … kompliziert.«

Bettina stieß ein undefinierbares Geräusch aus. »Wenn das Leben einfach wäre, dann wär's echt langweilig. Aber gut, Olle, erzähl es mir ein anderes Mal. Ich bin ja kein Stück neugierig. Hauptsache, dein wieder aufgetauchter Göttergatte funkt dir nicht in dein neues glückliches Leben rein.«

Damit hatte sie den Finger zielsicher auf die Wunde gelegt, doch Laura ging nicht darauf ein.

»Wir kriegen das übrigens hin mit eurer Feier.«

»Was? Wirklich? Juhu! He, Oliver, aufwachen! Du darfst mich noch mal heiraten.«

Laura hörte ein schwaches Grunzen, dann einen Schmerzenslaut. Offenbar wurde Oliver Thomsen mit Gewalt aus dem Schlaf gerissen. Sie schmunzelte, doch gleichzeitig wurde sie von Traurigkeit erfasst. Die beiden hatten sich wieder zusammengerauft und waren glücklich. Für sie selbst und Ralf gab es diese Option nicht.

Ganz einfach, weil die Liebe fehlte. Sie war sich dessen inzwischen ganz sicher.

Oder konnte sie wieder mit ihm zusammenleben, um die Familie zusammenzuhalten?

Nein. Auch dahingehend hegte sie keinen Zweifel. Die alte Laura hätte nicht gezögert. Die Familie war ihr damals über alles gegangen. Aber sie war nicht mehr dieselbe Person. Das wusste sie jetzt. Sie hatte erkannt, dass sie selbst nicht zwangsläufig an letzter Stelle kam.

Geduldig hörte Laura zu, wie Bettina aufgeregt auf ihren Mann einredete. Erneut fühlte sich etwas genau richtig an, doch auch diesmal kam sie nicht darauf, was es war.

Im Türrahmen zum Büro erschien Merle. Als sie merkte, dass ihre Mutter telefonierte, wollte sie sich zurückziehen, doch Laura gab ihr mit einer Geste zu verstehen, sie solle warten. Sie beendete das Gespräch mit Bettina und winkte Merle herein.

»Guten Morgen. Hast du schon gefrühstückt?«

»Nö. Aber ich wollte dich schnell was fragen.« Sie kam rein und hockte sich auf die Schreibtischkante. Abgesehen von Lauras Drehstuhl gab es keine Sitzgelegenheit.

Laura wartete ab und registrierte dabei den durchsichtigen Nagellack, der den schwarzen ersetzt hatte, das tiefblaue Shirt und die zu Shorts abgeschnittenen Bluejeans.

Darunter kamen Merles lange, sonnengebräunte Beine zum Vorschein. Die nackten Füße steckten in Flipflops. Auf dem Kopf trug sie eine ehemals weiße, inzwischen fleckige Baseballkappe, den Schirm nach hinten gedreht.

Trotz der lässigen Aufmachung wirkte sie erwachsener, reifer.

Chris tut ihr gut, dachte Laura. Die erste Liebe tut ihr gut.

Merle nahm die Musterung gelassen hin. »Mach dir bloß keine falschen Hoffnungen. Pink werde ich niemals tragen.«

Sie kicherte, Laura grinste. Dann lachten sie beide kurz auf.

Schwer zu sagen, wer erleichterter war: die Mutter, weil ihre Tochter die dunkle Phase hinter sich gelassen hatte, oder die Tochter, weil sie es nicht mehr nötig hatte, anders als der Rest der Sippe zu sein.

Merle schnappte sich den ungegessenen Toast und verschlang ihn mit drei Bissen. »Papa meint, jetzt müsste ich nur noch meine blonden Haare zurückhaben, dann wäre ich wieder seine kleine Prinzessin. Würg!«

»Merle«, mahnte Laura. »Er ist immer noch dein Vater.«

»Irrtum«, kam es entschlossen zurück. »Nach dem Scheiß, den er gebaut hat, muss er es sich erst mal verdienen, wieder mein Vater zu sein.«

Laura verzichtete darauf, ihre Tochter wegen des Kraftausdrucks zu rügen. Was sie sagte, stimmte ja.

»Es liegt ganz allein an dir, ob du ihm eine zweite Chance gibst.«

Merle wischte sich ein paar Brotkrümel ab, trank einen Schluck von Lauras kaltem Kaffee und verzog das Gesicht. Sie bevorzugte morgens noch immer Kakao.

»Ich weiß«, sagte sie dann. »Und ich werde gut darüber nachdenken. Papa ist kein übler Typ, nur eben ziemlich durchgeknallt.«

Diesmal rang Laura um Fassung. Wenn sie sich nur ein winziges Lächeln gestattete, das wusste sie genau, würde sie einen hysterischen Lachkrampf bekommen. Ralf Hinrichs, angesehener Rechtsanwalt und stets angesäuert über einige Mitglieder der Familie, die er für verrückt hielt – dieser Ralf Hinrichs wurde nun von seiner eigenen Tochter als durchgeknallt bezeichnet.

Große Klasse!

»Außerdem lasse ich die schwarze Farbe längst rauswachsen«, fügte Merle hinzu.

Sie hob kurz die Kappe, und Laura konnte ganz deutlich den naturblonden Ansatz erkennen.

»Bloß was ist mit dir, Mama?«

»Was soll denn mit mir sein?«, fragte sie vorsichtig.

Merle ließ sie nicht aus den Augen. »Du weißt schon. Nimmst du ihn zurück?«

Auf einmal hatte Laura das Gefühl, sich mitten in einer Prüfung zu befinden. Es schien, als müsste Merle entscheiden, was sie nach all den Ereignissen dieses außergewöhnlichen Sommers von ihrer Mutter halten sollte.

Sehr langsam schüttelte Laura den Kopf. »Ich denke nicht. Er hat mir zu sehr wehgetan. Und jetzt … Ich weiß nicht, ich glaube, ich bin inzwischen weitergegangen. Dort, wo er mich verlassen hat, findet er mich nicht mehr.«

Sie war davon überzeugt, sich vollkommen unverständlich ausgedrückt zu haben, doch Merle sah das offenbar anders. Sie glitt von der Schreibtischkante, beugte sich über den Stuhl und umarmte sie flüchtig. Dann hockte sie sich wieder hin.

»Und das Hotel? Soll es weiter ›*Happy Divorce*‹ heißen? Auch ohne Papa?«

Laura rieb sich über die Stirn. »Hättest du ein Problem damit? Martin Spitzer macht den Job sehr gut, finde ich.«

»Na ja, das ist schon ziemlich schräg.«

Merle gab sich locker, aber Laura ahnte auf einmal, dass ihr Kind möglicherweise auch deswegen in der Schule und im Ort einiges auszustehen hatte. Ihr wurde bewusst, wie wenig sie daran gedacht hatte, was die ausgefallene Idee für ihre Tochter bedeutete.

»Ich weiß es noch nicht genau«, sagte sie ehrlich. »Mir geht da so eine halbgare Idee im Kopf herum, aber die ist noch nicht spruchreif. Gib mir noch etwas Zeit, ja?«

»Okay.« Sie klang immer noch locker, aber auch ein kleines bisschen erleichtert. Dann sagte sie: »Weißt du was, Mama? Du bist voll cool geworden.«

Laura ahnte, das war ungefähr das größte Kompliment, das eine Fünfzehnjährige ihr machen konnte.

»Annähernd so cool wie Nina?«, fragte sie mit einem Augenzwinkern zurück. Gleichzeitig verspürte sie aber auch einen Hauch von dem alten, hässlichen Neid auf das gute Verhältnis zwischen ihrer kleinen Schwester und ihrer Tochter.

Merle machte eine wegwerfende Handbewegung. »Tausendmal. Tante Nina tut nur so, als ob sie alles im Griff hätte. Dabei benimmt sie sich, als wärst du ihre Mutter, die immer noch für sie zuständig ist.«

»Das stimmt«, erwiderte Laura überrascht, weil Merle ihre Tante durchschaut hatte. »Und ich bin nicht ihre Mutter.«

»Eben.«

»Als ich etwas jünger war als du, da habe ich …« Sie brach ab, als Merle die Hand hob.

»Ist schon okay, Mama. Uroma Theodora hat mir mal die ganze Geschichte erzählt, als ich wissen wollte, warum ich keine Großeltern von Bonin habe.«

»Verstehe«, meinte Laura und fühlte sich hilflos. »Ich hätte auch mit dir darüber sprechen sollen.«

»Halb so wild. Jedenfalls wolltest du Tante Nina die Mutter ersetzen. Das war echt 'ne Riesenleistung von dir.«

»Oh, danke.«

Laura konnte über ihre kluge, selbstbewusste Tochter nur staunen. Wann hatte sich Merle nur so rasant verändert?

Nein, überlegte sie sofort. So ist es nicht. Merle war schon immer ein besonders intelligentes und einfühlsames Mädchen gewesen. Diese Eigenschaften hatten sich nur für längere Zeit hinter einer schwarzen Mauer versteckt.

»Jederzeit gerne«, sagte Merle. »Aber ich finde, Tante Nina muss endlich damit aufhören und kapieren, was sie will. Sie ist schon fünfundzwanzig!«

So, wie sie es sagte, klang es uralt.

Laura erinnerte sich daran, dass sie selbst in der Pubertät alle Leute über zwanzig für Tattergreise gehalten hatte. Sie grinste. Wie alt war sie dann wohl in den Augen ihrer Tochter?

Lieber nicht drüber nachdenken.

»War es das, was du mich fragen wolltest?«, erkundigte sie sich nach einem Augenblick einvernehmlichen Schweigens. »Ob Papa und ich wieder zusammenkommen?«

»Nee.«

»Sondern?«

»Was echt Wichtiges.«

Prompt klingelten bei Laura sämtliche Mutter-Alarmglocken. Merle und Chris, Küsse und Hormone, erste Liebe und …

Mann, Mann, Mann!

»Was ist passiert?«

»Hä?«

Sie sammelte sich mit Mühe. »Frag mich einfach.«

Merle rutschte auf der Schreibtischkante hin und her. »Na ja, weißt du, also ich finde den Chris echt toll, und ich …« Sie brach ab, fuhr sich durchs Gesicht, blinzelte nervös.

Ihre Alarmglocken schrillten inzwischen so laut wie die Kirchenglocken von Sankt Michael. Sie dröhnten in Lauras Ohren.

»Er ist doch erst seit zwei Tagen da«, entfuhr es ihr, bevor sie sich bremsen konnte.

Merle riss die Augen auf. »Was?«

»Geht das nicht ein bisschen schnell?«

Laura fragte sich unwillkürlich, ob sie jemals aufhören würde, sich Sorgen um ihre Tochter zu machen. Vermutlich nicht. Aber eine Atempause wäre schön gewesen. Eben noch der ganze Kummer um das schwarze Mädchen und im nächsten Augenblick dieses irrsinnig schnelle Erwachsensein.

Oder auch nicht Erwachsensein. Bloß der nächste Stolperstein auf dem Weg dahin.

Sie wünschte, sie hätte wenigstens ein paar Tage gehabt, in denen sie sich mal keine Gedanken um Merle machen musste. Und um Nina, fügte sie im Stillen hinzu. Und um Großmutter. Laura war es leid, sich für alle verantwortlich zu fühlen.

Etwas davon musste sich in ihrem Gesicht abzeichnen,

denn Merle sagte trotzig: »Wenn dich das so sehr stresst, dass ich mal was fragen will, dann vergiss es einfach.«

»Ach, Quatsch«, erwiderte Laura schnell. »Bitte sag mir, was du auf dem Herzen hast.«

»Ichwillzumfrauenarzt«, ratterte Merle herunter.

Laura brauchte einen Moment, um den Satz auseinanderzupflücken. Dann atmete sie flach und schnell, weil sie ein enges Gefühl in der Brust hatte.

»Du willst zum Frauenarzt?«

»Sagichdoch.«

»Warum? Bist du …? Ich meine …«

Großer Gott! Waren alle Mutter-Tochter-Gespräche so schwierig, oder waren Merle und sie besonders unfähig, miteinander zu kommunizieren?

»Ich will die Pille! Und halt mir jetzt bloß keinen Vortrag von wegen ich bin zu jung und so. Ich werde im Oktober sechzehn. Alle Mädchen, die ich kenne, nehmen die schon ewig!«

Vor lauter Erleichterung schloss Laura kurz die Augen. »Du bist also nicht schwanger.«

»Was? Spinnst du? Chris ist toll, aber bisher war er ja nur mal kurz zu Besuch. Und ich weiß ja auch gar nicht, ob … Egal, ich will die Pille.«

Es hätte auch ein anderer Junge sein können, dachte Laura. Eine Million Einwände lagen ihr auf der Zunge. Ihr kleines Mädchen! Sie war doch noch ein Kind! War es nicht erst gestern gewesen, dass Merle Zöpfe getragen hatte? Dass sie um ihr totes Meerschweinchen geweint und nach dem ersten Schultag stolz ihre Zahnlücken gezeigt hatte?

Laura musste mehrmals hart schlucken. Sie wusste, sie beide standen am Scheideweg ihrer Beziehung. Wollte sie ihr neues gutes Verhältnis zu Merle nicht gleich wieder zerstören, hatte sie kaum eine Wahl. Mochte ihre Tochter in ihren eigenen Augen noch nicht so weit sein, sie hatte ein Recht darauf, ihr eigenes Leben zu leben.

»Okay«, sagte sie schließlich heiser.

Merles Augen waren jetzt riesig und kugelrund. »Echt?«

»Ja«, zwang Laura sich zu erwidern und fügte hinzu: »Ich mache gleich einen Termin in Lüneburg für dich aus. Aber du weißt, dass du trotz Pille aufpassen musst, wegen der möglichen Gefahren.«

»Hey, alles gut, Mama. Ich bin aufgeklärt. Ist ja mega! Ich dachte, du machst voll Stress.«

»Warum sollte ich?«, fragte Laura und war ganz froh, dass ihre Tochter keine Gedanken lesen konnte. Dann hätte sie ihre Mutter bestimmt nicht mehr cool gefunden.

Merle checkte die Uhrzeit auf ihrem Smartphone, rutschte erneut vom Schreibtisch und war auf einmal wieder ein kleines Mädchen, als sie aufgeregt von einem Bein aufs andere hüpfte. »Bis später dann. Chris und ich wollen noch ins Waldbad. Er ist bestimmt schon ewig wach und wartet auf mich.«

»Musst du nicht beim Schmücken des großen Tanzzeltes helfen?«

Die Vorbereitungen für das Heideblütenfest am kommenden Wochenende liefen auf Hochtouren, und Laura kannte Merles Aufgaben. Das Tanzzelt war bereits aufgebaut und sollte in mühseliger Kleinarbeit von den Mädchen des Ortes mit Hunderten Heidesträußen dekoriert werden.

»Da gehen wir am Nachmittag hin, und Chris hilft auch mit. Dann schaffen wir es auf jeden Fall. Außerdem haben wir noch bis Freitag Zeit, die ganzen Sträuße zu binden und aufzuhängen.«

»In Ordnung«, gab Laura zurück.

Sie bekam eine zweite schnelle Umarmung.

Vielleicht ist es das wert, überlegte sie, nachdem Merle verschwunden war. Hin und wieder ein flüchtiger Liebesbeweis für die vielen Sorgen.

Aber dann dachte sie wieder daran, wie sehr sie eine Pause von ihrem Alltag bräuchte. Einfach um mal zu sich zu kommen. Um zu verarbeiten, was mit ihr derzeit passierte.

Prompt schlich sich Adrian in ihre Gedanken. Ihre Lippen sehnten sich nach seinen, ihre Haut forderte seine Berührung ein, ihr ganzer Körper stand in Flammen.

Laura sprang auf, lief aus dem Büro und stürmte durch die Diele zum Haupteingang.

Raus, nur raus hier!

Auf der Freitreppe prallte sie gegen jemanden.

Sie hob den Kopf und sah eine kleine schwarzhaarige Frau vor sich.

Die Fremde schrie auf, klammerte sich ans Geländer und stieß eine Reihe von Flüchen aus, die sich spanisch anhörten.

Spanisch?

Laura rieb sich den linken Oberarm, wo sie von einem äußerst spitzen Ellenbogen getroffen worden war. Überhaupt schien alles an der Frau spitz zu sein. Die Nase, das Kinn, die Schlüsselbeine und auch die Hüftknochen unter dem enganliegenden knallroten Stretchkleid.

»Madre de Dios!« rief die Frau jetzt und starrte Laura an.

Nach einem Fluch klang das diesmal nicht, eher nach der Mutter Gottes.

Laura wunderte sich über das ungerollte R, das tief aus der Kehle der Spanierin kam. Dann wunderte sie sich über sich selbst und worüber sie sich so Gedanken machte. Vielleicht hatte ein anderer scharfer Körperteil der Frau sie ja am Kopf getroffen.

Beide starrten einander an, unsicher, wie es weitergehen sollte.

»Guten Tag«, sagte Laura schließlich. »Es tut mir leid, dass ich Sie angerempelt habe. Herzlich willkommen auf Schloss Bonin. Haben Sie reserviert? Und wo ist Ihr Gatte, wenn ich fragen darf?«

Die Fremde wurde blass unter sonnengebräunter Haut. »Welcher Gatte?«, fragte sie in ziemlich aktzentfreiem Deutsch. »Ich bin hier, um mit Ralf zu sprechen.«

Erst da begriff Laura, wen sie vor sich hatte. »Oh, ich verstehe. Sie sind Consuelo?«

Die Spitzgesichtige warf ihre schwarzen Locken in den Nacken und hob stolz das spanische Kinn. »Consuelo Carmen Molinero.«

»Sehr erfreut«, sagte die unerfreute Laura. »Ich bin Laura Hinrichs.«

Zwei Feuerbälle verließen die schwarzen Augen und trafen Laura.

»SIE!«

»Ähm, ja.«

»SIE! SIE!«

»Immer noch ja.«

Consuelo Carmen Molinero ließ das Geländer los und kramte in der überdimensionalen Handtasche, die schräg über ihrer Schulter hing. »Sie stehen dem Glück Ihres Mannes im Weg. Er will ein neues Leben beginnen. Mit mir!«

»Ach so«, sagte Laura lahm. »Wissen Sie, eigentlich will ich gar nicht …«

»Da!«, rief Consuelo und hielt Laura ihr Smartphone vor die Nase.

Auf dem Display war ein glücklich lächelndes Paar zu erkennen. Consuelo und Ralf.

»Oh«, murmelte Laura. Sie fand, Ralfs Lächeln auf dem Bild wirkte ein wenig gezwungen, hütete sich aber, den Umstand zu erwähnen.

»Wo ist Ralf?«

Laura schwieg.

»Reden Sie!«

Ihr Hals war furchtbar trocken, die Frau machte ihr ein bisschen Angst. Sie musste mehrfach schlucken, bevor sie krächzen konnte: »Er schläft bei seinen Eltern auf dem Hinrichshof. Das ist nicht weit von hier. Ich kann Ihnen gerne den Weg beschreiben.«

»Es wäre außerordentlich freundlich von Ihnen, wenn Sie ihn mir zeigen würden.«

Laura hob die Schultern und stieg dann langsam die Freitreppe hinunter.

Warum nicht?, dachte sie. Je eher sie Ralf und Consuelo zusammenbrachte, desto eher hatte sie selbst ein Problem weniger. Hoffentlich.

Während sie das Schloss umrundete, versuchte sie sich in freundlicher Konversation.

»Wo haben Sie so gut Deutsch gelernt? Ich finde, Sie sprechen die Sprache ausgezeichnet. Vielleicht mit einem etwas anderen Einschlag als unserem nordischen, aber …« Weiter kam sie nicht.

»Das geht Sie nichts an.«

Okay, mit Konversation war hier kein Eis zu brechen.

Schweigend ging Laura weiter und war sich Consuelos Anwesenheit in ihrem Rücken unangenehm bewusst.

Zwischen dem Garten und der Weide, auf der Wilhelms Stute graste, führte ein schmaler Weg direkt zum Hinrichshof. Etwa auf der Hälfte der Strecke knickte der Weg nach rechts ab, um einer großen Eiche auszuweichen.

Genau in der Sekunde, als Laura und Consuelo um den Baumstamm herumgingen, entdeckten sie beide gleichzeitig Ralf, der ihnen entgegen kam. Er war auf dem Weg zum Schloss und hoffte sicherlich, trotz seiner Verbannung, nach und nach wieder seinen alten Platz einzunehmen.

»Laura«, sagte Ralf verblüfft und dann: »Consuelo!«

»Hallo, Liebling«, gurrte die Spitzgesichtige. *»Hola, querido.«*

»Was machst du denn hier?«

»Ich habe dich vermisst, *querido«*, kam es honigsüß zurück.

»Das … ähm … freut mich. Aber wir haben uns erst vorgestern voneinander verabschiedet.«

»Ich weiß, zwei Tage sind nun mal furchtbar lang, findest du nicht auch?«

Ralf schwieg verunsichert.

»Außerdem«, fuhr Consuelo fort, »ist mir da so ein Verdacht gekommen. Ich glaube, du bist gar nicht nach Deutschland geflogen, um deine Scheidung in die Wege zu leiten. Du willst mich verlassen.«

Ralfs flackernder Blick verriet alles, das sah auch Laura.

»Was hast du vor, Consuelo?«, fragte er leise.

»Dich zurückholen. Was sonst?«

Sie trat einen Schritt zur Seite, lief auf ihn zu und sprang in seine Arme.

20

Ein wilder Ritt

Laura wich zur Seite, während Ralf um sein Gleichgewicht kämpfte. Consuelo umklammerte ihn wie eine Schlingpflanze.

Ralf keuchte. Sein Hals wurde schließlich auch umklammert. Dann schüttelte er sich kräftig, packte die spitzen Arme und Beine und stieß Consuelo von sich.

»Das reicht!«, brüllte er sie an.

Oder vielmehr den Platz, an dem sie eben noch gestanden hatte.

Wo war sie hin?

»Wo ist sie hin?«, schrie er Laura an.

»Du Mistkerl!«, schimpfte sie, während ganz in der Nähe das helle Wiehern eines Pferdes erklang.

»Regele deine Frauengeschichten gefälligst woanders.«

»Consuelo ist sehr temperamentvoll«, gab er ungerührt zurück. »Sie würde alles für mich tun.«

»Sie ist dir bloß nachgereist und hat sich dir an den Hals geworfen«, erwiderte Laura. »Das finde ich jetzt keine so große Sache.«

Das Wiehern wurde lauter, panischer. Es musste Moonlady sein. Jetzt hörte Laura auch, wie die Stute losgaloppierte. Das war an sich nichts Ungewöhnliches, lenkte sie jedoch ab.

»Du verstehst das nicht«, sagte Ralf.

»Will ich auch gar nicht.«

»Sie würde noch ganz andere Dinge unternehmen, um mich nicht zu verlieren. Das hat etwas mit dem Stolz der südländischen Frauen zu tun. Die kämpfen bis aufs Blut für einen Mann.«

»Also, ich weiß nicht. Irgendwas an deiner Spanierin kommt mir ziemlich spanisch vor.«

»Du bist ja bloß eifersüchtig.« In seiner Stimme schwang Genugtuung mit.

»Auf eine spitze Consuelo Carmen Molidingsbums? Nö.«

Ralfs Brust schwoll vor Stolz an. »Manchmal gehen Frauen sogar freiwillig in den Tod, wenn sie den Mann ihres Herzens nicht bekommen können.«

»Du spinnst ja.«

»Es ist wahr. Ich habe es schon oft gehört.«

»Gehört? Seit wann glaubt ein Anwalt wie du an Geschichten?«

Ralf ließ sich nicht beirren. »Consuelo hat mir geschworen, sie wird für mich sterben, sollte ich sie jemals verlassen.«

»So wie jetzt«, murmelte Laura.

»Irgendwie schon. Übrigens, kann es sein, dass unter deinen Ahnen ein paar Iberer waren?«

»Was hat denn meine Familie mit dieser verrückten Frau zu tun?«

»Na, ich musste nur gerade an die alte Gräfin und ihre diversen Selbstmordversuche denken.«

»Da gibt es überhaupt keinen Zusammenhang«, gab Laura aufgebracht zurück. »Keinen, kapiert? Meine Großmutter vermisst ihren Mann, mit dem sie fast sechzig Jahre verheiratet war. Und sie sieht keinen Sinn mehr in ihrem Leben. Obwohl … es ist besser geworden mit ihr. Wie auch immer. Deine Freundin will bloß schön dramatisch rüberkommen, um dir zu imponieren. Die tut niemandem was. Weder anderen noch sich selbst.«

»Woher willst du das wissen?«

Laura hob die Schultern. Sie wusste es gar nicht. Sie hoffte es nur. Andererseits hatte man schon Pferde kotzen sehen, wie ihr Schwiegervater gern sagte.

Pferde?

Da war doch was. Sie lauschte. Genau!

Das galoppierende Pferd schien näher zu kommen. Unwillkürlich suchte Laura Schutz hinter dem dicken Eichenstamm.

Dann entfernten sich die Geräusche wieder, stattdessen hörte sie einen sehr hellen, sehr lauten Schrei.

»Das klingt nach deiner Consuelo.«

»Was?« Ralf sah nicht sehr intelligent aus. Eher vollkommen überfordert.

Laura hingegen hatte verstanden, was da gerade geschah.

»Kann sie reiten?«

»Äh … ja, ich glaube. Sie stammt ja aus Cordoba in Andalusien, und sie hat mal was erzählt … Nein! Das darf nicht wahr sein!«

Er wirbelte herum, war mit drei langen Schritten beim Weidezaun.

Laura hinterher.

Ralf kletterte flott hinüber, sie folgte langsam und vorsichtig. Der Zaun war alt und morsch und viel zu niedrig für große Tiere.

Seit Wochen mahnte Laura ihren Schwiegervater, ihn

zu erneuern. Irgendwann würde sonst außer seinen Hunden auch noch die wilde Stute ausbüxen und ihre Gäste im Garten in Angst und Schrecken versetzen. Wilhelm Hinrichs hatte es bisher versprochen, aber nicht getan.

Gut für seinen Geldbeutel.

Schlecht für Consuelo.

Ganz schlecht.

Laura rannte hinter Ralf über die Weide und sah, wie die Schimmelstute am anderen Ende direkt auf den Zaun zuhielt. Auf ihrem bloßen Rücken saß Consuelo und schrie spitz. Sehr spitz. Ihre Schultertasche knallte rhythmisch gegen ihre Hüfte.

»Kann sie auch springen?«, rief Laura.

Ralf antwortete nicht. Er legte einen Zwischenspurt ein, hängte Laura ab.

Das Pferd war schneller. Logisch. Es hob ab, streifte mit den Vorderhufen die obere Zaunlatte, die sofort nachgab und in sich zusammenfiel. Sicher landete die Stute auf der anderen Seite und galoppierte auf die Landstraße zu. Weg von Lünetal, hin in Richtung weite, freie Heideflächen.

Ein kleiner werdender roter Punkt blieb hartnäckig auf ihrem Rücken kleben.

»Consuelo sitzt immer noch drauf«, stellte Laura keuchend fest. »Also reiten kann sie. Mindestens so gut wie Merle. So ganz ohne Sattel und Zaumzeug und dann noch der Sprung über den Zaun. Ich würde längst unten liegen.«

Sie erreichte Ralf, der nach vorn gebeugt dastand und sich die Seiten hielt.

»Warum hat sie das gemacht?«, fragte er hilflos. »Will sie sich wirklich umbringen?«

»Glaube ich nicht. Wie schon gesagt, wahrscheinlich will sie bloß bei dir Eindruck schinden. Wie sie wohl auf

Moonlady raufgekommen ist? Einfach raufgehüpft? Die Frau muss ja wahnsinnig sportlich sein.«

»Das ist sie«, erwiderte Ralf mit einer seltsamen Art von Besitzerstolz.

Laura sah sich um. »Moonlady ist die Landstraße entlanggaloppiert«, sagte sie dann. »Nach Nordwesten. Ohne Zügel hat Consuelo null Einfluss auf die Stute. Nein, Moonlady ist definitiv durchgegangen. Die lässt sich so leicht nicht stoppen.«

Ralf fing an, sich die Haare zu raufen. »Hört das denn nie auf? Wann habe ich bloß endlich wieder meine Ruhe?«

Laura lachte ihn eine Runde aus. »Jetzt jammer hier nicht so rum. Wir müssen die Polizei informieren. Und die Feuerwehr.«

»Ich bin die Feuerwehr.« Ralf stand noch immer unter Schock.

»Nicht mehr. Dein Vater ist wieder Hauptmann, seit du abgehauen bist.« Sie blickte in Richtung des Bauernhofs. »Da kommt er auch schon. Ich glaube, er hat Moonlady weggaloppieren sehen.«

Quer über die Weide lief Wilhelm Hinrichs auf sie zu. »Was ist passiert?«, rief er schon von Weitem. »Wer hat meine beste Zuchtstute entführt?«

Oha!, dachte Laura. Da hatte Moonlady aber umgehend Karriere gemacht. Vom unreitbaren Zossen zur wertvollen Zuchtstute in nur wenigen Minuten. Selbst wenn sie den Ritt heil überstand, wurde es für Consuelo brenzlig. So etwas nannte man Horsenapping.

Sie kicherte. Offenbar ließ ihre Anspannung nach.

»Was ist denn so lustig?«, verlangte ihr Schwiegervater zu wissen.

»Frag deinen Sohn.«

Wilhelm warf Ralf einen düsteren Blick zu. »Wir klären das später.«

Damit fischte er ein uraltes Handy aus der Hosentasche, tippte auf den bierdeckelgroßen Tasten herum, rief die Polizei an und bestellte anschließend die Mitglieder der Freiwilligen Feuerwehr von Lünetal zum Spritzenhaus.

»Suchaktion!«, brüllte er. »Schwarzhaarige Frau in rotem Kleid auf Schimmel!«

Uiuiui, dachte Laura. Sie sah bereits sämtliche Männer der Lüneburger Heide ausschwärmen.

Wieder kicherte sie, wurde dann jedoch ernst und wandte sich an ihren Schwiegervater. »Vielleicht solltest du hinzufügen, dass sie versucht hat, deinen Sohn zu erwürgen.«

Kurz flackerte Wilhelms Blick irritiert auf und wurde erst wieder fest, als Ralf schnell sagte: »War bloß ein Scherz.«

»Ich wäre vor Angst aber fast gestorben«, insistierte Laura.

»Genug!«, brüllte Wilhelm. »Ihr zwei geht zurück zum Schloss und verhaltet euch ruhig. Ich melde mich, sobald es Neuigkeiten gibt.«

Im Salon wartete eine sehr aufgeregte Theodora. Der Dorfklatsch war sogar schneller gewesen als die durchgegangene Moonlady.

Laura trat zum Vitrinenschrank, schloss ihn auf und holte die noch halb volle Flasche Wacholderschnaps heraus.

»Wann, wenn nicht jetzt«, sagte sie.

Dann goss sie drei Gläser randvoll, reichte eins Ralf und eins Theodora. Die war so verblüfft, dass sie den anderen beiden beim Trinken zusah und ihr Glas nur festhielt.

»Ich muss dringend Luise anrufen«, sagte sie mit Blick

auf die Flasche. »Wir brauchen Nachschub. So, und jetzt will ich wissen, was passiert ist.«

Laura berichtete in knappen Worten.

Theodora kippte ihren Schnaps. Sie schwieg. Dann sagte sie: »Herrgott noch mal, das ist es!«

»Was?«, nuschelte Ralf. Er war nur noch leichten mallorquinischen *vino tinto* gewöhnt. Keinen Selbstgebrannten.

»Warum bin ich nie auf die Idee gekommen, als ich noch sterben wollte?«

Laura setzte sich im Schneidersitz auf den Afghanen. Zur Sicherheit. Der Wacholdergeist rauschte nur so durch ihre Adern, und die Vorstellung von ihrer Großmutter auf Moonlady machte ihr Angst.

Ziemlich viele Schreckmomente an einem einzigen Tag.

Ralf tippte sich mit dem Finger gegen die Schläfe. »Ganz einfach: Du kannst nicht reiten.«

»Na und? Dann wäre ich eben nach ein paar Metern runtergefallen und gestorben.«

Laura sah, wie ihr Mann die Flasche nahm, um sich und seiner Schwieger-Großmutter nachzuschenken.

Beide tranken.

»Die Frage ist bloß«, sinnierte Theodora, »wie ich da hochgekommen wäre. Glaubst du, das Pferd hätte stillgehalten, bis ich eine Leiter geholt und raufgeklettert wäre?«

»Das müssen wir meinen Vater fragen, wenn er zurück ist.«

»Verstehe.« Sie schwiegen einvernehmlich und tranken weiter.

Laura schüttelte den Kopf. Seit wann empfand ihre Großmutter Sympathie für Ralf?

»Wenn deine Consuelo wieder da ist, musst du sie mir

unbedingt vorstellen«, sagte Theodora gerade zu ihm. »Sie scheint mir eine äußerst bemerkenswerte junge Frau zu sein.«

Aha, dachte Laura.

»Na ja«, meinte Ralf gedehnt. »Ehrlich gesagt, ist sie mir ein wenig zu anstrengend.«

»Unsinn. Sie ist genau die Richtige für dich. Du brauchst eine Frau mit Pep.«

»Mit Pep?«, fragte Ralf.

Mit Pep?, dachte Laura. Sie überlegte, ob sie beleidigt sein sollte, ließ es jedoch bleiben.

Viel zu mühsam.

Zeit verstrich, in der niemand etwas sagte. Laura kochte zwischendurch Kaffee, wurde wieder nüchtern. Die anderen beiden hielten sich an den Wacholdergeist, bis die Flasche leer war.

Irgendwann klingelte Ralfs Smartphone. Er meldete sich, hörte zu, wurde erst rot, dann blass und sagte schließlich: »Bin schon unterwegs.« Es klang stocknüchtern.

Die beiden Frauen starrten ihn an.

»Gib mir deinen Autoschlüssel, Laura.«

»Geht nicht. Nina ist mit dem Wagen unterwegs.«

»Verdammt! Ich muss sofort nach Lüneburg.«

»Warum?«, fragten Theodora und Laura im Chor.

Ralf schlug sich mit der flachen Hand gegen die Stirn.

»Moonlady und Consuelo haben es fast bis nach Egestorf geschafft. Aber dann ist die Stute in ein Kaninchenloch getreten und gestürzt.«

»Oh mein Gott!«, stieß Laura aus.

»Ist dem armen Pferd was passiert?«, erkundigte sich Theodora.

»Dem Pferd? Geht's noch? Der Gaul ist fröhlich weitergaloppiert und hat inzwischen wahrscheinlich Hamburg erreicht.«

»Was ist mit Consuelo?«, fragte Laura.

»Sie lebt. Hat sich ein paar Knochen gebrochen. Sie wird gerade ins Krankenhaus nach Lüneburg gebracht. Ich muss dahin. Sofort!«

Laura war versucht, aufzustehen und ihren Mann tröstend in die Arme zu nehmen. Er war wirklich furchtbar durcheinander, der arme Kerl.

Aber bevor sie sich erhoben hatte, erschienen Merle und Chris, erhitzt von der Sonne und der schnellen Fahrt mit den Rädern, mit noch nassen Haaren und einem leichten Chlorduft an jugendlichen Körpern.

»Wir haben es gerade erst gehört«, sagte Merle.

»Ich hab Adrian angerufen«, teilte Chris ihr mit. »Er müsste etwa in einer Stunde hier sein.«

»Warum das denn?«

Der Junge wechselte einen schnellen Blick mit Gräfin Theodora.

Aha, dachte Laura.

Sie stand auf, ließ sich Chris' Smartphone geben und rief Adrian an, dessen Nummer sie selbst nicht hatte. Ruhig teilte sie ihm mit, er könne wieder umdrehen. Bevor er etwas erwidern konnte, hatte sie das Gespräch unterbrochen.

Für einen Moment war die Spanierin vergessen. Sämtliche Blicke hefteten sich auf Laura. Sie ignorierte es.

»Komm, Ralf. Wir holen den Wagen deiner Mutter. Aber ich fahre. Du hast vier oder fünf Schnäpse intus.«

Vierzig Minuten später saßen sie im Wartesaal des Kreiskrankenhauses und hofften auf gute Neuigkeiten.

Ein Arzt kam, grauhaarig, gebeugt, mit ungesundem Teint. »Doktor Lüttjens« stand auf seinem Namensschild.

Laura fand ihn deprimierend. Außerdem verstand sie nicht, was er fragte.

Ralf auch nicht.

»Sind Sie Verwandte von Frau Müller?«, wiederholte der Arzt geduldig.

»Nein«, erwiderten sie gleichzeitig.

Doktor Lüttjens wandte sich an die übrigen Besucher im Wartesaal. »Sonst jemand hier für Frau Müller? Cordula Karin Müller aus Cottbus?«

Allgemeines Schweigen.

Klick machte es in Lauras Kopf.

In Ralfs Kopf anscheinend auch.

Sie schauten sich an.

»Consuelo«, sagte Laura leise.

»Cordula«, erwiderte er.

»Carmen.«

»Karin.«

»Molinero«, flüsterte sie.

»Müller«, gab Ralf zurück.

»Cordoba.«

»Cottbus.«

Dann lachten sie hysterisch los und kamen erst wieder zu sich, als der deprimierende Arzt ihnen eine Beruhigungsspritze androhte.

Ralf erklärte ihm glucksend, die Dame sei eine gute Freundin von ihm, aber keine Verwandte. Eventuell könne sie seine nächste Frau werden, aber dazu müsse er sich von seiner jetzigen hier neben ihm erst mal scheiden lassen. Was an sich kein Problem wäre, immerhin sei er Scheidungsanwalt. Allerdings wolle er lieber seine aktuelle Frau zurückgewinnen und die Spanierin, die gar keine war, in die Pampa schicken.

Trotzdem wäre es nett zu erfahren, wie es Frau Müller so ging.

Ohne ihn auch nur eines Blickes zu würdigen, drehte sich Doktor Lüttjens um und verließ den Wartesaal.

Ralf und Laura blieben sitzen, bis eine hochamüsierte Krankenschwester sie endlich erlöste.

»Frau Müller hat sich den linken Arm, drei Rippen und den Fußknöchel gebrochen. Es geht ihr den Umständen entsprechend gut. Ihr Mann wurde benachrichtigt, er ist auf dem Weg hierher.«

»Ihr Mann?«, fragte Laura überrascht, obwohl sie eigentlich nichts mehr überraschen konnte.

Die Schwester nickte grinsend. »Friedrich Müller.«

»Sie hat mal was von einem feurigen Federico erzählt«, sinnierte Ralf. »Aber dass sie verheiratet ist, wusste ich nicht.«

Feixend schickte die Schwester sie nach Hause.

Während der Fahrt erzählte der sehr geknickte Ralf, wie die falsche Consuelo sein Auswandererleben beherrscht hatte. Nur eine Woche, nachdem sie sich am Strand kennengelernt hatten, zog sie bei ihm ein und übernahm die Macht. Anfangs fand er sie faszinierend. Nach der ruhigen, nachgiebigen Laura war Consuelo ein anderes Kaliber. Doch im Verlauf des Sommers hatte er irgendwann von ihrer dominanten Art genug.

»Ich habe mehr als einmal versucht, mit ihr zu reden, aber Consuelo …«

»Cordula«, unterbrach ihn Laura.

»Ach ja. Was wollte ich noch mal sagen? Ist jetzt auch egal.« Er starrte trübe auf die Landstraße. »Bei all den Lügen, die sie mir aufgetischt hat, frage ich mich, ob überhaupt irgendetwas davon stimmt.«

»Sie kann tatsächlich reiten«, merkte Laura an.

»Na toll.«

»Du warst auch nicht ehrlich, als du ihr vorgemacht hast, dass du nach Hause willst, um dich von mir scheiden zu lassen.«

Insgeheim fragte Laura sich, warum sie die falsche Spanierin in Schutz nahm. Vielleicht hatte das etwas mit Solidarität unter Frauen zu tun.

»Das war nur eine einzige Notlüge«, verteidigte sich Ralf und klang dabei sehr nach Anwalt. »Während sie mir ihr komplettes Leben vorgelogen hat.«

Laura hatte keine Lust, darauf etwas zu erwidern. Sie hatte genug von dieser Geschichte.

Als sie das Schloss erreichten, fanden sie Theodora fest schlafend auf dem Sofa vor. Merle und Chris lagen im Garten in der Nachmittagssonne.

»Moonlady ist eingefangen worden«, sagte Merle als Erstes. »Sie ist mitten in eine Schafherde galoppiert, hat es mit der Angst gekriegt und sich weder vor noch zurück getraut. Übrigens werde ich die Stute niemals reiten. Ich bin doch nicht lebensmüde.«

Laura sah, wie Chris ihrer Tochter über den Arm strich und ein seliges Lächeln bei ihr auslöste.

»Hallo Lieblingsschwager«, sagte Nina. »Was machst du denn für Sachen?«

Sie saß am Gartentisch im Schatten. Laura hatte sie nicht gleich gesehen.

Ralfs Miene verfinsterte sich bei ihrem Anblick. »Das geht dich nichts an.«

»Wenn meine Schwester Stress hat, geht mich das sehr wohl etwas an«, sagte sie.

Laura ahnte, dass es gleich zum Streit kommen würde. Sie entschied, dass der Tag aufregend genug gewesen war.

»Du gehst jetzt besser nach Hause«, erklärte sie ihrem Mann. »Und nur damit du es weißt: Ich will dich nicht zurückhaben.«

Jemand klatschte, aber sie schaute sich nicht um. Ihr Blick war fest auf Ralfs Augen gerichtet.

Erst las sie darin Verärgerung, dann Akzeptanz, dann fast so etwas wie Erleichterung. Aber vielleicht bildete sie sich das auch bloß ein. Vielleicht sorgten auch nur die letzten Sonnenstrahlen für seltsame Reflexe in seinen Augen.

»Um ehrlich zu sein«, sagte Ralf, »fehlt mir meine Finca. Und das Leben auf der Insel.«

»Und die wilden Frauen«, sagte Nina sehr leise.

Ralf zog es vor, nicht darauf einzugehen.

Er hielt Lauras Blick weiterhin stand. »Du hast mich gleich durchschaut, nicht wahr?«

Sie senkte den Kopf, hob ihn wieder, lächelte. »Ja. Du wolltest nicht zurück zu mir. Du wolltest nur weg von Cordula.«

Ralf nickte, wandte sich dann um. »Wir bleiben in Kontakt, ja?«, fragte er, schon im Gehen.

»Versprochen!«, rief Laura ihm nach.

Nina, Merle und Chris hatten keinen Ton mehr gesagt. Die beiden Jugendlichen machten große Augen, und Nina rieb sich die Ohren, als könne sie nicht glauben, was sie eben gehört hatte.

»Das war jetzt zu schön, um wahr zu sein.«

Laura spürte, wie eine riesige Welle von Müdigkeit auf sie zurollte. Doch sie gab nicht nach, sondern blieb stehen, mit erhobenem Kopf.

»Consuelo hat die Dinge beschleunigt«, sagte sie.

»Wie ein Katalysator«, ergänzte Merle altklug.

»Wo ist noch mal die Grillparty?«, fragte Chris.

Okay, er interessierte sich nicht so sehr für den Kram seiner Gastleute.

Laura lächelte.

»In der Kiesgrube«, sagte Merle. »Darf ich hin, Mama?«

»Klar, aber um zehn seid ihr beide zu Hause.«

Sie versprachen es mit halb mürrischen, halb glücklichen Gesichtern und verzogen sich.

Nina trat zu ihr. »Bist du okay?«

»Geht schon. Nur müde. Würdest du bitte nach Oma Theodora schauen?«

»Mach ich. Übrigens haben wir eine Überraschung für dich. Aber die soll dir Omilein selbst erzählen. War nämlich ihre Idee.«

Bitte nicht, dachte Laura. Von Überraschungen hatte sie vorerst genug.

Als auch sie den Garten verlassen wollte, hungrig und von den Ereignissen ausgelaugt, trat ihr Martin Spitzer in den Weg.

»Woher weißt du …?«, begann sie.

»YouTube«, sagte er bloß. »Meine Nichte hat mir ein Video gezeigt, in dem eine Frau auf einem Schimmel vorbeigaloppiert. Es hieß, das Pferd gehöre Wilhelm Hinrichs aus Lünetal.«

Laura nickte und fragte sich, ob sich die Geschichte wirklich so schädigend auf das Geschäft auswirken würde. Es konnte auch anders kommen. Der wilde Ritt konnte in die Annalen des Dorfes eingehen und zur Legende werden.

»Willst du mir erzählen, was los war?«

Sie seufzte.

Martin betrachtete sie eingehend. »Keine Eile. Ich führe

dich zum Essen aus. In Südergellersen gibt es einen Gasthof mit ausgezeichneter Hausmannskost.«

»Klingt himmlisch.«

Laura ließ sich am Arm nehmen und um das Schloss herumführen. Sie dachte daran, wie sie am Vormittag in die entgegengesetzte Richtung gegangen war. Nervös, hineingezogen in ein Liebesdrama, von dem sie nichts hatte wissen wollen.

Sie spürte, wie vollkommen anders sie sich jetzt fühlte. Gut möglich, dass sie nach der ganzen Aufregung besonders empfänglich war für Martins ruhige Art. Oder dass sie erst jetzt begriff, was sie an ihm hatte.

Rasch schob sie alle Gedanken beiseite und schmiegte sich eng an Martin. Ihr Kopf reichte nur knapp bis zu seiner Schulter.

Es war ein gutes Gefühl. Als wäre sie nach einer langen, abenteuerlichen Reise in einem sicheren Hafen angekommen.

21

Drei Herzen und eine Krone

Schon während der gesamten Woche gab es kleinere und größere Veranstaltungen rund um das Heideblütenfest von Lünetal. Das Angebot reichte von einer Nachtwanderung mit Fackeln über das Konzert eines Blasorchesters auf dem Marktplatz bis hin zu einem Wettbewerb für Hütehunde.

Am Freitagabend wurde das große Tanzzelt auf dem Gelände der Freiwilligen Feuerwehr eingeweiht, und Laura stellte wieder einmal fest, dass wohl nur bei solchen Anlässen Jung und Alt noch gemeinsam feierten. Merle amüsierte sich jedenfalls genauso prächtig wie Theodora, verzog sich nur irgendwann mit einigen anderen Jugendlichen und Chris nach draußen.

Am Samstag herrschte dann allgemeine Katerstimmung, und wer keine Pflichten zu erfüllen hatte, ruhte sich aus. Nur Laura konnte es sich nicht leisten auszuschlafen, denn das Hotel war voll belegt. Zum Glück mit Urlaubern und nicht mit Scheidungswilligen. So war die Grundstimmung gut, und die Arbeit ging ihr leicht von der Hand.

Am Abend verzichtete sie auf einen weiteren Besuch im Tanzzelt, obwohl ihre Familie und die Gäste sie dazu drängten. Laura blieb eisern.

»Ich stehe morgen früh um fünf wieder auf, und es wird ein langer Tag«, erklärte sie. »Der Hofladen brummt, und meine Schwiegermutter braucht meine Hilfe. Ich möchte ausgeschlafen sein, damit ich am Nachmittag die Wahl zur Heidekönigin und den großen Festumzug nicht verpasse.«

Ihre Entscheidung wurde allgemein akzeptiert, nur Martin tat sich schwer damit, als er sie anrief.

»Ich hatte gehofft, wir könnten uns einen ruhigen Abend zusammen machen«, sagte er.

»Ein andermal, ja?«

Laura bedauerte es, ihn zu enttäuschen, aber sie gab nicht nach und ging schon vor neun Uhr schlafen.

Auf ihrem Kopfkissen fand sie ein ziemlich krummes Herz aus Heidekrautzweigen und lächelte gerührt. Offenbar hatte Merle sich beim Basteln der Zeltdeko erinnert, womit sie ihrer Mutter früher so oft eine Freude bereitet hatte. Vorsichtig legte Laura das Herz auf ihren Nachttisch und betrachtete es so lange, bis ihr die Augen zufielen.

Ihr letzter wacher Gedanke war: Alles wird gut.

Am Sonntag kam sie erst gegen Mittag dazu, sich mit einer Tasse Kaffee an den Küchentisch zu setzen. Wegen der vielen Touristen war der Hofladen am Vormittag geöffnet gewesen, und Laura war kaum zum Durchatmen gekommen.

Kurz überlegte sie, ob sie ihren Geheimplatz aufsuchen sollte, um für ein paar Minuten richtig abzuschalten. Dann verwarf sie den Gedanken jedoch wieder. Es gab noch einiges zu tun, wenn sie später mit den anderen feiern wollte.

Zwar musste sie kein Essen kochen, da die Gäste und Bewohner sich an Imbissständen oder im großen Essenszelt auf dem Festgelände versorgten. Aber zwei der vier Zimmer mussten noch geputzt werden, und sie wollte ein paar kalte Platten für den Abend vorbereiten, falls der eine oder andere früh zurückkam und Hunger hatte. Außerdem wollte sie mindestens eine Stunde für sich allein im Bad haben.

Laura verspürte das dringende Bedürfnis, sich schön zu machen. Nicht unbedingt für Martin, denn für ihn war sie die attraktivste Frau von ganz Norddeutschland.

Nein. Sie wollte es für sich selbst tun. Sie war es sich schuldig, fand sie. Die neue Laura Hinrichs stand nicht mehr nur im Schatten der anderen. Sie hatte Besseres zu tun, als sich den ganzen Tag um ihre Familie zu kümmern. Sich amüsieren, zum Beispiel, und beim gesellschaftlichen Höhepunkt von Lünetal den einen oder anderen bewundernden Blick auf sich ziehen.

Adrian Sadler wird aber nicht zum Heideblütenfest erwartet, sagte die gemeine Stimme in ihrem Innern, die Laura immer noch ab und zu heimsuchte. *Für den brauchst du dich nicht aufzuhübschen. Den hast du nämlich erfolgreich vergrault.*

Laura stellte die Tasse ab. Der Kaffee schmeckte auf einmal bitter.

»Ich bin jetzt mit Martin zusammen«, murmelte sie vor sich hin. Es klang wie eine Beschwörungsformel.

Zwar war bisher noch nichts zwischen ihnen passiert, nicht mal einen flüchtigen Kuss hatten sie getauscht. Dennoch schien es eine abgemachte Sache zu sein.

Sie waren ein Paar.

Nachdem Laura am Montag mit Martin zu Abend gegessen hatte, war er jeden Tag nach Lünetal gekommen. Manchmal nur für ein paar Minuten, aber immer hatte er etwas für sie dabei. Eine langstielige Rose, ein Parfum von Armani, eine teure Seife aus der Provence.

Laura genoss seine Aufmerksamkeit, und sie fühlte sich wohl in seiner Gesellschaft. Es gab kein wildes Herzklopfen, keine Berg- und Talfahrt der Gefühle. Es gab Frieden und Geborgenheit. Martin drängte sie zu nichts, aber seine Signale waren so klar und laut wie die Sirenen der Freiwilligen Feuerwehr von Lünetal.

Vielleicht, dachte sie und stand vom Küchentisch auf, um den Kaffee wegzukippen, vielleicht könnte ich mit ihm glücklich werden. Oder – sie stockte – ich könnte auch alleine glücklich sein.

Es war eine neue, geradezu revolutionäre Idee. Sie, die seit frühester Jugend einen Mann an ihrer Seite haben wollte, weil sie glaubte, den entsetzlichen Verlust der Eltern nur so ausgleichen zu können, stellte mit einem Mal fest, dass es auch anders ging.

Unwillkürlich straffte Laura die Schultern. »Ich brauche niemanden«, erklärte sie dem Spülbecken. »Ich komme wunderbar alleine zurecht.«

Ohne Martin auf jeden Fall. Ohne Adrian niemals. Den brauchst du nicht, den liebst du.

»Quatsch«, flüsterte sie. »Liebe ist ein Gefühl, das mit den Jahren wächst. So wie bei Ralf und mir. Es schlägt nicht ein wie der Blitz.«

Sechsunddreißig Jahre alt und naiver als jede Dreizehnjährige.

»Lass mich in Frieden!«

Es herrschte Ruhe.

Gut, dachte Laura. Sehr gut. Ich will das nicht mehr hören. Und eines Tages …

Ihre Gedanken versickerten, als sie einen Blick auf das Geschirrregal über dem Spülbecken warf. In einem alten Marmeladenglas entdeckte sie ein kleines Herz, geformt aus rotem Samtband. Sie nahm es heraus und legte es sich auf die Handfläche. Prompt traten ihr Tränen in die Augen.

»Seit wann bist du so sentimental?«, erkundigte sich Theodora und kam flinken Schrittes durch die Küchentür herein. Sie trug ein luftiges, wadenlanges Sommerkleid und sah mindestens zehn Jahre jünger aus.

Eine fitte, lebensfrohe Siebzigjährige, dachte Laura und ließ die Tränen fließen.

»Na, na, Lütte, was ist denn los?«

Laura wollte ihrer Großmutter sagen, wie sehr sie sie liebte, aber sie fürchtete, mit dem Weinen dann gar nicht mehr aufhören zu können. Es würde schwierig werden, ihr verquollenes Gesicht zu schminken. Außerdem war es in der Grafenfamilie Tradition, größere Gefühlsäußerungen zu vermeiden.

Deswegen hielt sie ihr nur das Herz hin. »Guck mal, von Merle.«

Theodora kam näher.

»Irrtum«, sagte sie dann. »Das hat Nina gestern gebastelt. Schätze mal, deine unnütze kleine Schwester will Abbitte leisten.«

»Oh.« Fast war Laura enttäuscht, weil es nicht von Merle war.

Theodora schien ihre Gedanken zu lesen. »Aber meine von den schwarzen Geistern wiederauferstandene Urenkelin hat dir das Heideherz aufs Kopfkissen gelegt. Und das hier«, sie ging zu einer Schublade, öffnete sie und holte einen faustgroßen Gegenstand heraus, »das habe ich gefunden. Rein zufällig. Gestern in der Einfahrt. Dachte mir, es könnte dir gefallen.«

Sie überreichte ihrer Enkelin einen grauen Stein. Er besaß eine zwar etwas unregelmäßige, jedoch durchaus erkennbare Form.

»Oh«, sagte Laura wieder.

Ein Herz in jeder Hand, und oben auf dem Nachttisch lag ein drittes.

»Da verschlägt es dir die Sprache, was?« Theodora legte das Gesicht in tausend Falten, als sie breit lächelte. »Wir können es vielleicht nicht richtig in Worte fassen, aber wir lieben dich sehr.«

Womit sie die Familientradition brach.

Laura erwiderte nichts. Sie legte die Geschenke auf den Tisch, ging zum Kühlschrank und holte eine Eispackung heraus. Dann setzte sie sich, legte den Kopf in den Nacken und packte sich das Eis aufs Gesicht.

»Was tust du da?«, fragte Theodora irritiert.

»Ich versuche, nicht zu heulen.«

»Warum?«

»Weil ich nachher hübsch sein will.«

»Mit Frostbeulen auf der Nasenspitze bist du das aber auch nicht.«

Laura schwieg und erinnerte sich an den Tag, an dem sie hier in der Küche das Eis für Chris geholt hatte. Nach Merles gezieltem Schienbeintritt. Adrian hatte ihr höchst ungeschickt seine Gefühle erklären wollen, und sie hatte ihn fortgejagt.

Sie zwang sich, an etwas anderes zu denken.

»Wo ist Nina?«, fragte sie ihre Großmutter. »Ich habe sie seit heute früh nicht mehr gesehen.«

»Nimm gefälligst den Beutel vom Gesicht. Ich unterhalte mich nicht mit Eiswürfeln.«

Laura tat wie geheißen. Sie legte die Packung in Reichweite auf den Küchentisch. Nur für den Fall, dass sie sie schnell wieder brauchte.

»Deine Schwester nimmt an der Wahl zur Heidekönigin teil.«

»Was? Spinnt die? Wieso das denn?«

Theodora hob die mageren Schultern. »Da bin ich überfragt.«

»Vielleicht möchte sie dir nacheifern«, sagte Laura. »Wann bist du noch gleich gekrönt worden?«

»Neunzehnhundertvierundfünfzig«, erwiderte Theodora stolz. »Damals war es noch ein kleines Fest, nicht so ein Event wie heute.« Sie sagte »Äfent«, doch Laura verzichtete darauf, sie zu korrigieren.

»Aber es war schon eine besondere Ehre, außerdem hat sich dein Großvater in mich verliebt, als ich gekrönt wurde.« Sie überlegte kurz und meinte dann: »Vielleicht hat meine unnütze Enkelin ja genauso viel Glück und findet die große Liebe.«

»Eher nicht.«

»Ja, da hast du wohl recht. Aber ein netter Mann würde sie vielleicht von dieser fixen Idee abbringen, dass sie unbedingt nach London muss.«

Laura rieb sich die Stirn. »Sie hat lange nicht mehr davon gesprochen.«

»Gut«, erwiderte Theodora. »Dann hat sie den Plan hoffentlich inzwischen aufgegeben. Trotzdem soll lieber ein anderes Mädchen gewinnen, weil wir doch nach Mallorca wollen.«

Laura fehlten schon wieder die Worte. Sie blickte Theodora nur groß an.

»Nun ja«, erklärte diese und setzte sich neben sie. »Offen gestanden war es meine Idee. Ich möchte gleich morgen mit Nina und Merle für fünf Tage auf die Insel fliegen. Meine Urenkelin hat ja noch Schulferien, sie hat mir geholfen, die Tickets im Internet zu kaufen. Nina ist sowieso arbeitslos. Also kann sie uns begleiten. Und ich …«

»Halt!«

Theodora verstummte.

»Warum?«, fragte Laura. »Warum wollt ihr mich alleine lassen?«

Ihre Großmutter beugte sich vor und hob gebieterisch den Zeigefinger. »Dich alleine lassen? Du versteht das völlig falsch, Kind. Wir wollen dir mal ein paar Tage Ruhe gönnen, das ist alles. Ich weiß, dass die Hotelgäste morgen abreisen, und vor dem nächsten Wochenende kommen keine neuen. Richtig?«

Laura nickte nur.

»Na, siehst du. Wenn du trotzdem Hilfe brauchst, kannst du die Tochter von der dicken Bäckersfrau rufen. Das habe ich bereits organisiert. Ich … wir sind der Meinung, dass du dringend Urlaub von uns brauchst. In letzter Zeit haben wir dich viel zu sehr beansprucht.«

»So«, sagte Laura. »So.«

Endlich begriff sie. Ihrer Großmutter war klar geworden, wie schwer es ihr fiel, sich stets um alle und alles zu kümmern. Seit dem Vorfall auf dem Dachboden hatte sich Theodora wirklich sehr verändert. Von der verrückten, lebensmüden Alten zur verantwortungsbewussten und einfühlsamen Matriarchin.

Voller Dankbarkeit drückte Laura ihre Hand, die aber schnell zurückgezogen wurde.

»Schon gut, Lütte. Hast du dir verdient. So wie du uns über den Sommer gebracht hast, das hätte nicht jede geschafft. Außerdem schlagen wir gleich mehrere Fliegen mit einer Klappe. Merle kann ihren Vater sehen und vielleicht ein paar Tage auf der Finca verbringen. Die beiden müssen dringend ihre Beziehung zueinander klären.«

»Ja, das denke ich auch.«

»Gut. Nina wird hoffentlich zur Besinnung kommen und sich ernsthaft überlegen, was sie mit ihrem Leben anfangen soll.«

»Meinst du, das wird was?«, fragte Laura mit einem Augenzwinkern.

Die alte Gräfin machte ein nachdenkliches Gesicht. »Bei deiner Schwester weiß man nie. Aber ich gebe sie noch nicht verloren.«

»Ich auch nicht.«

Sie sahen sich an und lächelten einvernehmlich.

»Nina wird schon noch erwachsen werden«, sagte Laura.

Theodora nickte. »Schließlich ist sie eine von Bonin. Irgendwann müssen sich die guten Gene auch bei ihr durchsetzen, und dann wird sie ihren Mitmenschen ein Vorbild sein. Ach ja, und einen guten Mann finden.«

Ganz offensichtlich gab sie die Hoffnung so schnell nicht auf.

Laura ließ die Bemerkung unkommentiert, denn sie wollte eine Auseinandersetzung über das drohende Aussterben des Grafengeschlechtes vermeiden. Stattdessen fragte sie: »Aber was willst du auf Mallorca? Ich dachte, du hasst Flugreisen.«

»Das tue ich auch«, gab Theodora zurück. »Aber ich muss die Abneigung bezwingen. So schlimm kann das ja wohl nicht sein, in einer Blechbüchse über dem Mittelmeer festzusitzen. Ich will mich auf der Insel ein bisschen umsehen. Meine Arthritis macht mir in der kalten Jahreszeit sehr zu schaffen, und ich möchte dort überwintern. Vorausgesetzt, ich finde eine nette kleine Ferienanlage mit Leuten in meinem Alter, die mir Gesellschaft leisten.«

»Wow!«, stieß Laura aus.

Theodora wirkte zufrieden. »Da staunst du, was?«

»Und ob.«

»Das hättest du mir wohl nicht zugetraut.«

Laura senkte den Blick.

»Ich verstehe dich ja«, fügte Theodora hinzu. »Eine Zeit lang war ich eine ziemliche Last für dich. Doch auch alte Menschen können sich noch ändern.«

»Ja«, erwiderte Laura schlicht.

»Du musst mir aber eines versprechen.«

»Was denn?«, fragte sie, plötzlich misstrauisch.

»Verlass den Erbschleicher.«

»Oma Theodora!«

»Nein, wirklich: Bitte trenne dich von diesem Martin Spitzer.«

»Ich …«

Theodora hob die Hand. »Ich sage nur, er passt nicht zu dir, aber letztlich ist es deine Entscheidung.« Sie stand unter leisem Ächzen auf. »Wilhelm kommt gleich und nimmt mich mit in den Ort.«

»Oma Theodora?«

»Ja, Kind?«

»Du hast recht.«

Ihre Großmutter strahlte.

»Es ist wirklich meine Entscheidung.«

Theodora seufzte.

Um von sich selbst abzulenken, setzte Laura hinterher: »Ich habe übrigens auch eine Überraschung für dich. Du wirst staunen.«

»Hoffentlich hat es nichts mit deinem entsetzlichen Männergeschmack zu tun.«

Laura erhob sich ebenfalls. »Ich denke schon seit einer Woche darüber nach, und nun bin ich sicher, was ich tun will.«

Mit theatralischer Geste griff sich Theodora an die Brust. »Mein Herz ist alt. Mach es nicht so spannend, wenn es noch ein Weilchen durchhalten soll.«

Laura holte tief Luft. »Ich werde das Hotel umbenennen. In Zukunft wird es *Happy Marriage* heißen.«

»Happy Margarine? Warum das denn, um Gottes willen?«

Laura kicherte. »*Marriage*, nicht Margarine. Das ist englisch für Hochzeit oder auch Trauung.«

»Verstehe ich nicht.«

Laura lehnte sich gegen das Spülbecken. »Ganz einfach, Oma Theodora. Meine Freundin Bettina aus Berlin hat mich darauf gebracht. Sie will ihren Mann noch einmal heiraten, hier bei uns.«

»Ja und?«

»Da habe ich mir überlegt, das könnte ich doch zum neuen Geschäftsmodell machen. Anstelle von Blitzscheidungen biete ich in Zukunft ein Rundum-Sorglos-Paket für die Hochzeit an.«

»Aha«, sagte Theodora. Es klang nicht sonderlich begeistert. Aber dann sickerten die Informationen richtig durch, und ihre Augen leuchteten auf. »Heißt das, hier bei uns wird sich niemand mehr scheiden lassen?«

»Ganz genau.«

»Sondern die Leute kommen zum Heiraten?«

»So wird es sein.«

»Das ist ja wunderbar! Warum hast du so etwas nicht von Anfang an gemacht?«

Laura dachte an Ralf und seine Idee vom Scheidungshotel. Sie hatte seinen Plan nie in Frage gestellt, so wie sie auch sonst nichts angezweifelt hatte, was von ihm kam.

»Das weiß ich auch nicht«, gab sie zu. »Aber es ja zum Glück nie zu spät für etwas Neues.«

»Nein. Und wir werden dich alle unterstützen.«

»Danke.« Sie trat einen Schritt vor und umarmte ihre Großmutter.

Die machte sich steif. Berührungen waren zwischen ihnen nicht üblich. Auch so eine Familientradition, die Laura jedoch in der Sekunde gebrochen hatte, als Merle auf die Welt gekommen war.

»Schon gut«, sagte sie und ließ ihre Großmutter wieder los.

Theodora zupfte an ihrem Kleid herum. »Ich finde, darauf sollten wir anstoßen.«

Bevor Laura protestieren konnte, kam ihr zum Glück ihr Schwiegervater zu Hilfe.

Wilhelm polterte durch die Diele und schrie dabei: »Theodora von Bonin, du verrückte Alte! Bist du endlich fertig, oder muss ich dich wieder über die Schulter werfen?«

»Untersteh dich!«, rief sie zurück.

Er kam in die Küche, baute sich breitbeinig vor ihnen auf. »Gut. Denn mal los.«

Laura betrachtete ihn unsicher. Sie hatte Wilhelm immer gemocht, fragte sich aber, wie er wohl zu ihr stand, seit Ralf und sie getrennt waren. Oder nahm er ihr etwa den Zwischenfall mit Moonlady übel, obwohl sie doch gar nichts dafür konnte? Dachte er vielleicht, das alles wäre nicht passiert, wenn sie seinem Sohn eine bessere Ehefrau gewesen wäre?

Er beantwortete ihre unausgesprochenen Fragen, indem er zu ihr kam und ihr so heftig auf die Schulter klopfte, dass sie in die Knie ging.

»Zieh nicht so ein langes Gesicht, Deern. Was hat dir denn die gute Laune verhagelt?«

»Ich … Ach …«

»Du willst wissen, ob wir zwei jetzt auch geschiedene Leute sind?«

»Hm.«

Er lachte dröhnend. »Pah! Das könnte dir so passen! Ich bleibe dein Schwiegervater, und ich bin nach wie vor Merles Opa. Gerda lässt übrigens ausrichten, dass sie dich auch immer liebhaben wird. Ist jetzt alles klar?«

»Vollkommen.« Laura lächelte und linste zu der halb aufgetauten Eispackung auf dem Tisch. Ihre Augen füllten sich nämlich schon wieder mit Tränen.

Theodora zupfte Wilhelm am Ärmel. »Worauf warten wir noch? Ich will das Defilee der Anwärterinnen auf den Thron nicht verpassen.«

»Und ich komme noch zu spät zum Fassanstich.«

Die beiden verließen die Küche, und kurz darauf hörte Laura, wie draußen ein Wagen gestartet wurde.

Dann wurde es ruhig im Schloss. Alle anderen waren längst auf dem Fest.

Laura wollte sich erst beeilen, nach oben ins Bad laufen und hektisch unter die Dusche springen. Stattdessen nahm sie sich die Zeit, langsam von Raum zu Raum zu gehen. Sie rückte hier eine Vase zurecht, wischte dort ein paar Staubflocken von einem Möbelstück. Dabei stellte sie sich vor, wie der Salon vom Lachen zukünftiger Hochzeitsgäste erfüllt sein würde, und fasste den Entschluss, die Gästezimmer ab sofort mit noch mehr Liebe herzurichten.

Natürlich war ihr klar, dass vieles schiefgehen konnte. In den Wintermonaten würden sie nicht mal annähernd ausgebucht sein, und woher sie die Zeit für die Organisation der Hochzeiten nehmen sollte, wusste sie auch nicht. Dennoch war sie zuversichtlich.

Dies war der richtige Weg.

Ihr Weg.

Als sie den Rundgang beendet hatte, blieb keine Zeit mehr für ausgiebiges Schminken oder Frisieren. Wollte sie die Krönung der Heidekönigin nicht verpassen, konnte sie nur noch schnell duschen, in ein schlichtes Leinenkleid schlüpfen und die Haare an der milden Sommerluft trocknen lassen, während sie auf ihrem alten Fahrrad ins Dorf fuhr.

Laura erreichte den Marktplatz, als bereits die ersten Fanfarenstöße erklangen.

Dicht an dicht standen die Leute auf dem Platz, der vorübergehend in eine Heidelandschaft verwandelt worden war. Es gab Wacholderbüsche in großen, mit heller Erde gefüllten Kübeln, eine täuschend echt wirkende Fläche mit Erikapflanzen, Findlinge aus Pappmaschee und Birkenzweige an den Straßenlaternen. In der Mitte, direkt neben dem Dorfbrunnen, war eine hölzerne Tribüne aufgebaut. Davor standen mehrere Reihen mit Klappstühlen für die Ehrengäste.

Als Laura sich endlich durch die Menge vorgearbeitet und dabei mehrere schmerzhafte Rippenstöße abbekommen hatte, sah sie gerade noch, wie der Vorsitzende des Komitees, der pensionierte Grundschullehrer, strahlend die aus Heidekrautzweigen fein geflochtene, prächtige Krone hochhielt. Dann senkte er die Arme und setzte die Krone feierlich auf den Kopf der neuen Heidekönigin von Lünetal.

Es war Nina von Bonin.

Applaus brandete auf.

Laura wusste nicht, ob sie lachen oder schimpfen sollte. Was hatte sich ihre kleine Schwester dabei bloß schon wieder gedacht?

Im nächsten Moment sah sie Martin. Er stand rechts neben der Bühne und winkte ihr mit beiden Armen zu.

Keine zwei Meter von ihm entfernt entdeckte sie Adrian.

22

Ein Wacholder kippt um

In der nächsten Sekunde war Adrian verschwunden.

Laura kniff fest die Augen zusammen. Nein, er war nirgends mehr zu sehen. Weder in Martins Nähe noch sonst irgendwo auf dem Platz.

Sie kletterte sogar auf einen der Klappstühle, um bessere Sicht zu haben. Vorsichtig, weil der Stuhl so wackelte, drehte sie sich einmal um sich selbst.

Keine Spur von ihm.

Hatte ihre Fantasie ihr gerade einen Streich gespielt?

War da vielleicht ein Mann gewesen, der Adrian entfernt ähnlich sah, und sie hatte sich nur eingebildet, dass er es sei? Und gab sie hier auf dem Klappstuhl, gut sichtbar für alle Festbesucher, eigentlich ein eher albernes Bild ab?

Laura wollte schon wieder absteigen, da entdeckte sie ihre Großmutter am Arm von Wilhelm Hinrichs. Er hielt ein riesiges Bierglas in der Hand und prostete seiner Schwiegertochter über die Köpfe der Leute hinweg zu. Theodora hob etwas Kleines, Silbernes hoch.

Auf die Entfernung mochte Laura sich nicht festlegen, aber sie glaubte, den Gegenstand wiederzuerkennen. Zumal Theodora ihn jetzt an den Mund setzte.

Kein Zweifel. Es war der Flachmann von Großvater

Dankward, den er sein Leben lang zur Jagd eingesteckt hatte, um sich in den langen Stunden auf dem Hochsitz warm zu halten. Damals war die Flasche mit hochprozentigem Weizenkorn gefüllt gewesen, dem beliebten *Köm* der Lüneburger Heide.

Laura ahnte, was heute darin war.

Während sie noch überlegte, wie sie am schnellsten zu Theodora gelangen und ihr das Fläschchen aus der Hand schlagen konnte, sah sie Merle und Chris. Die beiden standen zusammen mit einigen anderen Jugendlichen neben dem Dorfbrunnen. Sie taten nichts Besonderes, hingen einfach nur ein bisschen ab und machten sich vielleicht lustig über die ganze Aufregung der Erwachsenen, die nun die neue Heidekönigin hochleben ließen. Dennoch bemerkte Laura, dass viele Blicke auf Merle gerichtet waren, dass ein paar der Mädchen und auch ein oder zwei Jungen regelrecht an ihren Lippen hingen.

Möglicherweise erzählte Merle gerade von ihrer tollen Tante, oder sie erklärte, warum sie an diesem Tag ein hellblaues T-Shirt trug. Möglicherweise plapperte sie auch nur so vor sich hin, redete über irgendetwas Belangloses, das für die Teenager jedoch ungemein wichtig war.

Darauf, fand Laura, kam es gar nicht an. Wichtig war etwas ganz anderes: Merle stand im Mittelpunkt ihrer Freunde und war mit sich und der Welt im Reinen. Chris hielt sich dicht neben ihr, und als Laura genauer hinschaute, fiel ihr auf, dass die beiden ihre Hände fest ineinander verschlungen hatten.

Ein Glücksgefühl durchströmte sie, das ganz und gar ihrer Tochter galt. Was aus dieser zarten ersten Liebe wurde, vermochte niemand zu sagen. Chris und Merle lebten ziemlich weit voneinander entfernt, und wenn es stimmte, was Theodora angekündigt hatte, würde Merle schon morgen nach Mallorca fliegen.

Dennoch wollte Laura gerne daran glauben, dass die beiden eine Chance hatten. Bevor die kleine, gemeine Stimme in ihrem Innern fragen konnte, ob sie da wirklich vollkommen selbstlos dachte, weil Chris immerhin eine Verbindung zu Adrian darstellte, stand Martin vor ihr.

Obwohl sie noch immer auf dem Stuhl stand, war er fast so groß wie sie.

Er streckte die Arme aus und hob sie herunter. Sie fand sich dicht an ihn gepresst wieder, ihre Füße baumelten in der Luft.

»Herzlichen Glückwunsch!«, brüllte er über den Lärm der Menge hinweg.

Ihr klingelten die Ohren von seinem dröhnenden Bass.

»Lass mich los!«, rief sie.

»Was?«

»LASS MICH LOS!«

»Oh, ja. Verzeih.« Martin ließ sie zu Boden gleiten.

Laura lächelte gequält. Ihr taten die Rippen weh, aber etwas anderes schmerzte noch viel mehr.

Du hast dir etwas vorgemacht, gestand sie sich im Stillen ein. Du empfindest nichts für Martin. Gar nichts. Dieser Moment in seinen Armen – sie hatte bloß daran gedacht, dass er ihr Kleid nicht zerknittern möge.

Nicht unbedingt eine romantische Anwandlung.

Warum nur konnte sie ihrem Herzen nicht befehlen, diesen guten Mann zu lieben? Warum sehnte sie sich so sehr nach Adrian, der sie bloß durcheinanderbrachte, der sich nicht für sie eingesetzt hatte, der ganz und gar nicht zu ihr passte? Manchmal wünschte sich Laura die Jahre an der Seite ihres Mannes zurück. Da hatte es keine Komplikationen geben, alles war klar gewesen.

Nun schämte sie sich, weil sie Martin in den vergangenen Wochen ermutigt hatte, weil sie zugelassen hatte, dass er sich in sie verliebte.

Sie senkte den Kopf.

Martin legte ihr zwei Finger unters Kinn und zwang sie, ihn anzusehen. »Was ist mit dir, liebste Laura? Bist du traurig, weil deine Schwester Heidekönigin geworden ist und nicht du?«

Die Frage war so absurd, dass sie laut loslachte.

Die Menschenmenge flutete um sie herum. Die einen drängten zur Bühne, um Nina zu gratulieren, die anderen strebten zu den Getränkeständen. Wieder andere verschwanden bereits in den Häusern rund um den Marktplatz und entlang der Hauptstraße. Dort machten sie es sich auf den Balkonen und an den Fenstern bequem, um einen möglichst guten Blick auf den Festumzug zu haben, der in Kürze startete.

Martin kratzte sich am Kinn. »Habe ich gerade etwas Lustiges gesagt?«

»Nein … ich … du …« Sie rang um Fassung.

Es war falsch, ihn auszulachen. Es war sogar gemein. Das hatte er nicht verdient. Sie zwang sich, an etwas Trauriges zu denken. Ihr fiel bloß Adrian ein und wie er sie angeschaut hatte an dem Tag, als Ralf sie gestört hatte.

»Weinst du etwa, Laura?«

»Quatsch! Bitte entschuldige. Ich bin kein bisschen neidisch auf Nina. Ehrlich.«

Er wirkte erleichtert. »Gut.«

Jemand rief ihren Namen. Sie erschrak so heftig, dass sie zusammenzuckte.

Aber es war nur Wilhelm, der jetzt zusätzlich mit beiden Armen winkte.

»Wir haben Plätze über der Apotheke ergattert«, sagte er, als Laura und Martin ihn und Theodora erreicht hatten. »Kommt doch mit rauf.«

Martin hielt Laura kurz fest.

»Wollen wir nicht lieber irgendwohin gehen, wo es ruhig ist?«

Sie schüttelte den Kopf. »Auf keinen Fall. Das ist Ninas großer Moment, den will ich nicht verpassen.«

Er fügte sich in sein Schicksal, aber sie merkte ihm an, dass er tausendmal lieber woanders gewesen wäre. An einem Ort, an dem er sie noch einmal in seine Arme ziehen konnte.

Bloß nicht, dachte sie, während sie in den ersten Stock hinaufstiegen. In der nächsten Sekunde schämte sie sich entsetzlich. Ich werde es ihm sagen, schwor sie sich. Noch heute. Es war nicht richtig, ihm falsche Hoffnungen zu machen.

Laura bemerkte, dass ihre Großmutter sie beobachtete, während sich ein zufriedenes Lächeln in ihre Mundwinkel schlich.

Freu dich nicht zu früh, sagte Laura ihr stumm. Wer weiß, was du für eine Enkelin haben wirst, wenn sie ganz alleine zurechtkommen muss.

Theodora tat, als hätte sie Lauras langen, zweifelnden Blick nicht bemerkt. Sie ging auf den kleinen Balkon und rief nach ein paar Augenblicken: »Da kommen sie!«

Alle drängten nach vorn, nur Martin hielt sich zurück. Entweder interessierte er sich wirklich nicht für das Spektakel, oder er befürchtete, der Balkon würde sein Gewicht nicht tragen. Tatsächlich musste sich Laura mit ihrer

Großmutter, Wilhelm und dem Apotheker schon ziemlich zusammendrängen. Von ihrem erhöhten Aussichtspunkt aus ließ sie noch einmal den Blick über den Marktplatz schweifen.

Nein.

Kein Adrian.

Sie musste sich vorhin geirrt haben.

Es kostete sie einige Mühe, ihre Enttäuschung beiseitezuschieben. Dann sagte sie sich, dass sie es gewesen war, die ihn hatte gehen lassen. Dann wiederum fand sie, ein Mann, dem wirklich etwas an ihr lag, müsse um sie kämpfen.

Uff!

Das war alles so anstrengend!

Und traurig.

Verdammt traurig.

»Wunderschön«, sagte Theodora andächtig.

Endlich konzentrierte Laura sich auf den Festumzug. Er war am Spritzenhaus gestartet, würde den Marktplatz einmal umrunden und dorthin zurückkehren.

Den ganzen Sommer über hatten die Einwohner von Lünetal in ihrer Freizeit zehn prachtvolle Wagen geschmückt. Es waren breite, lange Anhänger, von Traktoren gezogen. Darauf waren Szenen des Lebens in der Heide nachgestellt. So gab es einen Wagen des Imkerbundes mit nachgebauten Bienenwaben. Auf einem anderen wurden die Herstellung, das Pflücken und das Trocknen der Wacholderbeeren nachgestellt, die dann für gesundheitsfördernde Tees aufgegossen wurden oder mit denen man Soßen für Wildgerichte verfeinern konnte.

Laura warf einen Seitenblick auf ihre Großmutter. Oder die zu Schnaps verarbeitet wurden.

Auf einem dritten Anhänger fuhren sogar drei offenbar lärm- und stressresistente Heidschnucken samt ihrem Schäfer und einem braun-weiß gefleckten Hütehund mit. Aus einem Miniatur-Schafstall fischte der Schäfer Bonbons, die er den Kindern zuwarf. Vorneweg thronte auf dem prächtigsten aller Wagen die Heidekönigin. Eine riesige Krone schwebte über ihr wie ein schützender Baldachin, die lange lilafarbene Schleppe gab ihr die Würde einer echten Regentin. Ihr Kleid war weiß wie das einer Braut, die blonden Haare waren kunstvoll hochgesteckt, und selbstverständlich trug sie die Krone der Königin.

Laura sah, wie ihre Schwester versuchte, sich eine Locke um den Finger zu zwirbeln. Für einen Moment schien es, als stecke sie in der Frisur fest, und ein panischer Ausdruck zeigte sich auf ihrem hübschen Gesicht. Doch dann befreite sie die Hand und erinnerte sich wieder an ihre Rolle. Sie lächelte hoheitsvoll und winkte den Massen zu, als habe sie nie in ihrem Leben etwas anderes getan.

»Wie die junge Queen Elisabeth«, kommentierte Theodora. »Nur schöner.«

Laura stieg ein leichter Duft nach Wacholdergeist in die Nase, als ihre Großmutter sprach.

Auf einmal lehnte sich die alte Gräfin gefährlich weit über die Balkonbrüstung und skandierte den Namen ihrer zweiten Enkelin. »NINA! NINA! NINA!«

Über den allgemeinen Trubel, das Geschrei der Leute und die laute Musik des vorneweg marschierenden Spielmannszuges hinweg schien die neue Heidekönigin den Ruf zu hören. Sie schaute genau in dem Moment hoch, als Laura und Wilhelm Theodora gemeinsam zurückzogen, bevor sie in die Tiefe stürzen konnte.

»Hilfe!«, schrie die alte Gräfin. »Ich will nicht sterben!«

»Das wäre ja mal was Neues«, knurrte Wilhelm.

Nina winkte wie verrückt, als sie merkte, dass ihre Großmutter in Sicherheit war. Das Hoheitsvolle vergaß sie für den Moment. Dann suchte sie Lauras Blick und zeigte in Richtung des zweiten Anhängers.

Laura sah bloß zwei komplett verhüllte Imker, die in einem Honigfass rührten. Sie verstand nicht, was Nina ihr sagen wollte.

Schon war der Wagen vorbei, der Festzug umrundete den Marktplatz und machte sich auf den Weg zurück zum Spritzenhaus.

Laura kehrte mit den anderen ins Wohnzimmer des Apothekers zurück. Dieser erkundigte sich bei Gräfin Theodora, ob er ihr noch etwas Gutes tun könne.

»Nicht nötig«, sagte diese, ließ sich auf einen Stuhl sinken und öffnete ihre große, altmodische Handtasche. Sie zog den Flachmann heraus und schloss die Tasche schnell wieder.

Laura hatte trotzdem einen Blick hineinwerfen können und eine noch halb volle Literflasche Wacholderschnaps entdeckt.

Offensichtlich der Geheimvorrat, von dem Adrian ihr erzählt hatte.

Adrian.

Es war nicht gut, an ihn zu denken, und sie verstand nicht, warum ihr das heute ständig passierte. Vielleicht, weil alle so guter Stimmung waren?

Martin mal ausgenommen. Der stand mit ziemlich saurer Miene herum.

Laura wollte schon zu ihm gehen, als Theodora sie aufhielt.

»Nach Mallorca fliege ich trotzdem«, erklärte sie.

»Zusammen mit Merle. Nina wird ja nun nicht wegkönnen.«

»Stimmt«, erwiderte Laura.

Die Heidekönigin hatte ein Jahr lang eine ganze Reihe gesellschaftlicher Pflichten zu erfüllen. Sie reiste quer durch Deutschland, um für ihre Region zu werben.

»Vielleicht ist das gar nicht so schlecht«, meinte Laura halblaut.

»Was denn?«, fragte Theodora.

»Na, wenn Nina für die Lüneburger Heide auf Tour geht, kann sie auch ein bisschen Werbung für Schloss Bonin machen.«

»Ganz richtig! Dann tut deine unnütze Schwester endlich mal was Sinnvolles, und dein Margarine-Hotel wird ein Erfolg.«

Laura verzichtete darauf, ihre Großmutter zu korrigieren. Sie trat auf Martin zu.

»Lass uns gehen, ja? Ich möchte mit dir reden.«

Sein Gesichtsausdruck sagte ihr, dass er ahnte, was auf ihn zukam. Er wirkte resigniert, wie jemand, dem nach langem Lauf die Puste ausgegangen war.

Er ließ sie vortreten, den kurzen Flur entlang, die Treppe hinunter und quer durch die Apotheke nach draußen auf den Marktplatz, der sich langsam leerte.

»Du willst mit mir Schluss machen«, kam er Laura zuvor, als sie neben einem Wacholderkübel stehen blieb.

Sie nickte langsam. »Woher weißt du das?«

Martins Blick wurde erst trüb, dann klar. »Vorhin, als ich dich von dem Stuhl gehoben habe, da habe ich genau gespürt, dass dir meine Umarmung unangenehm war.«

»Martin, es tut mir leid …«

Er legte ihr beide Hände auf die Schultern. »Das muss

es nicht, Laura. Vielleicht habe ich von Anfang an gewusst, dass ich keine Chance habe. Trotzdem wollte ich es wenigstens versuchen. Weißt du …«

Weiter kam er nicht, denn in dieser Sekunde kam ein Imker auf ihn zugelaufen. Martin wich zur Seite, stolperte über ein Hindernis und fiel mitsamt dem Wacholderkübel um. Er grunzte, Laura stieß einen kleinen Schrei aus, der Imker blieb stehen.

»Entschuldigung«, stammelte er, während Martin sich mühsam aufrappelte. »Haben Sie sich wehgetan?« Seine Stimme klang leicht verwaschen.

Nicht ganz nüchtern, stellte Laura fest.

Martin würdigte ihn keiner Antwort, sondern sah Laura lange und schweigend an. Dann machte er auf dem Absatz kehrt und ging so würdevoll wie möglich zurück in die Apotheke. Dabei klaubte er ein paar kleine Wacholderzweige von seiner Kleidung.

Der Imker nahm die Haube mit dem dichten schwarzen Schleier aus Drahtgeflecht ab. »Dieser furchtbare Schnaps!«, stieß er aus

»Adrian«, flüsterte Laura. Ihr Herz flatterte, und tausend Fragen schwirrten ihr durch den Kopf.

»Wieso bist du ein Imker?«

Das war nun beileibe nicht die wichtigste.

Laura hörte nur halb zu, als er ihr erklärte, er sei kurzfristig rekrutiert worden, weil der echte Bienenzüchter einen über den Durst getrunken hatte und Gefahr lief, vom Wagen zu kippen. Leider habe ihn die alte Gräfin erwischt, bevor der Festumzug begann, und ihn gezwungen, ein oder zwei Gläschen von ihrer Essenz zu trinken.

Oder drei?

Theodora hatte behauptet, er müsse sich Mut antrinken, damit er endlich ihre Enkelin erobern könne.

»Mir ist da oben ganz schön schwummerig geworden, aber ich habe durchgehalten. Ich wusste ja, am Ziel wartest du auf mich.«

Laura fand, der Schnaps hatte seine Wahrnehmung verzerrt. Sie hatte keineswegs auf ihn gewartet, sondern war damit beschäftigt gewesen, sich über ihre Gefühle für Martin klar zu werden.

Dabei hast du die ganze Zeit nach ihm Ausschau gehalten, erklärte ihr die leise, ehrliche Stimme.

Laura versuchte, sich abzulenken.

»Die Imkerei als Hobby wäre nicht so anstrengend wie deine Extremläufe«, sagte sie, obwohl sie ganz andere Dinge ganz dringend wissen wollte.

»Das stimmt. Allerdings hätte ich furchtbare Angst davor, gestochen zu werden.«

»Dann ist der Job nichts für dich.«

»Hilft es, wenn ich dir verspreche, in Zukunft weniger zu laufen?«

Laura verfiel in Schweigen, weil sie nicht wusste, was sie darauf erwidern sollte.

Was meinte er mit Zukunft?

Eine gemeinsame?

Sie hörte sehr genau zu, als Adrian schilderte, dass Merle und Chris ihn über sämtliche Ereignisse im Schloss auf dem Laufenden gehalten hatten.

»Eigentlich wollte ich ja schon zu dir kommen, als diese Pseudospanierin bei euch eingefallen ist«, sagte er. »Aber du hast mir ziemlich deutlich zu verstehen gegeben, dass ich wegbleiben soll.«

Seine Stimme klang sachlich, vielleicht ein winziges bisschen kühl, doch in seinen Augen tanzten goldene Punkte. Wie von selbst streckten sich auf einmal seine Hände nach ihr aus, seine Füße machten kurze Schritte auf sie zu, stiegen dann über den Wacholder am Boden.

»Ich war ein Idiot, weil ich mich von deinem Mann habe vertreiben lassen«, sagte er. »Es war … ist … alles so neu für mich. Bisher hatte ich die Liebe noch nicht kennengelernt. Jedenfalls nicht so groß. Nicht so verwickelt.«

Das Wort »Liebe« stach heraus, flog von ihm zu ihr und hüllte sie ein wie eine Umarmung. Laura musste sich zwingen, auch den Rest zu verstehen.

»Mir ist es ganz ähnlich ergangen«, entgegnete sie langsam. »Alles war so kompliziert. Ich dachte, du interessierst dich bloß für mich, weil du Nina nicht haben kannst.«

Adrian wirkte ehrlich schockiert. »Du hast ja eine furchtbar schlechte Meinung von mir.«

Laura schämte sich ein wenig, aber sie musste es zu Ende bringen. »Außerdem dachte ich, du bist zu jung … und zu feige.«

»Das wird ja immer schlimmer.«

Beide erinnerten sich an den Tag auf der Bank unter dem Efeu, als sie ihn für einen Hund oder ein Pferd gehalten hatte. Damals hatte er dasselbe gesagt.

Beide lächelten.

Wieder ernst geworden fügte Laura hinzu: »Deshalb habe ich mir meine Gefühle für dich verboten.«

»Das habe ich auch versucht«, sagte Adrian. »War bloß nicht möglich. Gefühle sind nämlich frei.«

»Ja.«

Im nächsten Moment lag sie in seinen Armen und fragte sich, wie sie so schnell dahingekommen war. Zugleich wusste sie, dass sie nirgendwo anders sein wollte. Einzig der raue weiße Stoff seines Schutzanzuges kratzte ein bisschen.

Nur gut, dass er die Haube schon abgenommen hatte. Laura küsste lieber seine Lippen und kein Drahtgeflecht.

Über ihnen auf dem Balkon stand Theodora Gräfin von Bonin und beobachtete gespannt die Szene, die sich unter ihr abspielte. Sie hatte sich vorsichtig wieder hinausgewagt, nachdem sie vorhin fast in die Tiefe gestürzt wäre.

Als Laura und Adrian sich endlich küssten, wollte sie schon applaudieren, überlegte es sich jedoch schnell anders. Bloß nicht stören, dachte sie. Ihre ältere Enkelin brachte es sonst noch fertig, sich davon nur wieder durcheinanderbringen zu lassen.

Bei Laura musste man vorsichtig sein. Zwar hatte sich die Deern durchaus zu ihrem Vorteil verändert. Doch manchmal entdeckte Theodora in ihr immer noch das verängstigte, einsame Mädchen, das einst in ihrer Diele gestanden hatte – die kleine Schwester an der Hand, den Kopf mutig erhoben, die Augen dunkel vor Schmerz.

Genug!, befahl sich Theodora. Lassen wir die Vergangenheit endlich Vergangenheit sein.

Das galt auch für Dankward und ihren Wunsch, ihm bald nachzufolgen.

Wenn meine Zeit gekommen ist, sagte sie sich.

Aber nicht vorher.

Sie kehrte ins Wohnzimmer zurück, wo Wilhelm und der Apotheker in ein Gespräch über die Jagd vertieft waren.

Also ließ sie die Männer in Ruhe und stieg vorsichtig die Treppenstufen hinab. Unten begegnete sie dem Erbschleicher. Er saß auf dem Boden, hatte den Rücken gegen den Verkaufstresen gelehnt und stierte mit leerem Blick vor sich hin.

Theodora seufzte leise. Sie trat zu ihm, ging in Zeitlupentempo in die Knie und saß schließlich neben ihm.

Umständlich holte sie die große Flasche aus der Handtasche, denn der Flachmann war längst leer. Flink schraubte sie den Verschluss ab und hielt ihm den Schnaps unter die Nase.

»Trinken Sie. Wegen dem bisschen Wald und den paar Hektar Land müssen Sie nicht gleich Trübsal blasen.«

Martin Spitzer sah sie verständnislos an. Dann trank er einen großen Schluck.

Rette sich, wer kann!

320 Seiten. ISBN 978-3-7341-0005-5

Geh zum Teufel, denkt sich Svea, als ihr schusseliger Nachbar ihre Wohnung überflutet und sie gezwungen ist, wieder bei ihren Eltern einzuziehen. Zu allem Überfluss wird Svea auch noch von ihrem Freund verlassen – weil sie ihm zu langweilig ist. Hätte der mal geahnt, was für aufregende Zeiten Svea bevorstehen! Denn zu Hause erwarten sie Papa Klaas, der eine Geliebte hat, Mama Rieke mit reichlich Prosecco und Oma Lina auf Männerfang. Als Svea über ein altes Buch stolpert, naht Rettung. Denn plötzlich wird alles wahr, was sie sich wünscht – und das Chaos nimmt seinen Lauf …

Lesen Sie mehr unter: **www.blanvalet.de**